闫云霞 著

在水一方

黄河出版传媒集团
宁夏人民出版社

图书在版编目（CIP）数据

在水一方 / 闫云霞著. —银川：宁夏人民出版社，
2015.12（2023.8重印）

ISBN 978-7-227-06258-5

Ⅰ.①在… Ⅱ.①闫… Ⅲ.①中国文学—当代文学—
作品综合集 Ⅳ.①I2I7.2

中国版本图书馆CIP数据核字（2016）第005478号

在水一方

闫云霞 著

责任编辑　姚小云
封面设计　耿中声
责任印制　侯　俊

黄河出版传媒集团
宁夏人民出版社　出版发行

出 版 人　薛文斌
地　　址　银川市北京东路139号出版大厦（750001）
网　　址　www.yrpubm.com
网上书店　www.hh-book.com
电子信箱　nxrmcbs@126.com
邮购电话　0951-5052104　5052106
经　　销　全国新华书店
印刷装订　三河市嵩川印刷有限公司
印刷委托书号（宁）0027090

开　　本　880mm×1230mm　1/32
印　　张　9.875
字　　数　260千字
版　　次　2016年8月第1版
印　　次　2023年8月第2次印刷
书　　号　ISBN 978-7-227-06258-5
定　　价　49.00元

《在水一方》序

吴淮生

这是宁夏著名女诗人闫云霞先生的第三本作品集，收录作者2013年迄今的诗、词、散曲近四百首及部分文章，是一部以韵文为主体的、分量厚重的诗文合集（以下简称诗集）。面对这本沉甸甸的书稿，我不能不深深感动于诗人创作的勤奋。云霞2002年开始诗词创作，于今十四度春秋。就笔者读过的其作品粗略估计，她所作的诗词曲，至少当在一千五百首以上，三本诗集便是她创作实绩的明证。如果按编年读诗人的作品，便会发现她的艺术水准也随着时间的嬗递而日臻成熟精进。这固然说明云霞对诗歌艺术的尽心锤炼和仔细打磨，同时，更彰显了她富于诗的艺术感觉。

《在水一方》原是《诗经》中的一个诗句，表达在秋天里对"在水一方"的"伊人"的思念，"秋水伊人"的成语便是由此而来。移借古老的诗句做自己诗集的书名，以诗名诗，非常贴切。它很雅很美，富于情韵。云霞生长于母亲河黄河之滨，现在的住处又临近美丽的艾依河（艾依河2018年9月改为典农河，编辑注）。取此书名，颇见诗心，既蕴含着对优秀诗歌传统的继承，又提示了诗集本身新的发展创造。

诗集里诗、词、曲的篇幅大体上各占三分之一，其中诗的数量稍多一些，一百八十余首。三种体裁各有其文体特征，也相互渗透。一般说来，诗崇雅致，词尚柔丽，曲从俚俗。从《在水一方》所录作品看来，作者对诗、词、曲的体裁特征的把握很见娴熟。书中所选之诗，既有近体律绝，也有古风歌行。如《悼抗日救国铁血军将领苗可秀》选用歌行体古诗的形式表达就非常合适，全诗热血沸腾，感情激荡，气势磅礴，风格豪放，达到了内容、形式、感情、意象的统一。而入选《〈中华诗词〉二十年选萃·诗词卷》的七绝《抚琴》：

> 人共花妍秀色堆，呢喃燕子影长偎。
> 琴通心曲今难抚，梦里时吟一剪梅。

就显得潇洒而飘逸，结句以诗言词，遣词状诗，意象交叠，梦境朦胧，堪称妙笔。

词自来就有豪放、婉约之分，而二者往往彼此影响，相互交融。云霞女士的词就两种风格兼备。《鹧鸪天·黄河金岸》是咏黄河的，黄河之水天上来，是故词亦显豪放：

> 九曲长河春几湾？此湾擂鼓正扬帆。青铜溢彩琼楼灿，金岸流光古峡欢。　追塞纳，赛江南，十城风物任流连。波涛也晓回乡梦，万里奔腾入海圆。

另一首《如梦令·云台丹霞》词句相对就比较柔婉：

莫道残阳将落，尽染半天如火。花海映丹峰，春色恼人猜度。来坐，来坐，那朵紫云邀我。

第二句稍显阳刚，词的整体则呈婉约之丽。结句用拟人笔法尤为活泼生动。

2007年，已经发表过好几百首诗词的云霞，又将纤笔触及散曲创作领域，奋起直追全国散曲发展的步伐，很快在中国曲坛崭露头角，担任了中华诗词散曲工作委员会委员、《中国当代散曲》编委。迩来八九年间，诗人已经发表了四五百首散曲，奠定了她的散曲名家的地位。她在贺兰山下开垦了一方"兰圃"，成立了西夏散曲社，自编散曲创作鉴赏教材，为诗友讲授散曲，每月一题指导诗友散曲创作，带动了宁夏的散曲学习和创作。下面是诗人揭载于《中国当代散曲》创刊号上的一首《[中吕·迎仙客]待》：

手捧腮，眼发呆，在家说好的还不来。也横猜，也竖猜。手机不曾开，窗下披衣待。

完全是现代口语，又合于《中原音韵》，话语通俗、风趣、幽默、俏皮，抽象的道白和具象的动作素描构筑成语言意象，生动地状写出抒情主人公等待情人的场景和心态。和上面引的词虽然一样有牌名，并皆称小令，但风调与词迥然不同，曲味儿十足，非深谙散曲文体特征者不能为此。这里顺便指出，文学作品中的抒情主人公，并不等同于创作主体。

往往是作者退出作品，将自己塑造的抒情主人公推上前台，去表达爱情话语，诗歌，特别是民歌常用这种表现方法，本书书名撷自的《诗经·秦风·蒹葭》便是一例。

散曲固从俚俗，但仍为诗体，因之，古今曲家也有尚雅之作，元代马致远的《[越调·天净沙]秋思》就是雅曲的经典作品。《在水一方》里的一些篇什，如《[双调·拨不断]客自远方来》也较为典雅：

送君行，泪花盈，话别又是心中境。纵有千般情愫生，秋光不待枝头杏。更那堪、列车北去，月明如镜。

雅俗交融，是散曲的文体特征，也是《在水一方》中散曲作品的美学特征。

对《在水一方》这样的多体裁诗文合集，可以做方方面面的评说，上面我只是从文体论的角度做了一些解读。此外，如格律，也是古今诗词家常常讨论的问题。闫云霞的诗词曲作品一般以格律严谨见长，也偶有失律之作。这是任何诗人都难免的，连杜甫那样严守格律的大诗人，也有"白帝城中云出门，白帝城下雨翻盆"（《白帝》）的突破格律之作，他的这两句可以以专有名词不计平仄为据，但毕竟是拗体。至于《在水一方》的意象、境界、章法、文论等等，如要展开论述，那将是一篇长长的赘语，受众恐怕没有耐心卒读，这里就不再浪费大家的宝贵时间了。现在将我原来赠云霞先生的一首拙律移于文后，作为结末，这也是我作文的老一套了：

七律 题闫云霞诗词曲集《在水一方》

读君三卷性灵诗，意也葱茏神也怡。
在水一方铺锦绣，云霞韵语织虹霓。
黄花后绽飘新馥，柳絮今飞越旧枝。
纤笔轻挥凤翔舞，华章胜过少年时。

短文加小诗，权作芜序。

2016 年 7 月 10 日于珠海美丽湾

吴淮生 1929 年 8 月生。安徽泾县人。北京师范大学毕业。中国作家协会会员，宁夏高级专家联合会会员，一级作家，宁夏有突出贡献专家，领取政府特殊津贴。曾任中国散文学会理事、宁夏作家协会副主席、宁夏诗词学会名誉会长等职；现任中华诗词学会名誉理事、宁夏诗词学会顾问。1945 年开始发表作品，著有诗集、散文集、文学评论集等 12 种。

在水一方之诗

在水一方之词

在水一方之散曲

015

目
录

在水一方之文

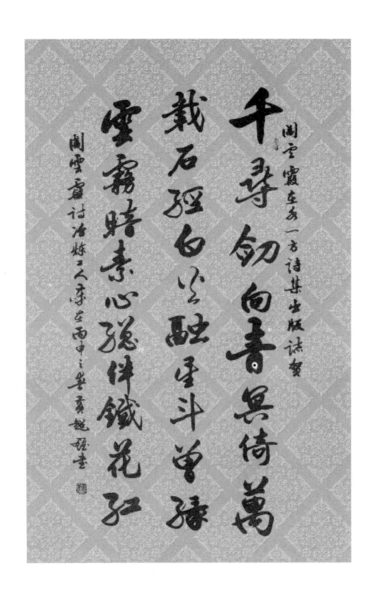

中国书法家协会会员、宁夏书画艺术发展促进会艺术总监黄超雄书《冶炼工人》，诗文见第 4 页

在水一方之诗

劳动者风采

诺贝尔生理学或医学奖获得者屠呦呦（三首选一）

中医传善美，中药送光明。
发遍观音愿，寰球照吉星。

人民教师张丽莉

青春比花丽，大爱与天齐。
抢险唯伤己，古今堪做师。

车床女工

休论名和利，殷殷爱岗情。
花飞融倩影，人立转风霆。
刀舞奔腾势，水吟柔媚声。
忽闻又超产，先告老公听。

冶炼工人

千寻剑向青冥倚，万载石经白火融。
星斗常缘云朵暗，素心总伴铁花红。

注：李白《留别贾舍人至二首·一》："拂拭倚天剑。"

环卫工人

正月烟花放不休，败鳞残甲有谁收？
星星眨眼君挥帚，大写人生自可侔。

注：宋代诗人张元《雪》："战罢玉龙三百万，败鳞残甲满天飞。"

铁路工人

万里征程万里情，钻山跨水驭长风。
铁龙犹架双肩上，护送阿妈赴北京。

杭州市拾荒助学老人韦思浩

从来西子送清风，十载拾荒资助情。
一朵祥云一场雨，位卑志远济苍生。

宁夏草业学科带头人李克昌

朔方布谷又播春，万里绿原牵挂君。
小草如今成大业，感恩谁忘领军人。

茂盛草业女博士张蓉

倚天论剑绿茵中，壮士焉及淑女功。
草业能言风向事，殊缘茂盛有张蓉。

部分原载《黄河文学》2016 年第 6 期

和赠题答律绝三十二首

武汉古琴台七绝四首　奉和袁第锐先生附其原玉

千古琴台话到今，我来拜谒踏歌寻。
期亡伯痛咽声绝，流水高山夜夜心。

悠悠湖水日熔金，隐隐龟山画境深。
失去知音风扫叶，可将心绪付瑶琴？

总怕友情风雨侵，了无心绪赏清音。
忧伤如影挥难去，纵有歌诗空自闻。

君爱知音胜爱金，碎琴悼友意沉沉。
高官樵子交情甚，今世谁人知我心？

附：袁第锐《古琴台四绝句》

月湖风物古如今，流水高山不可寻。
怪底子期归去疾，琴台犹是百年心。

005

在水一方之诗

何曾友谊贵如金，我到名山感慨深。
莫怪迩来情势异，人间到处起洋琴。

乍到琴台百感侵，高官樵子做知音。
可怜人去余风杳，空对名山发浩音。

千古风流贵似金，子期归去好音沉。
朝三暮四多如鲫，几个人存铁石心。

　　注：古琴台，又名俞伯牙台，位于武汉市汉阳区龟山西麓月湖东畔，相传春秋时期楚国琴师俞伯牙在此鼓琴抒怀，山上的樵夫钟子期能识其音律，知其志在高山流水。伯牙便视子期为知己。几年以后，伯牙又路过龟山，得知子期已经病故，悲痛不已的他即破琴绝弦，终身不复鼓琴，后人感其情谊纯洁深厚，在此筑台纪念。

　　袁第锐，1923 年生，重庆永川人。中华诗词学会原副会长、甘肃省诗词学会原会长，现中华诗词学会顾问，甘肃省文史馆馆员。袁老《古琴台四绝句》征和诗，试和之。

2013.01.10

题《水洞沟牧羊夕照》诗配自拍照片

长城无语卧斜晖，残洞清溪一带围。
放牧人归鞭碎影，头羊不肯闹中回。

　　注：照片拍于 2002 年金秋。一天下午，作者与摄影爱好者结伴到水洞沟，只见风化了的土长城横亘山丘，宁夏内蒙古以此为界。一溪清流清澈见底，夕阳西下，波光粼粼。先民在水洞沟生活过的残洞，与周遭环境融为一体，稀疏的野草在洞口迎风摇曳。放羊人赶着一群羊沿溪流而下，而羊群没有要走的意思。作者拍下了这个画面。而如今大不相同。水洞沟遗址已成为国家 5A 级景区。

2013.01 改定

沉痛悼念强锷先生

谁忘当年中卫行？采风工矿体民情。

满园桃李缤纷色，数卷歌诗国粹风。

黄水有哀掀巨浪，兰山无语恸群峰。

匆匆底事飘然去？德艺功勋千古名。

注：强锷（1926.7—2013.6.17），回族，宁夏银川人，多年从教。曾任银川市副市长、宁夏回族自治区政协副主席，宁夏诗词学会总顾问。数卷歌诗：强主席任宁夏老年大学校长时主持编辑出版了《宁夏老年大学诗词选》等老年大学学员作品集，其中有我的老师、同学的诗词作品和我的诗词作品101首。

沉痛悼念张贤亮先生

一代文豪器宇轩，如今驾鹤五洲穿。

可随大话西游去？普度慈航云水间。

注：张贤亮，1936年生于南京，祖籍江苏盱眙。国家一级作家、收藏家、书法家。1955年从北京移居宁夏，先当农民后任教员。1957年因发表《大风歌》被错划为"右派分子"，押送农场劳动改造长达22年。1979年获得平反，重新执笔创作，代表作有《灵与肉》《肖尔布拉克》《绿化树》《男人的一半是女人》等。《牧马人》等9部小说改编成电影电视。镇北堡影视城、老银川一条街，是他的立体文学作品。曾任全国政协第六、七、八、九、十届委员，中国文联委员、中国作家协会主席团委员，宁夏作家协会第三、四、五届主席等职。2014年9月27日，张贤亮不幸逝世，享年78岁。

写于2014.09.28，刊于《夏风》诗刊2014年第4期

在水一方之诗

和韩江柳先生附其原玉

奉献廿年情意浓，寰球诗苑沐春风。
大旗猎猎汪洋上，江柳依依风雨中。
鲁迅如知应点赞，国风幸甚受尊崇。
韩江浪涌箫音起，雨过晴空架彩虹。

注：韩江柳，全球汉诗总会资深常务副会长兼秘书长陈图渊先生
的笔名。原深圳艺术学院教授。出版发行五集《韩江柳文集》等。

附：韩江柳先生《早春酬塞上江南八诗友惠赠红宝》

百塔流光情谊浓，贺兰草甸沐春风。
双英两正莲花秀，五宝山珍荒漠中。
七彩云霞九曲美，八龙儒雅千秋崇。
天南难忘知音惠，遥念感恩有剑虹。

作者原注：癸巳正月初七，收到宁夏杨石英、熊秀英（双英）、
黄正元、严宗正（两正）、熊品莲、李秀明、闫云霞、刘剑虹八位诗
友快递来八袋特产。"枸杞"乃宁夏五宝之一。快递内附有一封八人
署名热情洋溢使人落泪的信。希望秘书长忘却不快，劳逸结合，养好
身体。继续为总会做贡献。夜不能寐，除发电邮致谢，吟成七律一首。

与韩江柳先生七律同载《夏风》2013年第2期

培风中学百年志贺（藏头）*

培栽苗木势擎天，风雨春风薪火传。
百载育人尤瞩目，年华灼灼尽英贤。

注：马来西亚诗友贺培风中学百年校庆，应约有作。灼灼，入声字，
此处阳平当仄声用，标*以示区别。以下诗词入声标*而不再注。

2013.05

诗人节雅集，依韵和品莲大姐律绝二首附其原玉

又邀端午寄浓情，仙鹤蹁跹迎寿翁。
时雨新晴鲜首府，即席高咏醉宾朋。
离骚雅韵辉明月，屈子英魂昭世风。
美酒醉人歌盛世，红丝缠粽忆相逢。

善美弘扬千古愿，歪邪除却万年功？
酹酒一杯向天祭，汨罗奔涌愤难平。

注：端午节前夕，宁夏诗词学会顾问董家林先生邀诗友雅集仙鹤楼，年届八旬的熊品莲大姐赋诗吟诵，赢得满堂喝彩。此情此景感人至深，依韵和之。

熊品莲，字寒塘，女，1933年生。湖南临澧县人，统计师。中华诗词学会会员，宁夏诗词学会顾问，宁夏诗书画影常务理事。著有《寒塘韵语》，合著《青坪诗草》。

2013.05.26

附：熊品莲《诗人节雅集》

招来仙鹤拜诗翁，秦岭黄山不老松。
霞染杏园迷碧树，露沾梨蕊事清风。
离骚醉酒浮云上，橘颂飘香阴雨中。
抛粽赛舟屈子节，榴花艳艳夕阳红。

以上两首与熊大姐七律同刊于《夏风》2013年第3期

在水一方之诗

六十初度有寄

匆匆过客六旬人，风雨潇潇晨与昏。
梦里登山品艰险，闲时揽镜叹青春。
倾心犹在慈亲畔，侧耳如闻娇女嗔。
相伴相知若相问，玉壶仍系那冰心！

2013.10.19

次韵邓万先生《读闫云霞女士〈沙坡头咏怀〉有感》

魂牵故土寄情多，归去来兮韵里泊。
一剪成梅友琴瑟，十年磨剑任蹉跎。
不游商海研科技，望断诗山着曲魔。
引领吟坛君若定，夏风习习看烟波*。

　　注：邓万，生于 1942 年，宁夏永宁县人。宁夏诗词学会第三届理
事会会长，第四、五届名誉会长。出版诗词集《履痕韵语》《塞上情韵》。
邓先生《读闫云霞女士〈沙坡头咏怀〉有感》，见第 265 页。

读《问心斋诗词集》致沈华维先生

问心诚处溢情真，学问深时流韵新。
净土方为酿诗地，冲霄一鹤志凌云。

依韵答沈华维先生

故园魂梦绕，欲颂却涂鸦。
仍恋香山韵，曾移瀚海沙。
清心善如水，豁目美生花。
到老情逾笃，余晖趁晚霞。

注：沈华维，宁夏永宁县人。曾任宁夏诗词学会副会长，现任中华诗词学会副秘书长兼办公室主任。著有《问心斋诗词集》等。沈先生《读闫云霞同志新诗词集》，见第266页。

2013.08.12

读《石桥轩吟稿》致李葆国先生

声若洪钟爽快人，凤城初访记犹新。
沙湖联句仍盈耳，营口吟诗自赏心。
走笔铿锵聚英气，放歌浩荡系强音。
石桥轩里春风坐，开卷如闻万马奔。

注：李葆国，山东省武城人。1951年生。中华诗词学会学术部、图书编著中心办公室主任。著有诗词集《石桥轩吟稿》等。

致任登全老师

桃李满园慰此生，以诗为伴净魂灵。
放歌塞上声嘹亮，不到巅峰脚不停。

注：任登全，1936年生，宁夏平罗县人，中学高级教师。中华诗词学会会员，宁夏诗词学会顾问，平罗县诗词学会会长。著有《塞上吟草》《塞上放歌》《诗韵春秋》。

在水一方之诗

步韵和陈修文先生《古稀初度致诗友》附其原玉

柏立严寒翠且昂，经风沐雨愈刚强。
五洲尤赞中国热，七秩何愁尘世凉。
总向长天抒壮志，还亲大地诉柔肠。
沙湖共渡谁曾忘？欣盼扬帆再起航。

原载《文友和唱集》，同刊于《夏风》2013 年第 4 期

附：陈修文《古稀初度致诗友》

初度稀龄气自昂，宗唐承宋意犹强。
丹心欲报春风暖，黄菊何忧秋雨凉。
折桂蟾宫钦雅士，助吾心志赖衷肠。
欣凭陋室十方地，再启苍茫韵海航！

注：陈修文，1945 年生。曾任黑龙江省作协常务副主席等职，现任中华诗词学会常务理事，黑龙江省诗词协会主席。著有《红豆集》《兴安漫咏》《顿首北方》等。

贺《白林中诗词续集》出版（藏头）

白鹤飞来衔韵殊，林边柳色醉明湖。
中耕二度圆一梦，诗若红梅放几株。

注：白林中，1950 年生，回族，银川人。中华诗词学会会员，宁夏诗词学会副会长。著有《白林中诗词》《白林中诗词续集》。

2013.08.15

赏李善阶先生《书画篆刻作品集》七绝四首

书法篆刻

明湖为墨地为笺，善写形神说却难。
阶上书香飘不已，已留清气在人间。

题封面山水画

山色葱茏客舍青，落川瀑布欲闻声。
千帆竞过方舒眼，云外长空岭外峰。

题写意画《丝瓜》

黄花灿灿蔓藤长，秋韵绵绵瓜带香。
缕缕柔情诉难尽，金风送爽叶苍苍。

题写意画《荷田秋雨》

减翠零香心上秋，蓬枯露冷梦悠悠。
芳魂不肯悲摇落，荷影凄凄晓月柔。

注：李善阶，1938 年生，山东省章丘人，研究员。山东省诗词学会副会长、《历山诗刊》原主编。著有《临湖楼诗稿》《李善阶书画篆刻作品集》等。

写于 2013.10.10，刊于《夏风》2014 年第 3 期

在水一方之诗

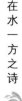

喜贺墨舞香山书画展

香山椽笔动银川，惊散浮云呈大观。
几缕馨香飘九畹，群龙劲舞势冲天。

注："墨舞香山"俞学军等中卫九人书画展，于2013年10月16
日在银川文化馆展出。著名书法家吴善璋、郑歌平、李洪义等出席并
对参展作品进行了点评。九人：俞学军、赵闯、潘志骞、李钰华、陶毅、
桓建华、陈继荣、张迪、俞星权。

2013.10.16

《咸阳诗词》百期志贺

诛邪扬善唱风流，会友结盟诗最牛。
时雨频滋渭城柳，一园芳圃醉清讴。

原载《咸阳诗词》第100期

答马骏英吟兄

无愧古都一掌门，甘将汗水润芳芬。
燕莺语里歌新貌，义愤胸中斥腐陈。
骏马情怀何叹老，方臬襟抱总逢春。
惭余拙作无多味，幸有咸银友谊深。

注：马骏英，1942年生，陕西省长武人。陕西诗词学会常务理事，
《咸阳诗词》主编。马骏英先生《重读〈云霞韵语〉〈沙坡头咏怀〉
赠云霞诗妹》，见第266页。

2014.04.19

读《沙蒿吟》，求教刘绍元先生七绝六首

淮南娇子朔方行，恰似沙蒿沙漠生。
踏破铁鞋寻宝藏，饥餐风雨又出征。

诗书门第沐春风，一瓣心香冷月凝。
夜雨敲窗人不寐，肩挑重任盼新晴。

婵娟相伴到鸡鸣，细算疾书赶进程。
露宿风餐喜难禁，乌金出世宇寰惊。

书香有意与翁俦，敢遣行云笔下流。
草圣犹来亲授秘，几分神韵济刚柔。

谁与诗书几辈酬？几生播种适时收？
怀中有梦春常驻，人到无求品尚优。

顺手拈来诵经典，缘情写去竞风流。
读翁一部心灵史，羡煞蛟龙自在游。

注：刘绍元，1928年生于安徽，安徽淮南煤炭工业专科学校毕业，一生献身宁夏煤炭事业。宁夏书法协会会员、宁夏诗书画影研究会理事、宁夏诗词学会名誉理事。著有诗词集《沙蒿吟》等。

写于2013.10.26，刊于《夏风》2014年第3期

在水一方之诗

读《渐行渐远集》致张嵩先生

书香馥郁韵悠然，如木参天枝叶繁。
一自铿锵踏诗岭，渐行渐远上山巅。

注：张嵩，宁夏固原人，自治区政协任职。中华诗词学会常务理事，宁夏诗词学会常务副会长兼秘书长。著有《渐行渐远集》《温暖的石头》《散落的羽片》《诗化留痕》等。

2015.10.11

王宇《风雨流觞》出版志贺

渭城朝雨古今情，轻浥秦风车马铜。
甚幸关中豪气在，后昆擂鼓唱黄钟。

注：王宇，陕西省兴平人。青年诗人，中华诗词学会、陕西诗词学会会员。著有《秦池听风》《风雨流觞》诗词集。

2013.02.13

马年咏马有寄并附诗友和诗三首

无须盟誓是良朋，昂首扬鬃气贯虹。
曾踏宇寰听凛凛，仍驰赛场转蓬蓬。
擒龙驭电飞天堑，护主识途托死生。
甲午同追心底梦，征程万里四蹄风。

注：曾踏宇寰句：元太祖成吉思汗的铁骑大举西征，将版图扩展到中亚地区和南俄并封给长子术赤、次子察合台等。仍驰赛场句：如今的马术比赛已列入奥运会正式比赛项目，因举办城市不同而转战世界各地。转蓬蓬：李商隐《无题·昨夜星辰昨夜风》："嗟余听鼓应官去，走马兰台类转蓬。"

甲午正月 2014.02.20

附：诗友和《马年咏马》三首

品莲姐和诗

梦断沙场汗血红，腾骧逐鹿不言功。
奋蹄每忆驰千里，翘首长嘶响九重。
几度冲锋思伯乐，曾经踏月念悲鸿。
而今伏枥张双耳，静夜时听雪雨风。

秀英姐和诗

任劳任怨苦终生，负重昂头做友朋。
蹈火赴汤恋帮主，斜阳奋力赶前程。
十图骐骏夸身价，一代风光存美名。
甲午携来多彩梦，奔驰万里四蹄风。

正元兄和诗

魏王老骥互知音，蜀主惊魂的卢声。
汉武开边思汗血，关公赤兔护双篷。
观图杜甫悯衰骏，卖水书生感义诚。
更羡诗仙长干里，青梅竹马蔚佳风。

普救寺

西厢待月几翻新，天下人心眷属魂。
元稹英魂可知否？莺莺故事盛于今。

注：位于山西省永济市的普救寺，是王实甫《西厢记》男女主人公张生和崔莺莺"西厢待月"，发生爱情故事的地方。据考，王实甫《西厢记》故事的原型是《莺莺传》。而《莺莺传》是唐代诗人元稹根据自己的亲身经历写下的。详情参见拙作《沙坡头咏怀》第171页。

在水一方之诗

山西省洪洞县大槐树寻根兼忆慈父七绝四首

又是清明同上坟，祭亲祭祖忆慈恩。
哪来哪去高难问，月夜流星犹见痕。

结集树下奔宁夏，已是移民几辈人。
手艺在身心向善，吃亏忍让话犹新。

谁晓忽然生死间，平生喜醋唱苏三。
纵倾滚滚黄河水，难释心头阵阵酸。

闻香溅泪倍思亲，一朵槐花一寸心。
聚散匆匆多少辈，来寻大树慰离魂。

2014.03.26

山西蒲津渡铁人铁牛歌并序

序：蒲津古渡浮桥始建于春秋，存续至明洪武年间，历时近两千载。唐人张说（yuè）云："城中有四渎，黄河居其长。河上有三桥，蒲津是其一。隔秦称塞，临晋名关。关西之要衔，河东之辐辏，必由是也。"唐开元年间所铸铁人铁牛铁缆铁山铁柱俱在，抖落泥沙，铅华未损，气象雄壮之极。

踏歌来访蒲州城，城连百舰津贯横。
铁牛依依恋慈母，或卧或跪诉缘情。
君不见黄河万里涛拍岸，处处天堑步维艰。
听鸡三省枉然立，在水一方过河难！
风陵渡，蒲坂城，塞关自古兵家争。

浮桥架起黎民乐，秦晋豫通乘东风。
汛期到，顿时愁，滔天大浪滚滚流。
村民凄惶祭河伯，商贾兴叹备船舟。
开元年间修津渡，力士铁牛仙炉铸。
锚镇妖魔力擎天，柱磐桥稳金汤固。
笑问铁牛函谷来？道法自然道安排。
铁牛曾缘老子渡？风调雨顺免天灾。
神韵当由李贺化？创新创造非神话。
哞声阵阵犹挟雷，辉光奕奕谁能画！
将士革履或戎装，力拔山兮气宇昂。
蚩尤大战三百次，视死如归好儿郎。
儿郎怒目因底事？似听号角出征急。
儿郎梦中何所忧？枕戈待旦仍砥砺。
五老魂魄勇士怀，挑灯看剑何壮哉！
星星与尔同眨眼，至今汹涌拍梦来。
驭风驭浪夜送客，镇守津渡何壮烈。
无情流水去悠悠，不沉不浮铆岁月。
仍续雪域几条脉，犹带长河一轮白。
百鸟嘤鸣起歌声，声声飞往云天外。
遥想之涣多豪迈，层楼更上真畅快。
我来永济登楼望，中条崛起心澎湃。
心潮澎湃歌一阕，铁牛似吼哞声和。
肌腱隆起颈尤伸，盛世奋蹄未肯歇！

2013 年夏初稿，2014 年秋改定

在水一方之诗

题诗

诗题红叶梦幽悠，佳话良缘千载留。
雨打残荷调锦瑟，万般情愫涌心头。

抚琴

人共花妍秀色堆，呢喃燕子影长偎。
琴通心曲今难抚，梦里时吟一剪梅。

注：此诗原载《〈中华诗词〉二十年选萃·诗词卷》（以下简称《诗词卷》）。该《诗词卷》是《中华诗词》杂志社选编，2015年5月由中国书籍出版社出版的两卷重要的选本之一，另一选本是《〈中华诗词〉二十年选萃·评论卷》。《诗词卷》"共入选657位作者的1056首诗词作品。时间从1994年7月到2013年12月。本书试图集中并浓缩《中华诗词》二十年来的创作成果和创作风貌，对《中华诗词》二十年来的办刊方略和编辑思路做一个阶段性的概括和总结。"（《诗词卷·后记》）"本书入选的诗词作品因时间跨度长、涉及范围广、所写内容多，故每人一到三首为限。"（《诗词卷·后记》）入选本书的文学巨擘有：俞平伯、沈从文、郁达夫、钱钟书、臧克家、陈寅恪等。入选本书的宁夏作者有3位，分别是：秦中吟七绝二首《当代农民》；项宗西七绝《航母辽宁号交付入列》，五绝《南山寺》；闫云霞七绝《抚琴》。

沙湖即兴

金沙怀抱水一方，芦苇丛丛鸥鹭翔。
赤脚翻山觅诗句，情思直上贺兰冈。

2013.04.29

沙坡头即兴（外一首）

一夜覆沙埋桂城，沙坡渗水诉衷情。
金鳞织就汗如雨，缚住黄龙畅铁龙。

注：金鳞，代指麦草方格。沙坡头治沙的有效方法之一是用金黄色的麦草在流沙上织成草方格，防止黄沙流动。

母亲河沙坡头段乘羊皮筏

筏工能且勇，搏浪沐朝阳。
亲母摇篮卧，为儿童趣尝。
金河劈渠口，玉坝惠粮仓。
故土情难却，绵绵共水长。

2013.05.01

黄河金岸放歌律绝五首

黄河书院

君挥橡笔韵新翻，漫卷歌诗气浩然。
金水一河熔旭日，书声满苑挂云帆。

黄河牧歌

九曲长河春几湾？此湾独誉赛江南。
涛声共与歌声唱，散入春风到梦边。

河畔新居

春如美女尽争妍，风物十城云水间。
几处新居迷旧燕，两三白鹭逐轻帆。

注：以上二首原载《中国宁夏首届黄河金岸诗歌节诗选》古体诗之辑页，参见拙作《沙坡头咏怀》第44页。

金岸曙色（仄韵体）

流光闪闪波光泛，摇落繁星河汉远。
炉火熊熊曙色亲，万花飞舞苍穹灿！

黄河金岸诗歌节获奖感赋

阳关三叠访黄河，九曲一春望眼奢。
古镇葱茏堤焕彩，圣坛雄伟客穿梭。
鸟鸣红柳歌金岸，人扫黄荒绽绿荷。
我报慈恩愧疏浅，幸缘金岸放新歌。

注：在宁夏党委宣传部、宁夏文联主办、宁夏诗词学会协办的首届中国·宁夏黄河金岸诗歌大赛中，拙作《黄河金岸放歌》获三等奖，此次大赛以新诗为主。以上五首等作品原载《中国宁夏首届黄河金岸诗歌节诗选》。

游滨河大道次韵品莲大姐附其原玉

兴来还愿谒长河，几阵欢声几首歌。
翁妪畅游人焕彩，少年起舞自婆娑。
生肖应运镏金面，流水倾情泛绿波。
登上琼楼意如水，奔腾到海韵随和。

2014.04.23

附：熊品莲大姐《游滨河大道》

沿途大道傍黄河，高速车飞一路歌。
景展满园花妩媚，图开两岸柳婆娑。
冲霄白鹭凌沧海，潜水金鳞戏碧波。
绿染城乡融古镇，稻花麦浪喜相和。

银川老景新貌四首，次韵正元诗友附其原玉

中山公园

闹里寻幽西子境①，惹得童叟净牵情。
燕融紫陌歌金凤，柳荡银湖闻玉笙。
惊叫声声玩海盗，漫旋阵阵舞春风。
打拳挥剑悠然甚，自古人间乐晚晴。

注：①闹里寻幽西子境：中山公园位于银川市兴庆区市中心，翠柳银湖，碧荷玉桥，堪与杭州西湖媲美："欲把西湖比西子，淡妆浓抹总相宜。"苏轼《饮湖上初晴后雨》。

在水一方之诗

钟鼓楼

坐镇城中偕大厦，钟声远去韵尤佳。
西襟兰岭欣晴雪，东佑灵州飞彩霞。
四面通衢引工贸，八方联手著风华。
梦圆今日心头乐，一首新词一曲笳。

南门广场

家邻广场闹中安①？紫燕徘徊车马欢。
起舞蹁跹炫优雅，挥毫朝暮逸斑斓。
香茗美酒痴男醉，美发时装倩女酣。
欢庆回归最难忘②，霏霏细雨润乡关。

注：① 1999.1～2009.6，家住距南门广场几百米的利群东街裕民小区。南门广场与玉皇阁相距不足千米，两座古建筑间整日紫燕徘徊，鸽哨声不绝于耳；恰又临新华街商业圈，出门便是车水马龙，热闹非凡。

② 1997年7月1日，银川市各族各界群众聚会南门广场，欢庆香港回归祖国。是日，似晴还雨，与会者未因淋雨而涣散，我所在的金融方阵，更秩序井然，精神焕发；会后进行了久违的万人游行活动。

2014.05.15

玉皇阁

飞来一阁耸千年*，文化搭台自有缘。
楼上珍奇堪炫眼，路中车马欲通天。
秦腔狂吼君犹醉，舞步飞旋我爽然。
演唱蔚然成大雅，声声嘹亮韵合弦。

附：黄正元先生《咏银川老景新貌四首》

中山公园

银川中山公园，旧称西马营，后更名。经多年建设，且免费开放，已成为市民休闲生活的组成部分。

> 竹马青梅迷幻境，老园新貌更怡情。
> 飞船惊现灵霄梦，亭榭歌随弄玉笙。
> 晨练相偕连理树，夕阳共享芰荷风。
> 辛劳半世依何处，赖有仙源托晚晴。

钟鼓楼

银川钟鼓楼历史悠久，昔为民报时，催勤励业，今已不再鸣钟，但勃发英姿，催人奋进。

> 鼎力街心观万厦，群高难压气神佳。
> 门开四向迎祥瑞，声励城乡绘绮霞。
> 震古烁今天府盛，争朝竞夕贸商华。
> 人居折桂催征急，仍是心中第一笳。

南门广场

银川南门城楼，雄伟壮观，新中国成立后建为公众集会、庆典场地，且毗邻长途汽车站，凤城繁荣，可于此处管中窥豹。

> 卅年享誉小天安，阅尽回乡梦与欢。
> 拓展多番犹未阔，花开节节色斑斓。
> 马龙车水连高速，夕舞晨拳共客酣。
> 秒秒分分和美曲，无人知是旧南关。

在水一方之诗

玉皇阁

银川玉皇阁，新中国成立后改为图书馆，今又发展为文化广场，从春到秋，日日好戏连台，观者数百人。

参皇拜玉百千年，新纪欣交文化缘。

雄阁珍藏今古睿，门前乐奏稻香天。

花儿眉户连秦剧，雅韵豪声渐蔚然。

群演群观群自乐，"两谊"园里舞和弦。

注：黄正元，1944年生，宁夏银川人。宁夏诗词学会顾问，西夏散曲社秘书长。著有诗词集《七彩年轮》。参见第188页《雄风浩荡催征急——黄正元〈七彩年轮〉序》。

戏题黄臀鹎（为李绪正先生照片配诗）

序：陕西李绪正先生擅长拍摄飞禽花草，他结集出版摄影集时，特邀诗友为他的大作配诗。摄影，也是我的至爱，我曾于2006年由国家邮政局出版发行了一套十枚风光摄影邮资明信片。李先生专业水准的摄影佳作多多，喜不自禁，欣然命笔。参见第87页《醉梅花·题李绪正摄影作品集〈诗情花鸟〉》。

紫花怒放惹回眸，望眼还将佳丽求。

心事如潮孰能解 *，半缘春色半缘愁。

写于 2014.06.04

悼抗日救国铁血军将领苗可秀

——从东大学生，到抗日英烈

序：我的母校东北大学，是一所具有光荣革命传统的学校，是"五四运动"主要发起和参与的高校之一。发生在沈阳的"九一八事变"，更激发了学生抗日救国的热情。苗可秀就是其中之一。苗可秀，辽宁本溪人。1931年"九一八事变"时是东北大学千余名流亡北平的学生之一。他积极参与东北民众抗日救国会，先后组织了东北学生军、中国少年抗日救国铁血军，进行抗日救国斗争，同时利用一切机会宣传抗日救国。由于声名大振遂成为日伪军主要"讨伐"对象。在一次铁血军夜间行动时，被汉奸告密，发生激战并负重伤后不幸被捕。苗可秀在狱中大义凛然，英勇就义。

君可记日寇入侵九一八，东北沦陷已无家。
山河破碎人离散，风哭海啸笼黑纱。
君可记民族危难战事摧，欲将故土力夺回。
南京请愿成泡影，莘莘学子不胜悲。
家乡父老蒙奇耻，血泪成河硝烟里。
壮士举旗奔走呼，学生参战云水济。
磨刀亮剑救国会，热血满腔为国倾。
伴降实战毙日伪，初战告捷振英名。
里应外合辽南胜，激起倭寇势欲吞。
谁惧恫吓谁惧死，前仆后继铁血军！
热血黑铁聚精神，冰心赤子系魄魂。
愈战愈勇民爱戴，"誓扫倭奴不顾身"。
行军来到猞猁沟，一场伏击显身手。
"送枪送弹"真及时，闻风又是苗可秀！
化整为零每出奇，兵贵神速星夜驰。
晓义纵情宣抗战，以死为训唤睡狮！

睡狮唤醒射天狼，电掣雷鸣悲国殇。
刀枪铺就救亡路，青春筑成血肉墙。
汉奸告密短兵接，刺刀见红白刃搏。
胶着之战熊者亡，同学智勇多豪杰。
铁血之军心似铁，欲荐轩辕以热血。
笑傲酷刑笑诱降，笑对屠刀何其烈！
气节感动翻译官，递信仍将抗战宣。
慷慨就义鹃啼血，血染红旗分外鲜。
父母妻儿时何在？为儿取名苗抗生。
如今国强民亦富，告慰壮士捐躯情。
我来母校吊先辈，犹见同学弹雨中。
欲问默哀何所系？钓鱼诸岛听雷霆。
枕戈待旦老益壮，国耻家仇不敢忘。
悼念烈士俯首思，化作挽歌仰天唱。

写于2014.06，刊于中华军旅诗词丛书《红叶》2015年第3期

忆登多景楼寄女友

壮岁登楼动客心，老来难禁觅知音。
红霞尽染江天灿，白浪频拍草木欣。
千古风流如水逝，万人创业若竹新。
梦中同种相思树，此境何时能变真？

2014.06.30

宁夏农垦茂盛草业公司采风律绝六首

草产业

神农尝草始农耕，养育炎黄千古情。
小草如今成大业，贺兰山下绿盈盈。

观刈紫花苜蓿戏题

绿浪连天紫色无，细观花蕾待张舒。
为谁早刈为谁泣^①，嫁与东风尔不如。

观苜蓿草垛

嗜草之王西域来，婷婷袅袅倚天栽。
打包午夜谁能解^②？信有清风晓月怀。

茂盛奶牛养殖业二首

多少人愁奶业兴，三番造假使牛惊。
莫言牛类浑无语，怒向天空哞几声。

集约饲养有何方？列队从容挤奶忙。
三聚风波谁力挽？人诚牛信奶飘香。

注：①紫花苜蓿一年收四茬，最佳收割期是苜蓿花蕾尚未开放时。
②苜蓿割倒在田里晾干，需在空气有一定的湿度的午夜时分打包，
为的是不损失营养丰富的叶子。

感　怀

虎踞长城关塞雄，寻踪犹见戍边兵。
岳飞脚踏兰山阙，先辈魂牵军马情。
挥剑青春拼热血，请缨行业做先锋。
欣看展翅冲霄起，茂盛奶香牧草成。

2014.07.05

甲午开斋节偕友人登崆峒山见求签算命者如云五首

也趁烟霞自在游，广成神话令寻幽。
箫吹鹤背曾盈耳，紫气东来天际流。

放眼葱茏万座山，时人算命又抽签。
假如他日成沧海，蜗角相争得几坛?

三界红尘谁跳出，高香敬上欲成仙?
弹筝湖水如甘露，可洗嗔痴或戒贪?

谁是红尘自在人? 熏风美景伴梵音。
痴迷天籁匆匆客，休论此生贻误春。

霞光淋浴步从容，身在名山回味中。
多少豪雄曾叱咤，青山依旧掠飞鸿。

2014.07.30

采风太白山登拜仙坛即兴

2014 年 8 月 28 日～31 日，由陕西省散曲学会等部门举办了中国西安第二届当代散曲创作学术论坛暨"曲咏太白山"散曲吟诵会，参见第 131 页。赴太白山采风，在雨雾中诗友们登上拜仙坛，大雾忽散群峰现，复又埋。此时此刻，岭上气象万千，胸中万千气象。

拨云散雾又一峰，我在仙台第几层？
转瞬烟埋山渺渺，飘飘我亦是仙翁！

2014.08.30

浅吟低唱 —— 七绝二十四首

诗　情

万木迎春柳眼开，叮咚流水绕亭台。
恰逢窗下裁新句，燕子衔诗送过来。

诗心（仄韵体）

诗心难老难潇洒，一剪梅花吟月下。
小曲敲成天已明，情痴不解冬和夏。

六盘山小南川即景

林鸟飞梭织绿波，清流携韵点新荷。
溪声一路叮咚响，和我心中得意歌。

中卫应理湖写意

明湖潋滟柳丝垂，含岭襟城秀色堆。
飞鸟嘤鸣声渐远，伊人宛在水之湄。

艾依河——天赐之河

几处明湖一水罗，凤城谁赐此天河？
如今下界开仙境，爱淌人间化碧波。

铲齿象

眼见巍巍体态骄，荡然绝世证飘摇。
曾经象铲丛林翠，何故沙飞黄土焦？

海　龟 *

破壳随波风雨飘，从容水陆自逍遥。
沧桑忍忆生灵绝，问计于龟观海潮。

化　石

历尽沧桑现本真，劫尘拂去探前因。
休言象骨浑无语，剑气犹存四野奔。

当 年

当年海誓化波涛，难忆冰心几对刀。
一缕香魂何所在？小楼依旧彩旗飘。

时 光

时光荏苒鬓飞霜，谁晓今生憾恨长。
经手黄花霜雪浸，怆怀何处话悲凉？

凭 栏

丝丝柳乱雨凄凄，无那轻吟漱玉词。
独立凭栏风满袖，寻寻觅觅为谁痴？

驼 铃

驼铃续断雁声稠，啼乱茫茫天际舟。
月夜听涛愁泛滥，几多随浪付东流？

遥 望

遥望天涯大雪飞，断肠人任北风吹。
忧伤肺更思伤脾，和泪浇愁醉几杯。

吟 咏

暮秋孤鹜起寒塘，憔悴人吟明月光。
咏到东风无力句，又添鬓角几痕霜。

朦 胧

逝者如斯不可追，感恩每教展娥眉。
心间曾驻朦胧影，又品乡音第几回？

高 寒

高寒拍翅浸孤怀，星际悲风足底来。
云海涛翻万重浪，茫茫心事化难开。

茫 茫

触摸夜色看茫茫，不惧天凉惧世凉。
往事何堪梦中忆，怆然揽镜鬓飞霜。

新 歌

痴情女化艾依河，不忍潇潇雨打荷。
泪锁心田怕思量，斑斑鹃血孕新歌。

梅 雨

菊花灿灿苇花扬，次第荡胸难就章。
鹤影寒塘度偏短，涛声梅雨恨尤长。

朔 风

红柳蒹葭发几重？镜中犹见病时容。
怆怀痴诵纳兰句，凄雨鹃声怵朔风。

秋 来

秋来大漠看飞花，落木萧萧愁卷沙。
痛把忧心寄明月，流光照我浪天涯。

石 桥

石桥桑陌忆流年，严父音容梦里传。
病痛如魔扰慈母，厌听锦瑟厌听鹃。

心 花

依香寻径醉芳亭，红落方知黛玉情。
一朵心花无寄处，潸潸泪眼为谁青？

在
水
一
方
之
诗

摘　花 *

谁家又约摘玫瑰？惹得闻香难展眉。
花若有情花亦苦，梅标鹤格为谁痴？

艾依河畔摘玫瑰

夏初结伴摘玫瑰 *，人共花妍秀色堆。
玉露才随烟霭走，金蜂欲把蕊丝偎。
篮中花瓣心间梦，海角伊人岭上梅。
忍看凋残风欲扫，余香盈袖念成灰。

成功打捞宋代古船南海一号（外一首）

序：2007 年 12 月 22 日，南宋古船"南海 1 号"连同泥沙和
整体包裹，在广东省阳江市成功出水，这是世界考古史上首次对古
沉船实施整体打捞。此二首为礼赞新中国成就诗词，是中华诗词学
会于 2014 年初夏向全国省市诗词学会下达的诗词创作任务，拙作
及以下的词，系宁夏诗词学会任务的一部分。

沉船出水面笼纱，莫道身残心盼家。
酣睡南疆终亮相，如今圆梦慰中华。

和谐号动车

跨海钻山一路奔，动车送客总携春。
地球村里通高铁，谁不感恩中国人 *。

2014.08

《兰山抒怀》编后三首

　　《兰山抒怀》是西夏诗社成立十周年26位会员的作品集。（参见第204页《兰山抒怀·跋》），承蒙诗友信任，由我担任主编。重任在肩，诚惶诚恐。数月来，星夜兼程，风雨无阻，反复读稿，潜心改稿，认真编排。在编委们的共同努力下，较好地完成了任务。虽有不尽如人意之处，但已尽心尽力，寸心安矣。总之，为人作嫁，感慨多多。

抒怀编罢感尤多，结社十年如浩歌。
亦友亦师情意在，是非功过任评说。

满腔热血酿成诗，月下推敲梦里思。
自古人生知己少，几分会意素心怡。

休悔躬身做嫁衣，歌诗一首一良师*
寸心唯恐笔端误，明月圆圆笑我痴。

《兰山抒怀》读后二首

西夏犹闻奔战马，兰山已见雪飞花。
万枝红叶含羞醉，千首歌诗堪就茶。

浪花拍就宋唐歌，溪水条条寻大河。
汹涌竞奔东海去，波涛载梦伴吟哦。

在水一方之诗

应邀原玉和房方《月舞》四首

天南地北聚飞鸿，兰里欢歌浸夜空。
琴瑟和弦惊桂魄，嫦娥舒袖系情浓。

芙蓉出水掠惊鸿，荷叶田田映碧空。
袅袅娜娜回望眼，盈胸清气倍香浓。

寻根拜祖驻归鸿，一炷心香接远空。
拉手抚肩挨户探，殷殷相嘱爱心浓。

天高地远起征鸿，万里寻真岂止空。
抱朴守诚追大美，喷薄红日裂云浓。

附：房方《月舞》

月下翩翩舞惊鸿，皓皓皎皎梦长空。
拂袖临风明月夜，六弦诉尽情意浓。

原玉和房方《凌霄》

冲天一鹤志凌霄，碧海晴川一梦遥。
心中春草年年绿，山重水复又相邀。

鲲鹏展翅凌九霄，几度疏狂海天遥。
疏影横斜梅作韵，寂寥谁把明月邀？

乙未迎春

银羊咩岁唤梅开，雪岭长河共此怀。
爆竹管弦唐宋韵*，声声同贺喜春来。

2015.01.15

答友人二首

下海无能上校园，万言杯水品来寒①。
眼前浪涌千帆过，可守心田一寸丹？

倦鸟飞还林里栖，无心出岫素云低。
闲来吟曲南窗下，国是人情偶入诗。

注：①万言杯水品来寒：李白《答王十二寒夜独酌有怀》："……
吟吟诗作赋北窗里，万言不值一杯水。世人闻此皆调头，有如东风射
马耳。鱼目亦笑我，谓与明月同。骅骝拳跼不能食，寒驴得志鸣春风……"

2015.02.25

在水一方之诗

贺兰山东麓酒庄拾韵并序

序：贺兰山东麓葡萄产业带，与法国著名葡萄酒产地波尔多位于相同纬度，生产的葡萄酒多个品种多次获国内外大奖。葡萄酒已成为宁夏重要产业、新的经济增长点，规划到 2020 年种植葡萄百万亩，建成百家以上列级酒庄。酒庄酒追求品质卓越而不是规模经营，是葡萄酒业发展的方向。李白七绝《陪族叔刑部侍郎晔及中书贾舍人至游洞庭》："南湖秋水夜无烟，耐可乘流直上天？且就洞庭赊月色，将船买酒白云边。"

东麓胎生小酒庄，倚天凝紫缀长廊。
何须思饮赊明月，且共诗仙醉朔方。

2015.03.06

西吉震湖

序：西吉震湖位于西吉县党家岔，是 1920 年海原 8.5 级大地震形成的堰塞湖，由四十余个大小湖泊组成，野生动植物资源丰富。西吉县是中国文学之乡。云台山是火石寨的别称。火石寨为西北罕见的丹霞地貌，红色的山冈蜿蜒而陡峭。宁夏作协组织深入生活创作采风，写此完成作业，还有后面的一些词。

泪水一汪流到今，但浇厚土敞胸襟。
金雕追日圆新梦，彩鲫跳波衔好春。
椽笔君挥呈锦绣，文乡我拜洗灵魂。
云台山石夕阳色 *，可鉴萧关火热心。

写于 2015.04.29，刊于《夏风》2015 年第 2 期

西轴建厂五十周年志贺（外二首）

三线终生定，沧桑两代人。
兰山铸魂魄，励我摘星辰 *。

西北轴承股份有限公司采风十四韵 *

为有西轴梦，幸福指数升。
轴传正能量，承送大光明。
炉火纯青意，钢花泛白情。
踟蹰缘短路？拼搏挺长缨。
管理出成效，创新赢竞争。
蓝衫锤铁骨，紫气绕山峰。
交战无常胜，革新有代雄。
恰逢迎大庆，尤赞沐清风。
合起千钧力，惊飞整夜星。
欲随云朵去，还与雁行征。
浩气盈胸荡，浑身一霎轻。
机声理心绪，厂史醒诗翁。
柳绿花如醉，桃红鸟欲鸣。
依依回望处，兰岭现长虹。

轴承

万向轴能转经纬，浑圆光亮皎洁身。
砺磨浴火辉光闪，神似中秋满月轮。

写于 2015.04.30，刊于《夏风》2015 年第 3 期

银鹰追日行

　　骄阳西垂，火烧流云；银鹰西追，追而不舍。碧空浩瀚，红霞万朵，有如我约，多次神交：心中汹涌着万丈豪情，相机记录着千张画面……

银鹰带我向西行，红霞飞舞媚半空。
分层设色橙黄紫，刚健婀娜快哉风。
朵云驮我漫天逛，玉带几匝不可量。
浩浩渺渺是银河？摩肩接踵我来访。
飘飘裙裾共云朵，更有月明酒甘洌。
如痴如狂梦不如，那是诗仙在邀我！
心境恬淡物华新，银湖沙滩次第临。
苍天无语星无恙，月光如水水如银。
群山明灭星斗走，大气清浊月光愁。
日月交辉何璀璨！镶金缀玉七彩洲。
金岸金光金世界，玉湖玉带玉玲珑。
眼前飞雪漫天舞，欲落还悬瑞气融。
4D影片幻耶真，墨色天马迎面奔。
扬起浮尘腾起雾，可是悲鸿笔下魂？
翠羽如潮水上旋，多姿多彩万象涵。
芳草萋萋水碧碧，人心淡处鸟飞还。
暮色苍苍雯时黑，极光莹莹一缕蓝。
天若有情天亦老，瞬间无迹何以堪？

2014.04.23

拍蝇打虎有感二首

序：党的十八大以来，加大了反腐败的力度，苍蝇老虎一齐打，已有122名省部级高官落马。其中2015年1月到8月初44名，2014年59名，2013年18名，2012年1名。人间好了指《红楼梦·好了歌》。

携款出逃小蜜跟，赌了官位赌青春。
妻儿呼唤流干泪，相见铁窗人断魂。

金山银海恨无多，及到多时一命豁。
临死方知寸阴贵，人间好了鬼高歌。

2015.08.16

出席全球汉诗总会十二届汕头研讨会抒怀

全球汉诗总会十二届研讨会，于2015年5月8日至10日在汕头大学召开，来自祖国各地包括台湾、香港、澳门在内的诗友，来自新加坡、马来西亚、美国等世界各国的华人诗友齐聚汕头，盛况空前。

原玉奉和张铁钊先生《南澳行七绝三首》附其原玉

过南澳跨海大桥随吟

破浪长鲸跨海行，掣风掣雨伴歌声。
渔家小妹凌波笑，疑是天仙派对瀛。

观云澳"宋井"

入口冰甜回味际，惹得游客尽猜谜。
一从宋帝误留痕，便有风声如鹤唳。

南澳岛瞻陆秀夫衣冠冢

明知末路护君王，一片丹心几惋伤。
大海扬波时化泪，感天动地佑一方。

附：张铁钊先生《南澳行七绝三首》

过南澳跨海大桥随吟

轻车过海雾中行，远送渔家踏浪声。
漾影疑来丹阙客，轻风送爽到蓬瀛。

观云澳"宋井"

云滩览海连天际，龙虎沉浮千古谜。
未及倾杯饮马槽，犹闻口澳刀声唳。

南澳岛瞻陆秀夫衣冠冢

誓抱雄才伴帝王，扶危无计攘夷伤。
崖山梦断殉忠节，客冢孤魂吊北方。

注：张铁钊，全球汉诗总会常务副会长兼秘书长，为总会发展做出了重要贡献。

南澳金银岛，步徐中秋先生原玉

不为寻金来探奇，个中难怪有人痴。
爬山钻洞频添趣，参透钱财出好诗。

附：徐中秋先生《南澳金银岛》

藏金故事总离奇，倾倒古今多少痴。
我亦随流攀绝壁，不寻珍宝只寻诗。

注：徐中秋，浙江诗人。全球汉诗总会理事，著有诗词集《滴水集》等。

与全球汉诗总会诗友雨中游龙虎山

纵挥神笔画难工，云锦峰青气贯穹。
玉象山居愁戏水，清溪雨涨怕凌风。
悬棺赫赫越人墓，击磬声声太极宫*。
最是心旌摇曳处，抚琴探韵乐融融。

原载《中华诗词家名典》

塞班岛四绝句

序：塞班岛为西太平洋北马里亚纳群岛之一，面积 185 平方公里。16 世纪始曾被西班牙、德国、日本统管。1944 年被美军占领，成为其重要的军事基地，1962 年成为太平洋岛屿美国管地首府，人口约 10 万。2009 年 11 月 28 日，美国正式接管该岛。

045

在水一方之诗

在水一方

046

观海

西太平洋上近两小时的海上旅程，不允许游客上甲板，痴迷大海的我一直站着，临窗眺望……

独立苍茫紫气融，椰风翠羽浪千重。

烟横一苇悠然渡，胸纳汪洋万事空。

注：一苇：捆苇草当筏，后用作小船的代称。苏轼《赤壁赋》："纵一苇之所如，凌万顷之茫然。"

萧森

二战期间美日军队为争夺该岛主权，发生了激烈的战争。美投向广岛、长崎的原子弹就是在塞班岛安装起航的。日军战败后，岛上日军残部及随从三千余人全部跳海。

蘑菇最恨塞班云，孤岛厌言伤痛身。

残部凄惶齐赴海，胭脂凝紫气萧森。

倚天

岛上最高点塔波乔山，海拔 466 米，水下深万余米，因有世界第一高山之称。于最高点极目环眺，海天苍苍，浑圆无界。

混沌海天劈不开，倚天仗剑话崔嵬。

茫茫莫作等闲看，际会风云拍梦来。

踏 浪

近海踏浪、浮潜观鱼、快艇冲浪等是海上特有的娱乐活动。海洋气候瞬息万变，我等一行遇台风在岛上滞留三天。

观鱼踏浪不思回，忽报台风动地来。
顿悟浮生瞬息变，于无声处有惊雷。

奉和马来西亚第39届全国诗人雅集诗词联之诗

冬至，和游思明先生附其原玉

又是边防浸酷寒，千峰欲裂万枝残。
枪巡黑夜霜眉挑，风展红旗热土安。
哨所几人游子梦，汤圆一碗母亲端。
娇娇挑饭何时够？应请娃来营帐看！

附：游思明先生《冬至》

冬至南天未觉寒，朝风暮雨岁时残。
金融乍变人难饱，战鼓频催世不安。
应节汤圆空有待，流年白发岂无端。
终将沐手翻新历，祸福赢亏着意看。

感怀，和许桂瑜先生附其原玉

一江春水悠悠过，无悔人生悟几何。
茹苦含辛终坦荡，沽名钓誉藉欢歌。

注：此诗为马来西亚诗词研究总会《天声》双月刊 2014 年 11 月
诗词联合征稿，雪隆湖滨诗社许桂瑜先生拟题。

附：许桂瑜先生原玉《人生感悟》

岁月难留似梦过，是非成败又如何？
平生义胆求无愧，奉献丹心谱乐歌。

次韵学军先生《新年即事》附其原玉

半世风云君诉说，人生大写岂蹉跎。
校园酣洒甘醇露，宦海频扬逐浪波。
笔走龙蛇书画雅，诗吟应理粉丝多。
香山今又飘红叶，叶叶情浓化作歌。

注：俞学军，1952 年出生于中卫市常乐镇，号香山居士。中国书
法家协会会员、中国国画家协会、中华诗词学会会员，宁夏书法家协
会副主席。著有《俞学军书画集》，诗词集《香山情恋》《香山行吟》。
参见第 179 页《腹有诗书气自华——俞学军〈香山行吟〉序》。

附：俞学军《新年即事》

六十光阴一瞬过，早生华发叹蹉跎。
村居十载入幽梦，宦海卅年付远波。
赋对赋诗佳句少，学书学画苦宵多。
又逢除旧布新日，凭案高吟伏枥歌。

四川行吟七绝四首

栈 道

千寻峭壁倚江立，栈道悬空错落排。
暗度陈仓谁可度？无人不赞鬼神裁。

上峨眉山途中见闻

雾雨缠绵草木酣，几分人境几分仙。
沿途直逗群猴乐，流水叮咚不见山。

旅次遂宁大雨，时值中秋有寄

大雨滂沱不夜天，涪江汹涌我凭栏。
欲倾天府三江水，共饮今宵醉月圆。

注：天府：四川自古被誉为天府之国。三江：指流经四川省遂宁市的长江、嘉陵江、涪江。

穿行隧道

自古人愁蜀道难，而今隧道岭中穿。
八方驴友云游意，自驾风流乐似仙。

2015.09.25～28 于旅途中

在水一方之诗

试题东北大学七二铁同学摄影精品选律绝十八首

音乐喷泉

流水高山韵，落花天籁声。
婷婷旋袅袅，幻化世间情。

秋　韵

斑斓塬上景，翁妪眼中春。
一片归根意，几代游子心。

霜　林

谁染霜林醉？离人心上秋。
又临风雨夜，滴破梦中楼。

雪中情

谁教空灵甚？青松大雪情。
金毛哥俩好，也解步轻轻。

注：照片的主角是两只金毛小狗。

岭上高楼

万里长河衔白日*，千重峻岭掩翠楼。
狂来君在高楼住，可看风云眼底流？

亭台水榭

千顷碧波催画意，几杯红酒动诗情。
亭台水榭黄昏后，此处无声胜有声。

群

两两三三谁比赛？啄鱼戏水远方来。
抨击点赞都堪乐，国事民情总挂怀。

甘肃永登丹霞地貌

奸佞忠良自古争，感天动地欲澄清。
逢冬惠予霜冰雪，哪及千峰日日红 *。

凤凰古城

玉带长堤堤上楼，人间仙境复何求。
文攀诺奖凌霄志，歌放心声逐浪流。
　　题注：凤凰古城的房屋部分建造在河堤上；当代著名文学家沈从文先生的作品曾申报诺贝尔文学奖；苗族歌唱家宋祖英女士，歌声高亢而婉转，享誉中外。

在水一方之诗

嘉陵夜色

千里江陵不夜城，群楼直欲宿辰星。
巴渝富饶灵杰处，辟地开天今古情。

山 村

晴光淑气驭长风，林壑清幽鸟唱鸣。
小径蜿蜒向何处？房前岭后满眸青。

黄河壶口冬韵

奔腾万里卧壶心，沐雪栉风独具神。
星海歌兮受良跃，一歌一跃系国魂。

瑞雪迎春

散花小院倩妆容，千里大山分外晴。
电话呼朋说瑞雪，举杯畅饮醉灯红。

岷 山

车上深山绕几重，大河分岭诉峥嵘。
红军踏出英雄路*，千里雪山一线红。

题注：岷山在四川省北部，绵延川、甘两省边界。高原状山地，海拔约4000米，主峰雪宝顶5588米。岷山是长江、黄河分水岭，岷江、嘉陵江发源地。1935年红军长征经此——"更喜岷山千里雪"，正值举国隆重纪念红军长征胜利80周年赋此。

雨霁门源戏题

谁晓高原气象宏？犹如霹雳顿时生。
才惊虎啸呵雷母，又迓龙腾鞭电公。
白浪跳珠泼火雨，黑云压顶泻天风。
千峰忽送诸神去，顷刻群山耀眼明。

题注：门源，青海省门源县。毗邻甘肃省。

尼亚加拉大瀑布七律二首

咆哮奔腾滚滚来，势如倒海劈天排。
飞流直下吟奇志，激浪飞翻抒壮怀。
数万游人自嬉戏，逾千水鸟竞徘徊。
马蹄一字含羞女，造化神功巧剪裁。

万里雄风万里涛，天河跌落下云霄。
玉珠涌泻长虹荡，冰雪频喷乱石号。
星恋苍烟幻明灭，月笼银练任逍遥。
奇观胜景谁家有？出入美加夸大桥。

晴雪登高

千里银装何壮美！天蓝雪霁放心情。
长风呼啸阴霾去，红日喷薄阳气生。
叠嶂层峦烂柯木，纵横疏影落花松。
红旗插上珠峰后，多少豪杰舍命登。

注：此组诗参见第103页《渔歌子·我们的2016年台历并序》，
第152页《［越调·斗鹌鹑］那些年，我们是同窗（散套）》等。

在水一方之诗

叙利亚逃往欧洲的难民潮七绝三首

长蛇涌动势如潮，背井离乡草木凋。
最是男孩张望眼，女王感动护羊羔。

逃离百万耐人寻，战乱始知宁靖珍。
胜负还留后人论，从来灾祸害平民。

衣着时尚难民身，新纪战争其味深。
何故遭欺屡挨打？皆缘称霸欲鲸吞。

2015.10.26

红寺堡采风归途迷路深夜返银

误入盐池子夜时，柳丝新月笑咱痴。
油门踩点刹车点，乘客迷糊师傅迷。
笑话怎将瞌睡赶，惊心的确嗓门提。
人稀路静天公助，造化如今也爱诗？

青铜峡峡口泛舟

涌浪穿峡气贯虹，山呼水应自从容。
清波潋潋旋新燕，玉坝磐磐卧巨龙。
放眼环球唱金岸，倾心故土话青铜。
泛舟逸兴情难尽，回首长河飞塞红。

三亚行律绝八首

天涯海角

波中镶翡翠，鲸背落烟霞。
一柱痴心守，群魔顺手拿。
前贤留墨宝，游子醉天涯。
往事何堪忆，心潮付浪花。

尖峰岭国家森林公园律诗二首

其一

三面环山抱，一峰入碧霄。
兰花开峭壁，倒木哺新苗。
气定蜂偏闹，神闲鸟欲邀。
登临应洗肺，好共彩云飘。

注：倒木，原始森林里自然倒下的树木。森林里的树木许多是由倒木新生哺育而成，倒木也提供森林植物生长的必需养分。

其二

蛙鼓睡莲椰送风，藤缠爱侣鸟争鸣。
古藤织苑全无计，独木成林尚有榕。
高耸云杉筛碎影，低开阔叶卧沙虫。
灵芝错过沉香邀，回望群峰云雾中。

在水一方之诗

鹿回头

三亚机场邂逅参加世界小姐总决赛的美女，拍下了佳丽的倩照。大赛已举办了十五届，佳丽回眸，可缘鹿回头？

坡公教化自盟鸥，蝶变风光誉九州。
鸣鹿呦呦可逐鹿？惹得佳丽净回头。

大东海海滩

椰影婆娑云影斜，人如候鸟乐天涯。
渔舟唱晚邮轮过，光腚儿童浴细沙。

龙沐湾律绝二首

神龙沐罢此湾牛，眼见纷纷起大楼。
依岸花园秀八爪，闻涛美景数一流。
椰风阵阵穿堂过，框架林林面海羞。
风水轮流轮自转，功名利禄莫强求。

滩柔沙细暖风熏，天涌红霞浪涌金。
光脚临风痴面海，波涛翻滚世人心。

火车站万人海鲜广场

椰风送爽客如潮，生猛果蔬争弄娇。
海味未尝先醉了，万人饕餮在今朝。

2015 年 11 月 20 ～ 25 日途中作

悼同窗好友钟玉球君，和刘西太胡瑞云同学（微信发）

掏心掏肺惜别后，梦里不由呼唤急。
底事匆匆离我去？星孤月冷泪湿衣。

2015.11.24

附：1. 刘西太《悼钟玉球君》

再见照片上的钟玉球同学，颇多感伤，以诗悼之。

惜别鸭绿江边后，谁料随之噩耗急。
笑貌音容依旧在，黯然悲涌泪沾衣。

2. 胡瑞云《悼钟玉球君，和刘西太、闫云霞同学》

鹿寨雨送月台后，重逢母校话别急。
噩讯传来悲桂女，叹惜声声泪沾衣。

注：钟玉球、刘西太、胡瑞云，我读大学时的同班同学。钟玉球，女，广西鹿寨人，2008年10月去世。我曾以七律《悼同窗挚友钟玉球君》，表达缅怀之情。

曲艺贺新年

昨晚，习近平主席及党和国家领导人出席了央视迎新晚会，古今戏曲精彩纷呈。

细拣新翻送好音，黄钟大吕美无伦。
阴霾几欲遮天地，一曲澄清九域尘。

2015.12.31

在水一方之诗

纪念周恩来总理逝世四十周年律绝三首

一、原玉敬和周总理七绝《无题》二首

血雨腥风西复东，临危赴死救贫穷。
外交内政身心瘁，一世英豪谁代雄？

长街溅泪祭朝东，入海依依思不穷。
雪岭江涛共呼唤，亿人怀念颂豪雄。

附：周恩来总理七绝《无题》

大江歌罢调头东，邃密群科济世穷。
面壁十年图破壁，难酬蹈海亦英雄。

二、纪念周总理逝世四十周年，和杨森翔先生附其原玉

山呼海啸亦襟怀，热血奔流曙色开。
为国鞠躬孰能比*？为民尽瘁奈何衰。
每依星斗倾情望，幸甚神州济世才。
日月同辉功绩在，中华崛起慰恩来。

2016.01.05

附：杨森翔《纪念周总理逝世四十周年（四首之四）》

春风为面海为怀，每感精诚铁石开。
廉贯一生标永立，功垂千古姓难衰。
华夷共悼还能几，敌友同钦岂止才。
忠骨自难存一地，河山处处唤恩来。

注：杨森翔，1945 年出生，宁夏灵武人。宁夏文史馆馆员，宁夏诗词学会顾问，著有《韵语编年》等，与刘剑虹先生合著诗词集《半山云木半山虹》。

悼宁夏贺兰县 301 公交车罹难者七绝四首选三

序：2016 年 1 月 5 日清晨，犯罪嫌疑人马某因水暖工程款纠纷，为泄私愤，携带汽油桶登上一辆从贺兰开往银川的 301 路公交车，趁着夜色，马某用打火机点燃汽油，造成 18 人死亡、32 人烧伤、公交车烧毁的严重后果获死刑。由于周围群众及乘客奋不顾身抢救，减少了伤亡。

死伤百姓太心揪，丧尽天良乱复仇。
悲雨凄风震天案，凤城蒙难亦蒙羞。

险情乍起万千重，扑救投身烈火中。
坐论虽需终是浅，平民本色亦英雄。

善恶殊由闪念当，行凶泄愤丧心狂。
贫穷富贵钱难计，净化心灵疗内伤。

2016.01.06

在水一方之诗

应房园邀同续《我有一壶酒》二首

序：借央视热播"中华诗词大会"的东风，网友纷纷续唐代诗人韦应物的诗。新年伊始，小女房园微信发来续诗二首，应邀有续。

我有一壶酒，足以慰风尘。
行吟吟欲醉，踏浪浪如奔。
蜗牛瞧世界，瘦马上昆仑。
乍暖寒流过，思念远方人。

我有一壶酒，足以慰风尘。
诗章千载颂，续醉后来人。

附：房园续二首

我有一壶酒，足以慰风尘。
醉饮深山处，笑看红尘人。

我有一壶酒，足以慰风尘。
本想问佛去，奈何有良人。

附：韦应物《简卢陟》

可怜白雪曲，未遇知音人。
恓惶戎旅下，蹉跎淮海滨。
涧树含朝雨，山鸟弄余春。
我有一瓢酒，足以慰风尘。

深切怀念秦中吟先生，接龙杨石英大姐

先生何处又长征，春雨春风柳色青。
料得诗仙大旗举*，珠峰登顶正攀登。

2016.03.20

附：杨石英《深切怀念秦中吟先生》

梅花开了杏花红，杜宇啼春促早耕。
昔日诗田芳土在，先生何处又长征。

注：此诗是纪念秦中吟先生仙逝两周年，诗友们的接龙诗。悼念秦中吟先生之词见第81页，文章见第173页。

杨石英，女，1933年生，湖南邵东县人，抗美援朝战士。曾任宁夏诗词学会副会长，现为顾问。著有诗词集《秋韵》《秋韵续集》。

在水一方之诗

贺彭祖述先生精雕松花砚问世
奉和张福有先生附其原玉

方寸奇观石上惊，怡神化境血凝成。
白山傍水魂灵秀，黄鹤凌云气节贞。
呵水试金高格竖，随心游刃宝刀横。
玉莲翠竹松花砚，千古基因此刻情。

注：张福有，1950 年生，吉林集安人。中华诗词学会副会长，吉林省诗词学会会长，《长白山诗词》主编。著有《养根斋诗词选》《诗词曲律说解》等。

2016.03.21

附：张福有先生《贺彭祖述先生精雕松花砚问世》

彭祖述先生精雕一百六十方松花砚先睹为快，赋诗以贺。

一入华堂满目惊，松花百宝砚刊成。
爱莲甚解濂溪醉，赏菊深知陶令贞。
梦演红楼通俗雅，刀亲翠玉布纵横。
植根长白终无悔，拜石堪钟万古情。

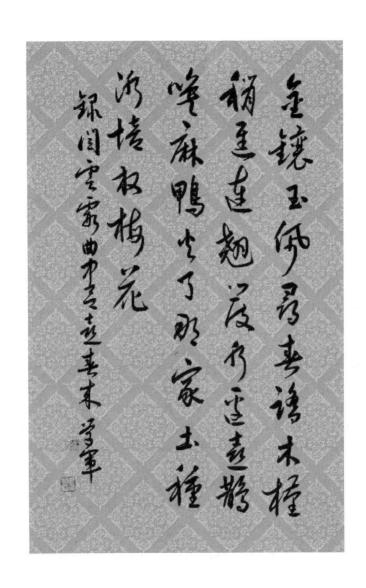

金镶玉佩寻春踏
稍迟连翘绽于蜂喧蝶
唤麻鸭出了那家主种
汾埔枝梅花
录闲云寄曲中吕喜春来 学军

宁夏书法家协会副主席俞学军书《［中吕·喜春来］金镶玉佩寻春踏》，诗文见第 157 页

在水一方之词

临江仙·咏梅，缅怀何宝珍同志并序

何宝珍同志是一代伟人、中华人民共和国主席刘少奇同志的早期革命伴侣。1902 年出生于湖南道县梅花镇，1922 年加入中国社会主义青年团，同年到安源某校任教。1923 年转入中国共产党并与正在安源领导工人运动的刘少奇结婚，婚后跟随刘少奇辗转广州、上海、武汉、东北、华北等地从事党的地下活动。1933 年，何宝珍不幸被国民党反动派逮捕，在狱中，她保守了党的秘密，维护了党的利益，1934 年在南京雨花台英勇就义时年仅 32 岁。南京雨花台纪念馆至今还陈列着她的生平事迹。刘少奇高度评价："英勇坚决，为女党员之杰出者。"词牌依杨慎《临江仙·滚滚长江东逝水》。

一剪红梅开道县，英贤连理鲜妍。经年转战共危艰。心明何俊秀，志远共婵娟。　　铁骨仙姿摧愈艳，凌霜斗雪贞坚。缅怀似海起波澜。梅魂梅魄在，驱腐沁青天。

写于 2013.01.01，刊于《夏风》2013 年第 1 期

雅安抗震曲

2013年4月20日，北京时间8时02分，四川省雅安市芦山县突发7.0级强烈地震。军民共同谱写了壮美的抗震曲。

点绛唇·雅安地震（冯延巳格）

敢问苍天，降灾黎庶居心测？地摇维绝，楼倒烟飞灭。
涂炭生灵，浩劫谁能遏？人悲切。此时山咽，流淌黎民血。

渔家傲·搜救生命 *

突降震灾情迫切，山崩地坼神州咽。挺进芦山余震烈。生死界，搜寻生命坚如铁。　　手摇废墟逢半夜，肩背怀抱飞身越。慈母臂弯同子诀，悲且乐，婴儿啼破关山月。

注：词牌依王安石《渔家傲·平岸小桥千嶂抱》。

破阵子·最亲子弟兵（稼轩格）

天降神兵神救，春将生命生萌。余震里搭桥筑路，危难中医伤问疼。最亲子弟兵。　　风雨航拍监控，洗烘衣被情凝。挺进灾区军号响，崩裂昆仑巨手擎。军功与日增。

在水一方之词

生查子·学生保护神（贺铸格）

雅安一位年轻的女教师，在大地震来临时，从容指挥小学生秩序逃离教室，无一人伤亡。

学生保护神，临震从容立。淡定指挥时，宛若将军至。

帐篷授课余，自把娘亲比。善美种花园，指日芬芳溢。

写于 2013.04.26，载于《夏风》2013 年第 2 期

贺题悼赠之词十四阕

浣溪沙·宁夏诗书画影艺术研究会成立志贺

宁夏诗书画影艺术研究会成立大会，于 2013 年 5 月 26 日在银川虹桥宾馆举行。次日，研究会在宁夏美术馆举办了首届"凤凰杯"诗书画影展与宫廷文物精品展，其中有诗友和我的诗词作品以及友人的书画作品。

遏响行云万鸟鸣，凤凰展翅喜迎宾。金声玉振灿群星。

岸柳应喑唐宋韵，岭松尤唱贺兰风。黄河入海起长鲸。

浣溪沙·研究会首届诗书画影展

老子出关函谷行，诗书千载沐清风。悠然已醉凤凰城。

开卷生香融翰墨，逢春合璧咏豪情。无边浩气正升腾。

生查子·致贵州青年教师诗人余廷林二首

羡君桃李情，苗圃深培土。桃李敬园丁，花放嗔还怒。
牧花苑里人，却惹仙姑妒。朵朵绽从容，一片春光驻。

雨轩雅韵稠，情笃清新咏。大爱淌心泉，妙笔生佳境。
素心雁字鸣，宛若击钟磬。锦洞古今殊，瀑布歌诗诵。

浣溪沙·沉痛悼念高嵩先生

再过百年归未迟。眼前犹见诵诗词。春风化雨燕衔泥。
人爱华章夸庾信，君研文史愈痴迷。宗师风范岭松姿。

注：高嵩（1936—2013），河北阜城人。先在教育部门任职二十年，后任宁夏文联理论研究室主任，宁夏作协副主席，宁夏政协常委等。著有《李白杜甫选译》《敦煌唐人诗集残卷考释》《张贤亮小说论》《岩画中的文字和文字中的历史》《大麦地岩画——夏朝档案》等。先生应邀到宁夏老年大学讲授格律诗词时，我有幸聆听，记忆犹新。

2013.08.22

纪念李天柱先生词六阕

一剪梅·致李老 *

序：2013年春，友人代赠拙作《沙坡头咏怀》予李老，李老悉心品读，欣然命笔，写下《喜读〈沙坡头咏怀〉》。（详见第270页）李老系吾家两代三人之恩师，谨以《一剪梅》略表谢意。词牌遵蒋捷《一剪梅·一片春愁待酒浇》，为句句韵。

何德何能劳动君？喜读情深，评品情真。离乡常念故园恩，飞燕回春，落叶归根。　　名校跻身屡建勋，三载谆谆，两代殷殷。满头华发少年心，心似金纯，身似昆仑。

在水一方之词

水调歌头·贺李老《似水流年》出版（坡翁格）

又把金针度，我自品香甜。春风桃李情笃，秋色更斑斓。三尺讲坛焕彩，几代心潮澎湃，梦系大同天。逐日追风魄，至爱大无边。　　育贤俊，当伯乐，着先鞭*。擎天一柱，开启航线力扬帆。生命甘心奉献，何必流年感叹！此事古难全。最美夕阳灿，万里照晴岚。

鹧鸪天·献给敬爱的李校长

拜读《流年》倍感亲，当年情景记犹新。亦严亦活庄谐趣*，为长为师厚且深。　　耕热土，降甘霖，小苗茁壮已成林。跻身名校丰碑立，一柱擎天大写人。

风敲竹·拜读《我家的圣母玛丽亚》*

序：这是李老在生病住院期间写的缅怀已故爱妻的一篇文章。妻子王玉梅与他相濡以沫六十余年，李老温馨而深情地称妻子为圣母玛丽亚。文章回忆了与妻共度峥嵘岁月，更多地抒发了自己的情怀。肺腑之言，感人至深。词牌遵坡翁《贺新郎·乳燕飞华屋》。词牌贺新郎，又名金缕曲、风敲竹、乳燕飞。

又是孤灯夜，教心潮、波澜乍起，闸开如泻。钻石婚姻孰能比？西望怆然悱恻。六十载、相辅相佐。菩萨心肠柔似水，竟操劳、直到从容别。君可晓、病床卧？　　排云穿雾高飞鹤，势横空、挥洒开阖，志坚如铁。教育献身无怨悔，矗立丰碑一座。谁敢忘、先生恩泽！滚滚长河东流去，邀师唤友把宴设。杯共举，对朗月。

浣溪沙·致李老

一部心声说故园，育才兴教梦魂牵。读来感慨起波澜。
文到清平能秀主，人归本色信悠然。长河自古育英贤。

浣溪沙·沉痛悼念李天柱先生

致电通邮在月前，忽闻噩耗报云端。匆匆驾鹤是何缘？
剥茧抽丝织锦绣，育人从教竖碑坛。凡夫此去孔夫欢。

注：李天柱（1931.1—2016.1），电子邮件笔名凡夫，宁夏中卫人，曾任中卫中学校长，第七届全国人民代表大会代表、宁夏文史馆馆员等。终生从教，著有《教育随笔》《似水流年》《王码打字指南》等。前五首是遵李老所嘱，为他即将出版的散文集《似水流年》而作，配我的彩照刊《似水流年》。最后一首是为李老写的悼诗。

以上部分原载《夏风》2013年第3期

青玉案·读《香山情恋》致俞学军先生二阕

几番心醉香山土，秉画笔、千家顾。锦绣年华谁共度？水车情笃，长河浪滚，何惧风和雨。　　满园桃李芬芳吐，焕彩文章写来速。真话真情真感悟。妻贤儿孝，和谐和睦，更教人追慕。

退休喜把情缘续，力歌咏、香山土。一草一花一树木，楹联歌咏，竹枝《综述》，韵里春光驻。　　驼铃串串归来去，秉笔凝神酷和暑。雅兴平添知几许？淋漓翰墨，铿锵诗赋，细品通今古。

注：俞学军先生简介见第48页。参见第179页《腹有诗书气自华——俞学军〈香山行吟〉序》。词牌遵稼轩《青玉案·元夕》。

2013.03.13

鹧鸪天·故园盛会有寄

序：2013年5月23日，中卫市召开"纪念'5.23'讲话发表71周年暨征文颁奖新书发布会"。会上颁发了有关征文奖项、展出了优秀摄影作品，发布了"印象中卫·文化旅游系列丛书"四册：《崛起的沙坡头》《沙坡头的传说》《香山情峦》《沙坡头咏怀》。其中，不少获奖者是我青年时所熟悉的。

五月枣花分外香，群贤毕至聚一堂。诗文馥郁真情在，奖项琳琅意气扬。　　歌浩荡，韵铿锵，铿锵偏惹绪悠长。相逢堪忆曾相遇，心底无端泛感伤。

2013.05.23 于中卫

水调歌头·与诗友同谒中华黄河坛

序：中华黄河坛，又称黄河圣坛，是宁夏黄河金岸标志性建筑之一，位于青铜峡市金沙湾西岸。黄河圣坛背靠贺兰山脉，隔河屹立牛首山。站在黄河圣坛的位置向黄河望去，眼前的黄河与滩地呈现出一个太极八卦图。词牌遵坡翁《水调歌头·明月几时有》。

叩拜摄魂魄，洗礼阅沧桑。嶂开峰裂汹涌，几度共洪荒？金岸雄浑壮美，绿树婀娜丰蔚。太极孕韶光*。纵蘸洪流写，难写慨而慷。　　边关月，河套水，贺兰冈。倾心侧耳，黄水奔放诉衷肠。柱刻铭文仰止，心记慈恩励志。千古竞流芳。惜母殷殷乳，九域共绵长。

曾获第二届黄河金岸诗歌节优秀奖
原载《中国·宁夏第二届黄河金岸诗歌节作品集》
2013.04.16

长相思·烽火台（白居易格）

烽火台，烽火台，褒姒幽王玩笑开。诸侯被戏哀。

天何猜，人何猜，一笑招来灭顶灾。荒唐国必衰。

渔家傲·献给党的生日 *（晏殊格）

长夜茫茫横魍魉，何方是岸空悲怆。闪闪红星天照亮。定航向，高扬一帜迎风闯。　　竞发千帆频破浪，五洋捉鳖群情涨。积弱积贫谁敢忘？汪洋上，昂扬旗舰雷霆荡。

蝶恋花·情系韶山（柳永格）

长夜茫茫长几许？一线曙光，照亮神州域。力转乾坤镰斧举，开山辟路辉寰宇。　　一叶一枝都似诉，来到韶山，情愫千千缕。纵有微瑕能掩玉，是非功过人心度！

桂枝香·贺毛泽东主席诞辰 120 周年 *（王安石格）

曾遭万劫，正涂炭生灵，充斥妖孽。救世先燃星火，壮怀悲切。工农唤起千千万，战犹酣、江天辽阔。把牢航舵，前仆后继，红旗如血。　　站起来，人民福泽。为五亿同胞，千秋功业。百万雄师敢教，地翻天坼。随心红雨掀成浪，但沉沙、却与民决。而今咱富，时时欢唱，老歌新阕。

2013.12.13

贺新郎·谒湖南刘少奇纪念馆 *（东坡体）

凄雨潇潇泻。对苍天、几声叹息，几声悲切。囚禁凤凰辱圭臬，浊浪滚翻黑夜。音信断、乌云吞月。星郧开封天地怵，教人民、悲怆心流血。谁忍听，旧歌阕。　　安源工运声威烈。力摧枯、转战千里，志坚如铁。《修养》恰如清泉淌，坦荡胸襟高洁。亲拟定、兴邦方略。国富民安公可见？灵前肃立不忍别，泪滚滚，气咽咽。

青玉案·二十万移民的梦想 *（稼轩格）

众人选我登台唱，唱梦想、群情涨。梦里人人曾向往。无忧衣饭，住房明亮，活个人模样。　　哗哗扬水浇希望，万顷黄荒变青帐。免税扶贫科技上。如今生梦，果香牛壮，休假八方逛。

中国十大名花

1. 水调歌头·水仙花（东坡格）

序：清丽脱俗的水仙，却非天庭之卉，十大名花，险些落选。

云卧衣衫冷，水醉蒜鳞鲜。娇黄冰玉盈目，玉立水云间。罗袜翩跹曾去，翠袖袅娜欲舞，随处起烟澜。浪涌长天碧，赏我水中仙。　　清泠露，橙禅朵。梦难圆，绵绵爱恨、朝暮谁暖寸心寒？一簇娉婷清丽，千顷浩然正气，何必论凡仙。仙境怜柯烂，青史泫然谈。

2. 乳燕飞·梅花 *

遍岭濡香雪。片云微、瑶池弄影，管弦邀月。犹怕尘寰扰清气，铁骨冰肌玉洁。和靖去，知音难谒。鹤眼初开情笃怯，影疏斜、酒冽谁相约？谁又闻、旧歌阕。　　为谁痴守心如铁？盼东君、日暖春至，百花欢悦。莫道群芳空过眼，唤醒无边绿叶。究竟惧、无情枯谢。纵是蕊丝仍沁雪，芳魂自古以此乐。化作土、永不灭。

注：词牌依坡翁《贺新郎·乳燕飞华屋》。和靖，林和靖，本名林逋。宋代钱塘（今杭州）人。他一生拒绝为官，不曾婚配，隐居在杭州西湖孤山，以种梅养鹤为乐事，人称"梅妻鹤子"。"疏影横斜水清浅，暗香浮动月黄昏。"他的七律《山园小梅》被誉为咏梅的绝唱。

3. 虞美人·茶花

暗香浮动谁能佩？绿叶红英最。倩谁迎雪伴梅开？仙子携风携雨报春来。　　一枝娇艳芳魂系，谁解其中意？采花谁是爱花人？恰似落花流水付红尘。

注：词牌遵李煜《虞美人·春花秋月何时了》。

4. 暗香·兰花 *

深深幽谷，月朗星疏淡，流云飞瀑。袅袅娜娜，姑射[1]欣然笑留步。阆苑期移九畹[2]？侬可闻、《猗兰操》曲[3]？俨然是、王者之香[4]，天地共倾慕。　　如故，倩兰圃。画笔透胸襟，板桥情愫[5]。而今大贾，"荷鼎"换来海边屋[6]。我有盆栽蝴蝶，却为爱、春兰常苦。苦因爱，人总被、那思量误。

在水一方之词

题注：词牌遵姜夔《暗香·旧时月色》。《暗香》系宋词人姜夔自度曲，97字，多用入声。清词人朱彝尊之《暗香》与姜词平仄多有出入。

注：①姑射：《庄子·逍遥游》载，"藐姑射之山，有神人居焉，肌肤若冰雪，绰约若处子。不食五谷，吸风饮露，乘云气，御飞龙，而游乎四海之外。"

②阆苑：传说中神仙居住的地方。九畹：屈原爱兰，《离骚》："纫秋兰以为佩。""余既滋兰之九畹兮，又树蕙之百亩。"句中"秋兰""滋兰"特指兰草，即春兰，春兰一花一茎，花清香。而一茎数花者为蕙，也称蕙兰。与春兰、建兰、墨兰、莲瓣兰等同为中国传统文化中所欣赏的兰花，与蝴蝶兰气质不同。蝴蝶兰花型硕大而美艳，但无香气，风靡世界的蝴蝶兰大部分是由台湾培育的。农历七月又称为兰月。

③孔子爱兰，曾对兰弹《猗兰操》曲。

④孔子云："夫兰当为王者香。"

⑤郑板桥题画诗云："为道老夫重展笔，依然兰子与兰孙。"

⑥荷鼎：素冠荷鼎，兰花之极品。产于云南，属莲瓣兰，连续五年问鼎中国兰花博览会特等金奖。在云南玉溪市的兰花交易会上，有一名买家，他用两套海景房作为代价换得珍贵的莲瓣兰花苗。当代兰花的炒作可见一斑。

5. 蝶恋花·牡丹花

最喜那天香染露，国色荷霞，俊美温香熟*。魏紫姚黄天下慕。倩谁能解伊情愫？　　浓艳何妨生傲骨，傲骨如梅，脉脉同谁诉？怅望星空春去速，明朝又是飘红雨。

注：词牌遵柳永《蝶恋花·伫倚危楼风细细》。上古无牡丹之名，统称芍药。唐以后始称木芍药为牡丹。崔豹《古今注》："芍药有草木二种，木者花大而深，俗称牡丹。"李正封《牡丹诗》："国色朝酣酒，天香夜染衣。"东坡：《减字木兰花·花》："温香熟美，醉慢鬖垂两耳。"喻牡丹如熟睡的美女。魏紫姚黄为牡丹花之名品。

6. 诉衷情 · 杜鹃花

只因烈士把躯捐，血染最鲜妍。天真烂漫无怨，倩得百花繁*。　　啼蜀血，浸寒烟，待谁言？一帘幽梦，千载迷魂，万座春山。

注：词牌遵陆游《诉衷情·当年万里觅封侯》。杜鹃花又名映山红。我国及世界各国广泛种植。李白《宣城见杜鹃花》："蜀国曾闻子规鸟，宣城还见杜鹃花。"啼蜀血：传说古蜀帝杜宇令灶冷治水有功，自愧德薄，乃让位于灶冷，亡去化为子规鸟（即杜鹃鸟），啼至出血，其血则化为杜鹃花。

7. 玉楼春 · 月季花

玫姿梅韵殊惊艳，与共春华秋烂漫。浑身芒刺卫芳魂，祛病慈悲瘀痛散。　　人因梦想神难倦，花意缠绵心可鉴。为君把酒劝斜阳，风月一江花影淡。

注：词牌遵宋祁《玉楼春·东城渐觉风光好》。月季花，因一年三季开花，又名月月红、月月花等。蔷薇科植物，花、根、叶皆可入药。其花入药，散瘀止痛，其叶鲜用，消肿散结。

8. 南乡子 · 荷花

出水乍冷然，净植亭亭紫燕旋*，点点滚珠翻翠盖，缠绵。莲叶莲蓬莲藕捐。　　花意总堪怜，自古书生酷爱莲。对坐听声尤被恼，魂牵。风絮扑头翠鸟喧。

注：词牌遵稼轩《南乡子·何处望神州》。荷花，又名莲花、芙蕖、水芙蓉、菡萏等。周敦颐《爱莲说》："出淤泥而不染，濯清涟而不妖，中通外直，不蔓不枝，香远溢清，亭亭净植，可远观而不可亵焉。"六月也称为荷月。

在水一方之词

9. 西江月·桂花

熏醉几回桂魄，温馨万户人家。凡间天上两能花，探月殷殷迎驾。　　到老缠绵尤恋，修心恬淡无华。双双靓影透窗纱，谁惹姮娥欲嫁？

　　注：词牌遵柳永《西江月·凤额绣帘高卷》。桂花，又称木樨、九里香等。其中黄花称金桂，白花称银桂，红花称丹桂。神话说月中有桂，因以桂月、桂轮、桂魄等为月亮的别称。杜甫《一百五日夜对月》："斫却月中桂，清光应更多。"辛弃疾《念奴娇·丹桂》："借得春工，惹将秋露，熏作江梅濡雪。我评花谱，便应推此为杰。"

10. 水龙吟·菊花

今生爱菊痴迷。餐英高士[①]沉江后，芳魂国悼[②]。高标一树，古今信守。几度东篱，满园霜月，此情依旧。可怜黄金甲，相思点点，遂成嫁、心欺否？　　独有此花开在、世人心，形传神授。古人头戴[③]，今人园展，祝君福寿。恰沐金风，又滋甘露，君成天就。万年圆一梦，凌霜怒放，气冲牛斗。

　　注：词牌遵张炎《水龙吟·白莲》。

　　①餐英高士：屈原《离骚》："朝饮木兰之露兮，夕餐秋菊之落英。"

　　②屈原沉汨罗江后，两岸的百姓往江水里投粽子，表达对他的崇高敬意。

　　③古人头戴：杜牧《九日齐山登高》："江涵秋影雁初飞，与客携壶上翠微。尘世难逢开口笑，菊花须插满头归。"

作于甲午马年正月，刊于《夏风》2014 年第 4 期

水调歌头·与诗友暮登鹳雀楼（东坡格）

久有登临意，来沐快哉风。红霞尽染楼宇，金水正奔腾。舜日熏风尤漫，鹳雀祥云欲揽，紫气瑞群峰。蒲剧又盈耳，化境铁牛评。　　望星宿，听天籁，醉旗亭。凭栏遥想、之涣吟咏正调筝。出语浮云惊散，赌壁奇才亮剑，千载励攀登。放眼中条岭，灯火万家明。

注：鹳雀楼，位于山西省永济市，依黄河矗立。因王之涣五绝《登鹳雀楼》而名扬千载。蒲剧又盈耳：蒲剧为永济地方戏。化境铁牛评：铁牛，位于蒲津古渡的铁牛，详见第18页《山西蒲津渡铁人铁牛歌并序》。

2013.10.09

钢花怜我梅花女·令词十二阕

踏莎行·钢花怜我梅花女三阕（秦观格）

几载春秋，几番风雨，几曾魂断钢花趣。与花同命共呼吸，钢花怜我梅花女。　　钢水熔融，钢花欲语。一炉浩气装寰宇。人生不老是痴情，此情入骨翻新曲。

几阵秋风，几声杜宇，几回能与谁人诉？悠悠往事浪滔滔，波涛依旧东流去。　　梦里还吟，醒来还悟。推敲苦炼痴如故。新词一阕草成时，推窗却见蒙蒙雨。

海纳山川，浪吟意趣。华章读破心如故。春风不解旅人孤，纵翻新阕同谁语？　　欲证前因，还嗟命宿。砌成此恨无重数，曲终人散怅青峰，青峰不老人空慕！

2013年重阳节

蝶恋花·迎水桥头（晏殊格）

烟舞机喧人赶巧，面对钢花，爱唱迎春到。迎水桥头流水绕，登车一路同欢笑。　岁月荒唐君走早，年少情痴，痴到红颜老。心事如潮无处道，问君能否来开导？

2013.09.12

鹧鸪天·贺刘沧老九秩华诞兼忆慈父

见老犹如见父亲，同庚同运献青春。擎天大厦基擎柱，立地高山水养林。　如剑舞，似涛奔，放歌总教韵雄浑。数篇恰似慈恩意，相印丹心共此心。

注：刘沧，抗日老战士，著有诗词集《晚晴吟》《金秋放歌》。刘老与父同庚且同为国扛枪，只是父亲早早离开了我们，留下了永远的遗憾。该词呈刘老后，刘老复书信致意。

调笑令·飞雁（韦应物格）

飞雁，飞雁，万里将家挂念。归根落叶情浓，孤雁如何动容？　容动，容动，患难谁能与共？

清平乐·母女情（黄庭坚格）

娇音依旧，彼岸乖儿候。报喜嗔忧言不够，不辨夜间白昼。　春来鸟语花香，战争瘟疫时狂。欢聚西风相阻，恨无双翅飞翔！

浪淘沙·等待（李煜格）

清舍候佳音，思绪纷纷。娇儿彼岸盼娘亲，晓梦依稀能聚首，笑语还嗔。　　自古苦离分，绕梦牵魂。紫槐怒放沁人心，柳绿波清琴瑟醉，谁与吾吟？

踏莎行·思念（晏殊格）

华炬初燃，银铃骤绽，娇音呼母声声暖。年年岁岁盼成人，梦中还要叮千遍。　　长笛藏身*，古筝卧案，衣衫隐隐幽香染。儿行千里母担忧，掩门又洗朦胧眼。

注：长笛、古筝是小女房园上中学、大学时习练的乐器。

原载《中华诗词家名典》

缺月挂疏桐·上坟（东坡格）

短信几回发，晓梦三番聚。怎奈孤怀一脉牵，寸断柔肠处。　　沙暴阻何妨？携手翻山去。泪雨纷纷话语咽，恨不寻声住！

画堂春·杨柳（秦少游格）

熏风拂柳减鹅黄，雨停树镀晴光。杏花怒放碧桃香，身懒临窗。　　短信不回何故？出征又踏洪荒？欲言无语对斜阳，恨搅愁肠。

2014.04.08

如梦令·本意（李清照格）

百鸟谐鸣如梦，梦里鹊飞迎送。送大吕黄钟，钟鼓响来吟诵。谁哄？谁哄？妙曼恰同朝凤！

2014.05.16

热烈祝贺西夏诗社成立十周年
分韵得"热"字，调寄玉楼春二阕

杏林雅聚风生色，晴雪又融词几阕。结盟吟友百年情，辉映诗魂千古月。　　寰球偏冷中国热，美梦能圆心似铁。吟诗把酒祝嫦娥，一片吉祥鸣喜鹊。

十年不忘歌杨姐，挑起吟旌怀壮烈。青年战地显英姿，暮岁杏坛泼翰墨。　　爱莲池里波清洌，《秋韵》卷中情火热。花妍四月媚春光，且赏漫山红树叶。

注：词牌效宋祁《玉楼春·东城渐觉风光好》，玉楼春，又名木兰花，有平起仄起两种格式。分韵：诗友共同完成同一题材，限韵而不限体裁的诗词创作的方法。如在西夏诗社由我组织的分韵组词诗以"热烈祝贺西夏诗社成立十周年"为题，分别由杨石英、熊品莲等15位诗友共同创作完成。其中，分韵我拈得"热"字，热是仄声字，填玉楼春二阕，所分韵字用在这首诗（词）的哪个韵位均可。西夏诗社的这次分韵创作活动得到了广泛的好评。

杨姐：杨石英大姐，简介见第61页。

2014.01.19

沉痛悼念秦中吟先生词三阕

长相思

河水流，泪水流。流到何方才是头？心中不尽忧。
忆悠悠，悼悠悠。悼念方知旗手丢。那堪生死俦！

天仙子 *

欲借短章成一哭，刹那已奔天上路。弥留无见几捶胸。
炯炯目，铮铮骨，刚烈一生旗帜竖。　　敢问老天人曷故？
损我吉星将众负。难眠长夜念无穷，忽驻足，谪仙处，相
会青莲情义笃。

风敲竹 *

莽莽兰山咽。夜阴沉、松涛怒吼，近清明节。初病观
察与君话，不料竟成永别。闻噩耗、如天崩裂。以会为家
唯此乐，景和情、历历如何却？泪似雨、淌难绝。　　惜
诗如命心如铁。指吟鞭、率众登顶，岭巅拿月。几度争鸣
真学者，呕尽一腔热血。时呐喊、文兴兴国。国粹弘扬承
李杜，波扬大海唱不歇。一帜竖、励后学。

注：秦中吟（1936.9—2014.3.23），本名秦克温，字宗白，宁夏平罗人。
宁夏日报原高级编辑，享受国务院政府特殊津贴专家。全球汉诗总会
副会长，中华诗词学会、中国毛泽东诗词研究会常务理事，宁夏诗词
学会会长、《夏风》诗刊主编。著有诗词集《塞上新咏》《攀登兰山》
等，诗论集《诗的理论与批评》《诗论新篇》等。作品入选《华夏诗
词奖获奖作品集》《中国当代诗词百家》《〈中华诗词〉二十年选萃·诗

在水一方之词

词卷》等选本，诗词获第四届华夏诗词奖一等奖等奖项，被权威评论家称为当代西部边塞诗词领军人物之一。（参见第173页《赤子犹存虎啸吟》）词牌遵晏几道《长相思》，张先《天仙子·水调数声持酒听》，苏轼《贺新郎·乳燕飞华屋》。贺新郎，又名风敲竹、金缕曲、乳燕飞等。

写于 2014.03.24，刊于《夏风》2014 年第 2 期

金缕曲·沉痛悼念张贤亮先生

　　底事匆匆去？叹神州、文星陨落。几番风雨。《牧马人》歌《灵与肉》，响彻神州异域。直欲把、文星撷取。出卖荒凉殊智慧，影城中、多少粉丝聚。我捧读，《绿化树》。

　　黄河咆哮风如飓。月亮门、敢容寰宇，问谁能驭？融入"非遗"融今古，"立体书"彰情趣。慈与善、春风期许。有限人生无限誉，驾鹤归、应与夫子叙。今痛挽，唱金缕。

　　注：词牌效叶梦得《贺新郎·睡起流莺语》。张贤亮先生简介见第 7 页。

写于 2014.09.28，刊于《朔方》2014 年第 11 期

江城子·悼李贵明诗友

　　十年诗友谊深长。共磋商，著华章。诗未结集，竟驾鹤西翔。底事人才天地妒？应此去，会苏黄。　　一生勘探数重冈，为国强，钻岩浆，赤子胸襟，菊韵自生香。洒泪悼君如浪涌，明月夜，望尧乡。

　　注：李贵明（1946—2014），河北威县人。宁夏核工业地质勘察院退休职工。中华诗词学会会员，宁夏诗词学会常务理事，副秘书长，西夏诗社副社长。苏黄：苏轼、黄庭坚。尧乡：李先生的故乡。

2014.11

江城子·写在恩师秦中吟先生周年祭

春晖又沐忆恩师。意尤痴，诵诗词。仄仄平平，宛若在当时。作业一篇交不上，人困惑，入沉思。　　沉思随梦竟飞驰。赏瑶池，著新辞。诗论诗篇，尽着玉清姿。料得端阳仙界聚*，君阔步，举红旗。

注：岁寒枝，代指青松。

2015.03.23

鹧鸪天·自嘲，次韵答秀英姐附其原玉

甘做人梯休要强，相夫教子怯厅堂。精猴学艺双亲乐，瘦马驮诗满口腔。　　惊绮句，爱华章，童心仍醉百花香。一方水土一方客，不恋他乡恋故乡。

注：精猴学艺句，儿时父母喜欢带我去看戏，回家总爱学剧中人物"表演"，惹得父母戏称"猴精猴精的"。瘦马驮诗句：因喜爱李贺诗，借用之；满口腔：自嘲略带乡音不很标准的普通话。

2014.05.06

附：熊秀英《鹧鸪天·赠云霞小师妹》

饱读诗书心自强*，厨房能下也登堂。词承婉约柔情骨，曲谱秦声边塞腔。　　编刊物，写华章，勤耕细剪韵生香。深情咏菊含苞放，烂漫秋光入画乡。

注：熊秀英，女，1943年生，河北涿州人。银川市电信局退休职工，中华诗词学会会员，宁夏诗词学会原副会长现顾问，西夏诗社社长。

083

在水一方之词

鹧鸪天·读《萤火星光》致张怀玉先生

总向香山觅句新，一身儒雅性情真。胸怀豪气温如玉，志在诗文不染尘。　　倾热血，问冰心，满园桃李散芳芬。堆堆萤火微微闪，辉映星光发浩音。

注：张怀玉，宁夏中卫市人，中卫市职业技术学校高级教师，宁夏诗词学会会员，著有诗词集《萤火星光》。

2014.05.25

礼赞新中国成就·词六首

踏莎行·五纵七横国道主干线贯通

序：2007年年底，总里程约3.5万公里的五纵七横国道主干线基本贯通。五纵：同江至三亚，北京至珠海，重庆至北海，北京至福州，二连浩特至河口。七横：连云港至霍尔果斯，上海至成都，上海至瑞丽，衡阳至昆明，青岛至银川，丹东至拉萨，绥芬河至满洲里。国道主干线贯通首都和各省省会直辖市经济特区主要交通枢纽和重要对外开放口岸，覆盖了全国城市总人口的70%，连接了全国100万人以上的大城市和93%的50万人以上的城市。

横贯东西，纵连南北，入山出海通达汇。倚天亮剑手轻挥，丹东拉萨穿经纬。　　遏响行云，相依流水，白杨紫穗行行翠。车轮滚滚丈神州，风流岂止孙猴最！

浪淘沙·南海一号沉船之谜

序：2012年10月，我和家人到广东省江阳古沉船博物馆实地参观，只见经修复的古船状若扬帆起航，蔚为大观。展厅展出了船上的瓷器、铜钱等大量物品，陈列着打捞过程的图片、电脑播放其录像，参见第36页《成功打捞宋代古船南海一号》。

南宋遇沉船，国弱风寒。可遭海盗起狂澜？可遇暗礁孤砥砺？梦里扬帆。　　出水见青天，欣喜频添。铜钱瓷器万千千，谁诉当时情与景？莫负心耽。

木兰花·喜乘和谐号动车（宋祁格）

序：2008 年 4 月，首列国产时速 350 公里 CRH3 "和谐号"动车组，在北车集团唐山轨道客车有限责任公司下线，标志着中国铁路技术装备现代化取得又一重大成果。如今，中国高铁已成为国家名片，科技领先，里程最长，修筑到世界五大洲。2011 年中秋节，小女房园侍双亲乘动车自上海到无锡，此行是我首次乘高铁。

动车浩荡人潇洒，满眼风光皆似画。才夸隧道夜行宫，又赞大桥天际跨。　　无锡上海一时下，快速平安谁可驾？欣然我欲赋和谐，韵共轮声听叱咤！

蝶恋花·法官妈妈詹红荔

序：詹红荔，女，1963 年生，现任福建南平市延平区人民法院少年审判庭庭长。从事法院工作 27 年，其中在少年审判庭工作 9 年。她所审结的近 500 起未成年人犯罪案件，涉及 1140 多人，无一错案、无一投诉。词牌遵晏殊《蝶恋花·栏菊愁烟兰泣露》。

红荔盈枝鸣喜鹊，阵阵微风，花朵轻摇曳。上善如流泉水冽，阳光雨露田田叶。　　莫教春蕾提早谢，挽救儿童，鱼水情深切。悔改幡然坚似铁，一方净土千秋业。

临江仙·环保先锋孟祥民

序：孟祥民，1963年生，生前系山东省淄博市环保工作者，十五年如一日奋战在环境保护第一线，在平凡岗位上做出了突出成绩。被山东省追授为道德模范，荣获全国创先争优优秀共产党员等称号。词牌遵晏几道《临江仙·梦后楼台高锁》。

又见蓝天思念，每掬绿水絮叨。关停并转降消耗。先生心上事，父老地中苗。　河里鱼虾冲浪，厂家排放达标，花前柳下乐今朝。当时明月在，谁共度清宵？

忆秦娥·铁甲兵王贾元友

序：贾元友，1980年生于山东淄博，北京军区某集团军机步团四级士官。他研究总结出通信快速入门、装备器材模拟等30多种组训方法，先后攻克12项新装备训练难题，刷新7项坦克实弹射击纪录，曾创造"四弹连续命中靶心""一炮双靶"等坦克射击奇迹，被誉为"铁甲兵王"。词牌遵李白《忆秦娥·箫声咽》。

坦克驾，草原深处歼敌靶，歼敌靶。天虽酷暑，任君开打。　高新技术谁曾怕？春来练到秋冬夏，秋冬夏。称雄铁甲，志怀天下。

2014.08

浣溪沙·遥感测绘

展翅蜻蜓自可夸，山川拍摄任尔抓。依据影像绘成花。素手调查人焕彩，琴心验证岭飞霞。遍分春色到千家。

鹧鸪天·戏题西夏诗社《兰山抒怀》诗词集

　　结社编书境界佳，同吟和唱最堪夸。墨痕翻作斑斓色，诗句香成妩媚花。　　涵水月，浣溪沙，梅红竹翠好烹茶。闺深难免知音少，倩我微词赞赞她。

　　注：参见第 37 页七绝《〈兰山抒怀〉编后三首》《〈兰山抒怀〉读后三首》，第 204 页《歌诗一首一良师——〈兰山抒怀〉跋》。

鹧鸪天·读韩景明先生《景明韵语》

　　一掬拳心唱大风，三更灯下正调筝。人生谁惧皮囊老，《韵语》诚如兰蕙馨。　　云恋曲，月辉星，君言诗债未还清。雾藏秦岭心逾惬，冒雨同登情可增？

　　注：韩景明，1945 年生，陕西省咸阳市人。陕西省诗词学会理事，陕西省散曲学会副会长，《陕西诗词》副主编。散曲作品入《当代散曲百家选》，著有诗词曲集《景明韵语》等。

醉梅花·题李绪正摄影作品集《诗情花鸟》

　　序：收到陕西李绪正先生《诗情花鸟》摄影作品集，一缕春风扑面而来，诗词曲美，照片更美。摄影，也是我的至爱，十年前，我曾由国家邮政局出版发行了一套风光摄影邮资明信片。遂成小令赠同好。为李先生配诗，见第 26 页。

　　难觅知音难觅诗，相机伴我几多时。聚焦花鸟春常驻，牵手诗词神远驰。　　丹鹤舞，紫藤痴，朱鹮孵卵惹情丝。羞花闭月天鹅侣，鹊踏兰梢恰恰啼。

思佳客·读《秋晨》致秀兰姐

果是幽兰远孔方，慧中秀外美娇娘。吟诗潇洒诗情溢，绘画传神画意长。　　心正勇，老何妨，斑斓秋色胜春光。一弯明月窗前探，兰韵丹青馥郁香。

注：刘秀兰，女，1939年出生，河南封丘人。现为中华诗词学会、宁夏诗词学会、西夏散曲社会员。著有诗词曲集《秋晨》。词牌遵晏几道《鹧鸪天·彩袖殷勤捧玉钟》。醉梅花、思越人、思客佳是鹧鸪天的又名。

宁夏新十景之词十八阕

浣溪沙·岩画天书

序：贺兰山岩画最负盛名的，是坐落在半山腰一块巨石上镌刻的光芒四射的太阳。

马骋鹿奔着意裁，先民寄语敞襟怀。沧桑难改素岩胎。日恋云天方落去，山随鸟翼欲飞来。天书史话费疑猜。

鹧鸪天·黄河金岸

九曲长河春几湾？此湾擂鼓正扬帆。青铜溢彩琼楼灿，金岸流光古峡欢 *。　　追塞纳，赛江南，十城风物任流连。波涛也晓回乡梦，万里奔腾入海圆。

注：琼楼，特指黄河金岸经典建筑——黄河楼。塞纳，塞纳河，流经法国的四大河流之一。在巴黎，埃菲尔铁塔、教堂、歌剧院等经典建筑依河而建，形成了举世闻名的塞纳风光，使人流连忘返。作者认为，黄河金岸吴忠至青铜峡段的自然、人文风光皆可与塞纳风光媲美。

玉楼春·沙坡鸣钟（宋祁格）

桂城覆没纯神话？几代治沙年过甲。黄龙缚住铁龙欢，岂止天然夸造化！　　皮筏搏浪悠悠下，探险腾格徒步跨。浪花翻滚诉衷情，尤向世间说叱咤！

注：年过甲，借指中卫人民防风治沙，几代人共同努力已超过60年（60年为一甲子）。

踏莎行·六盘烟雨（晏殊格）

泾水清清，盘山霭霭，松涛阵阵波如海。老龙掬起水三潭，青山着意描边塞。　　鸟唱山歌，龙吟风采，梯田叠翠飘裙带。春播希望画中行，秋收金穗心澎湃！

青玉案·沙湖苇舟（稼轩格）

美湖偏爱沙山爽，北风缓、清波漾，浩浩无垠金碧障。芦芽新冒，燕儿欢畅，鸥鹭频相望。　　驼奔马骋迎风上，笑语盈盈漫冲浪，小伙撒开千结网，姑娘轻道：蚌肥鱼胖，谁把花儿唱？

思佳客·兰山紫韵

谁赐甘泉醉朔方？天人合酿酒飘香。翠微点点辉明月，玛瑙颗颗缀画廊。　　师法度，获勋章，波尔多亦赞琼浆。传奇紫色谁来写？西夏推开世界窗。

如梦令·云台丹霞（秦少游格）

莫道残阳将落，尽染半天如火。花海映丹峰，春色恼人猜度。来坐，来坐，那朵紫云邀我。

注：西吉县火石寨，又称云台山，为西北地区罕见的丹霞地貌。

忆秦娥·神秘西夏

西风烈，残碑荒冢边关月。边关月，踏荒寻古，笑谈游客。　　几丛劲草声声咽，三分霸业烟飞灭。烟飞灭，艳阳仍照，贺兰山阙。

浣溪沙·恐龙化石

读史寻根感慨多，荡然绝迹证蹉跎。人间万物任消磨。曾跃龙潭千丈水，犹腾煤海万重波。梦中驮我渡黄河。

西江月·藏兵古洞

月涌江河奔放，星垂沟壑残骸。休言战事早尘埋，且看藏兵势态！　　猛志固常在矣！狼烟业已熄哉。我来凭吊久徘徊，梦里全身盔铠。

注：词牌遵辛弃疾《西江月·明月别时惊鹊》。杜甫《旅夜书怀》："星垂平野阔，月涌大江流。"陶渊明《读山海经》："刑天舞干戚，猛志固常在。"

浣溪沙·水洞通幽

来探源头魂梦勾，万年一线断还流。刀耕火种嫩芽抽。哪去哪来曾诘问，人生短暂欲何求？可从此处觅缘由？

南乡子·古堡新影

牧马伴胡杨，此景传情化典章！红透高粱惊世界，何妨，腐朽神奇次第尝。 古堡自沧桑，一隼冲天背夕阳★。文化亦为生产力，昂扬，树起标高百世芳！

注：词牌遵辛弃疾《南乡子·何处望神州》。隼，鹰的一种。周邦彦《玉楼春》："烟中列岫青无数，雁背夕阳红欲暮。""文化也是生产力"是张贤亮先生的主张与实践。

踏莎行·阅海之春（少游格）

塞上流光，凤城焕彩，楼群座座青云睐。长街百里贯西东，葱茏绿树犹如带。 才上兰山，又游阅海，红肥绿瘦群蜂爱。却看归燕总迟疑：老家可在花园外？

鹧鸪天·鹤泉明湖

泪水甘泉几费猜，如今仙境画中裁。银鸥点点随船去，翠苇丛丛迎面来。留倩影，莫徘徊，心弦拨动醉桃腮。烟霞泊棹禅心静，袅袅天音入我怀。

在水一方之词

鹧鸪天·寺口峡谷

锁扼萧关故道深，穿行峡谷映眸新。飞来两脚神仙印，拓刻几帧杨柳村。　攀峭壁，揽祥云，战痕如诉岭如奔。天光一线惊心看，鬼斧神工总寄魂！

浣溪沙·须弥祥云

天淡云祥今古同，穿行魏晋步从容。耳边仍响鼓和钟。大佛须弥存永世，众生名利欲无穷。人生短暂总归空。

鹊踏枝·朔漠明湖（冯延巳格）

海似沙山山似海，栈道连波，波上听欸乃。牧马悠悠人不息，心随飞鸟听天籁。　难忘当年难忍耐，地暗天昏，沙暴真无奈！植翠播芳多少载，苍天已被英雄改！

注：朔漠，腾格里沙漠；明湖，腾格里沙漠边缘众多的湖泊。中卫市已在此处建成风光旖旎壮美、风格刚健婀娜的腾格里湖湿地公园。

卜算子·横城古渡（陆游格）

落日自熔金，杨柳依依伫。船往人来昔日情，几度风云怒。　城外架长虹，城里兴园圃。但觉神留古渡边*，不染纤纤物。

注：此组《宁夏新十景之词十八阕》作于2015年3-4月，部分刊于《宁夏新景诗词集》《宁夏景观文化征作品集》《夏风》《历山诗词》等书刊。

贺新郎·萧关城堡
——读《失守的城堡》致牛红旗先生

人在残垣伫！几春秋、拣回零落，接通今古[*]：桃杏争妍报春到，犹闻声声战鼓。已踏遍、家园泥土。穿越时空谁守望？叩史人、回访千家户。魂所系，心如故。

苍鹰欲把群峰牧。挽韶光、淡舔轻吻，雨墙风树。浣洗吾人魂灵处，灿烂山花几许。巨笔写、思乡情愫。一片祥云来痛快，降甘霖、我与山同沐。洗肝胆、对寰宇。

注：词牌遵辛弃疾《贺新郎·甚矣吾衰矣》。牛红旗，本名牛宏岐。宁夏固原人。中国作家协会会员，固原市作家协会副主席兼秘书长。著有诗集《地面》，诗文图集《失守的城堡》等。

2015.05.01

浣溪沙·红寺堡风情四首

葡萄园情歌

唱响心中希望歌，接天藤蔓涌青波。颗颗珠玉惹穿梭。小伙车中声婉转，姑娘架下影婀娜：归来夜校上如何？

红枣林新韵

屏障风沙塞上花，月华筛影罩轻纱。娇羞脉脉满枝丫。树上流光红映彩，眉梢聚岫绿盈霞。已飞清气向天涯。

在水一方之词

宁夏移民博物馆写意

岁月翻开入馆藏，声声号角彩旗扬。十年巨变话沧桑。
八幅浮雕歌绿野，一渠圣水洗黄荒。梧桐引凤射天狼。

红寺堡公务员风采

领垦荒凉战晓昏，三番苦口又婆心。满怀希望满怀春。
脆枣飘香人不见，光伏发电力躬身。清风吹绿几川云。

部分原载《第四届华夏诗词奖获奖作品集》

西轴采风之词四首

渔歌子·代退休工人言二首

初建襟山大水沟，如今人老忆无休。奔骏马，做耕牛。
山川胸次共风流。

热血青春为厂流，几多苦乐几多忧。新创业，大谋酬。
攀登兰岭莫回头！

西江月·吕国新创新工作室（张孝祥格）

球体超差谁做？名师无愧金牌。更新胎具莫徘徊，心
到悄然出彩。　　市场犹如战场，能攻能守情怀。创新敢
教客无猜，从此人生豪迈！

青玉案·数控轴承生产流水线（稼轩格）

出身三线夸风骨，但休把、芳心负。轴转承荷亲似故。人盯一带，件传无数。窗外桃花簇。　　青春涌动思拿虎，联网模拟大旗树。试问创新新几许？人机联动，智能重组，足迹行寰宇。

2015.05

思佳客·科技特派员 [*]

一夜春风特派生，兴农何虑少真经。温棚半敞时鲜俏，嫁接新苗四季青。　　居热土，寄深情，点燃希望共丰盈。千秋伟业民生计，塞上山川照吉星。

注：科技特派员是宁夏建设新农村中涌现出的深受农民欢迎、得到政府支持的扎根农村从事农业科技推广，帮助农民脱贫致富的带头人。

御街行·致张怀武先生

序：今年五月，就在宁夏诗词学会将要从报业大楼搬往自治区政协后院时，收到张怀武先生惠赠的大作《今日方知我是我》，多次拜读，受益匪浅。词效范仲淹《御街行·纷纷坠叶飘香砌》。

看书看到人难倦。文史哲、洪炉锻，春风春雨润无声。惊艳还归平淡。如蜂予蜜，是师予弟，冬日阳光暖。　　《龙的联想》谁还想？甩破烂、全割断，金钱膜拜再无它。君在声声呼唤：求真善美，积德诚信，万朵红梅绽！

注：张怀武，1945年生，祖籍宁夏平罗。毕业于兰州大学。宁夏老新闻工作者协会会长，著有《今日方知我是我》等。

在水一方之词

水调歌头·一带一路歌

序:一带,"丝绸之路经济带";一路,"21世纪海上丝绸之路"。"一带一路"将惠及全球40亿人口,覆盖占GDP三分之一经济体。将为世界经济的发展带来新的活力和机遇。受到世界各国广泛好评和积极响应。词效坡翁《水调歌头·明月几时有》。

一带跨欧亚,一路下西洋。沙坡头上呼友,丝路接天长。难忘金驼去久,世代中阿牵手,曾是好邻邦。再造郑和舰,四海任徜徉。　　史可鉴,民互利,国相帮。和平发展,廿一新纪奋图强。大略宏图欲展,如梦如虹气象,福祚更无疆。戮力扬帆劲,愿景正辉煌。

2015.05.12

水调歌头·亚洲基础设施投资银行

2015年6月29日,《亚洲基础设施投资银行协定》在北京签署,中国、印度、俄罗斯等57个意向创始国代表见证了这一历史时刻。

亚太风云涌,蓄势看金融。多方和睦商议,首倡亮高风。满载亚洲梦想,同绘寰球愿景,气象甚豪雄。期待点金手,翻作百家荣。　　弄潮儿,涛头立,自从容。任凭潮起,乘势搏浪逐飞鸿。把握自家命运,惠及千家利益,责任乃双重。翘首星空望,东海日初红。

注:历经八百余天筹备,由中国倡议成立、57国共同筹建的亚投行于2016年1月16日正式开张。中国财政部部长楼继伟当选为首届理事会主席,金立群当选为亚投行首届行长。亚洲基础设施投资银行(简称亚投行,AIIB)是一个政府间性质的亚洲区域多边开发机构,重点支持基础设施建设。亚投行法定股本为1000亿美元,各成员国按其GDP占比分配法定股本,中国认缴股本297.804亿美元,股本金占亚投行总股本金的30.34%。其余前四大股东为印度、俄罗斯、德国和韩国,日本没入股。亚投行总部——一座18层的大楼矗立在北京西二环金融街。词效坡翁《水调歌头·明月几时有》。

2015.06.30

出席全球汉诗总会十二届汕头研讨会抒怀之词

望海潮·汕头诗会*（秦少游格）

榴花红艳，波涛清冽。五洲骚客同欢。难忘昔时，吟
旌独树，只轮海外经年。问祖植根难。幸张公力挽，首
聚犹酣。柳绿桃红，争分春色遍山川。　　相依岛上流连，
有长龙普度，碧海连天。荒冢野花，名臣宿将，骚人吊唁
潸然。看雪浪排山。但闻声极目，银树千竿。海上航船，
又沿丝路正扬帆。

2015.05.08

定风波·谒潮州韩文公祠并序

韩文公，韩愈。唐宪宗元和十四年（819年），时年51岁官
至刑部侍郎的韩愈因谏唐宪宗迎佛骨，被贬到飓风鳄鱼、毒雾瘴气
频发的南蛮之地出任潮州刺史，在潮州仅八个月，韩公治鳄除瘴，
教化民风，包括断绝杀死女婴等，使潮州的山山水水、社会风气为
之一变。为了纪念这位人民的好官，潮州人把笔架山改为韩山，把
贯穿城东的河鳄溪改为韩江。建有韩文公祠，祠内有苏轼书《潮州
韩文公庙碑》，大门对联："万古江山留姓氏，千秋俎豆荐馨香。"
词效坡翁《定风波·莫听穿林打叶声》。

韩岭韩江总寄情，殊因怀念改芳名。除害终究除大患，
谁敢？毒烟瘴气化清风。　　诗友远来同拜谒，亲切，山
欢水唱似相迎。德化潮州缘教化，佳话，读碑说史几争鸣。

在水一方之词

蝶恋花·南澳岛二首

昔日南澳岛

近岛风光南澳好，碧海金沙，群岛相拥俏。自古汉家登宝岛，蒙羞岁月知多少。　　谁把祖先轻易撂？宋井昭然，似把游人导。荒冢幽深休挡道，诗家齐聚吟碑表。

南澳岛听陈图渊吟长讲述当年亲历南澳之战

三港中心稀世少，深港良湾，怀抱长龙笑。一朵白云玩缭绕，台湾南澳须臾到。　　昔日新兵相遇巧，吟长八旬，直把真情道。我颂先生应啸傲，波涛也唱英雄调。

注：词牌依柳永《蝶恋花·伫立危楼风细细》。南澳岛，广东省唯一的海岛县，行政隶属汕头市。南澳岛距汕头经济特区 11.8 海里，东距台湾高雄 160 海里，北距厦门 97 海里，西距香港 180 海里。汕头通往南澳岛的跨海大桥长 10 千米。宋代末年，陆秀夫等朝廷官员护送小皇帝逃到南澳岛，虽在此打了水井（后人称宋井），修建了简单的生活设施，不久便是崖山蹈海。岛上建有陆秀夫的衣冠冢。

少年游·跨北回归线戏题

问经寻纬跨回归，吾辈不须吹。身分南北，眼观寰宇，耳畔响轻雷。　　一时豪放谁能比？此刻我夺魁。头顶清晖，心生企盼：宝岛几时回？

注：北回归线横穿南澳岛。岛上已建成北回归线标志物及主题公园。词牌遵柳咏《少年游·长安古道马迟迟》。

2015.05.09

鹧鸪天·初夏森林公园即景

喜鹊声声鸣翠微，小溪碧碧柳丝垂。跃出水面知鱼乐，路过人群惊雀飞。　　青草地，紫花帷，漫天逸韵壁生辉。手机问讯人何处？与鸟对诗浑忘归。

注：紫花帷，指银川金凤区森林公园里一些呈带状分布的紫色薰衣草花。

2015.06.02

水调歌头·胜利日大阅兵

礼炮七十响，方队振国威。军容军备一亮，铸就里程碑。聚首老兵欢惬，告慰缅怀先烈，正义不能摧。呼啸银鹰过，彩带著芳菲。　　战旗猎，战歌亮，战机飞。重温历史，须记晴日有惊雷。钓岛风波时现，涌动难民为患，能不使思危。强大不称霸，唯盼共朝晖。

2015.09.03

采桑子·重读毛泽东主席《采桑子·重阳》敬和主席原玉二首

少年熟诵今难和，古唱重阳。今唱重阳，览胜挥毫翰墨香。　　湘江涌浪飘红叶，有限时光。无限时光，可叹孤怀万类霜。

主席出访伦敦热，古聚重阳。今聚重阳，世界趋同一带香。　　人人追梦东风劲，人爱秋光。菊爱秋光，人与黄花共傲霜。

2015.10.21 乙未重阳节

099

在水一方之词

附：毛主席《采桑子·重阳》

人生易老天难老，岁岁重阳。今又重阳，战地黄花分外香。　　一年一度秋风劲，不似春光。胜似春光，寥廓江天万里霜。

写于 1929 年 10 月，最早发表在《人民文学》1962 年 5 月号

读刘涵超作文，调寄蝶恋花三阕并序（晏殊格）

读刘涵超的作文《匆匆》，不禁感慨少年如此惜时如金，他作文如是写，亦如是做。联想中小学教学的现实，亦有所思。刘涵超，12 岁，时为银川市二十一小湖畔分校六年级学生，我的外孙。谨录涵超作文《匆匆》：

匆匆，太匆匆，在那令人眼花缭乱的世界里，我的日子源源不断地被卷入时间的"黑洞"里。没有一丝声音，没有一丝痕迹。

我不知道究竟浪费了多少时间，但屈指一算，已有四千多个日日夜夜从我手指缝里溜去。我想到这里，不禁满头大汗了。是的，日子就这样一天一天地溜过去了：起床时，一两股的时间嘻嘻哈哈地溜过去了。我试图去追寻它，它便从四处挥舞的指尖溜了过去，我放弃了它，它又从那沮丧的神情中悄然离去。

在这来去如飞的日子里，我又能做些什么呢？放弃？这样时间不会停止；逃避，逃避只会让日子流逝得更快；于是，我跟着时间的脚步，抓住每一丝找到的时间。可是，时间却依然离我越来越远。可这是为什么呢？

请你回答我，为什么时间一去不复返呢？

岁月匆匆匆几许？直教少年，用力抓难住。四壁围墙声朗处，谁能不迈邯郸步。　　费力费钱拼奥数。望子成龙，多少家庭苦。泪眼问君君不语，无端黑洞拿人去。

谁见少年唯好学，博览群书，已解光阴迫。茹古涵今谁默默？孩儿十岁风生色。　　似虎下山威烈烈，喜爱足球，胜也从头越。若智若愚应不惑，小荷出水田田叶。

我亦汗颜屈指数。黑洞无情，已卷青春去。无迹无形无觅处，时空隧道穿行速。　　生就顽石铺垫路，碾压层层，碾压层层筑。悔悟终究难重负，人能精进须忍辱。

2015.11.10

望江东·本意

连日尘霾总无绪，叹岁月、成虚度。凭栏黄水闻涛处，可后悔、青春误。　　痴顽探索人生路。望不尽、无边树，萧萧落木似飞絮。任思绪、随波去。

注：词牌遵黄庭坚《山谷琴趣外篇》之《望江东·江水西头隔烟树》。

2015.11.11

鹧鸪天·戏题宁夏初冬雾与霾

莫是妖魔把日偷？推窗不见眼前楼。看岭生疑山已去，听涛方辨水没丢。　　捂口罩，少停留，心急车缓堵街头。飞烟缥缈浮尘抟，几度阴霾万众愁。

2015.11.11

101

在水一方之词

临江仙·雪

放眼银河飞落，赏心玉树凌冰。长空飘洒自多情。寒风徒凛冽，新月叹伶仃。　尽染山川千里，琼花逸兴何停？全球变暖怨天庭，几家真警醒？环保不容轻！

注：词牌遵晏几道《临江仙·梦后楼台高锁》。

定风波·巴黎 11·13 恐怖袭击

看场忽听爆炸声，餐厅剧院射杀腥。闹市枪击真恐怖，何故？死伤几百血流横。　　战乱从来危百姓，谁纵？维和行动志成城。回首恐袭一处处，魔舞。寰球亮剑斩无情。

注：2015 年 11 月 13 日，法国首都巴黎辖区内发生多起恐怖袭击，造成 130 人死亡，350 多人受伤，其中 99 人伤势严重。极端组织"伊斯兰国"声称实施了袭击。词牌遵坡翁《定风波·莫听穿林打叶声》。

2015.11.13

乳燕飞·毕业四十年，相聚在银川（稼轩格）

甚喜同窗聚。忆当年、英姿飒爽，铁钢情愫。鹤发童颜乍相见，惹起千头万绪。看淡了、人间荣辱。敢与春光争妩媚，趁秋光、意趣依依续。多少事、景中寓。　葡萄美酒高高举。个中情、任尔思量，此时心语。赤脚相扶沙坡客，羊筏黄河竞渡。醉了这、人生朋侣。笑我贪欢生梦想，只团圆、休唱阳关曲。奈梦醒，咏金缕。

注：参见第 103 页《渔歌子·我们的 2016 年台历并序》，第 152 页《［越调·斗鹌鹑］那些年，我们是同窗（散套）》。

2015.08.15

渔歌子·我们的 2016 年台历并序

2015 年 8 月，东北大学七二铁二十余位同学，从辽宁、北京、吉林、青海、甘肃、上海、浙江、广西、陕西等地齐聚银川，欢度毕业四十年后的相聚。从同学少年，到花甲老人，多少位同学是一别四十年后的首次相见。白头执手，泪眼蒙眬，先惊后喜，问寒暖，叙友情，赏美景，品美食，干美酒，"有朋友自远方来，不以乐乎！"更有同学精心组织策划，资助制作了由同学摄影配诗的精美台历，特别是台历封面的同学合照，尤为珍贵。在微信群里，大家纷纷表示要永久珍藏。

别后思君微信飞，银川一聚梦相随。
翻岁月，忆干杯，此情可待几回回？

2015.12.27

如梦令·接文霞姐电话（李清照格）

一别四十年，接文霞姐电话，不能自己……

四载同窗形影，忽响银铃惊醒。且喜话中人，仍是乡音浓重。如梦，如梦，问候声声答应。

2015.12.29

好事近·和答诗友崔永庆先生附其原玉（秦少游格）

爱曲剪红梅，爱曲试栽兰圃。爱曲四方求教，爱曲勤铺路。　休言荆棘劝回头，结社在情趣。喜看小苗葱翠，众手浇新绿。

在水一方之词

附：崔永庆《贺西夏散曲社成立并致闫云霞社长》

> 社结散曲喜诗家，文苑春风萌玉芽。
>
> 边塞雄浑天地阔，云蒸霞蔚待芳华。

注：崔永庆，1940年生，宁夏中卫市人。曾任自治区农业厅厅长等职，现任自治区人民政府参事。系宁夏诗词学会名誉会长，著有诗集《绿野春秋》《秋悦平畴》《流苏集》《雪泥集》《蝉鸣集》。

2015.12.30

蝶恋花·读《中华诗彩》致邱少轩先生

韵里江山谁统揽？手捧华章，隐隐听呼唤。香入案头花烂漫，梦生天际心高远。　万里扬帆知彼岸。代代传承，诗彩基因现。千古风流坡翁范，一朝成诵少轩卷。

注：邱少轩，实名邱少宣，河南省宁陵县人。宁夏文史馆研究员，曾任国企监事会主席。中华诗词学会会员。著有诗文集《寒尽春来子满枝》《中华诗彩》。词牌依晏殊《蝶恋花·栏菊愁烟兰泣露》。

2016.01.01

鹧鸪天·读《七彩年轮》致黄正元先生

谁是荒山播绿人？年轮七彩正逢春。松涛阵阵时凝翠，泾水潺潺夕铄金。　蛙鼓月，鸟鸣琴，歌诗婉转送清音。但将血汗浇斯地，一片丹心一片林。

注：黄正元先生简介见第26页。参见第188页《雄风浩荡催征急——黄正元〈七彩年轮〉序》。

2016.01.17 乙未腊月初八

百字令·沉痛悼念恩师张程九先生 *

皖乡欣矣。羡吟长、兄弟诗书联璧。棠棣嘤鸣、来往雅，因共为师孰及？一代恩师，廿年执教，满苑秋光溢。鹅声流韵，绕梁于晚晴室。　　谁解国粹弘扬？启蒙平仄仄，有谁能比？唤醒童心，有谁不赞、当代鸿儒何似！探望言欢，忽闻传噩耗，已悲伤极。梦中乘鹤，又将诗讯传递。

注：张程九，原名鹏远（1928—2016），安徽泗县人。1988年离休。中华诗词学会、宁夏书法家协会会员，宁夏诗词学会原副会长，宁夏老年大学诗词班老师。著有诗词集《晚晴室吟草》《雁韵鹅声》。其父张欣馀继承父业办私塾，教书育人，兄弟五人国学功底深厚，以诗书画传情达意，同为当地老年大学教员。《棠棣诗书画集》是张老师兄弟诗书画合集。棠棣：语出《诗经·小雅·棠棣》："棠棣之华，鄂不韡韡，凡今之人，莫如兄弟。"词牌遵坡翁《念奴娇·赤壁怀古》。

2016.02.13 于成都

鹧鸪天·读《七十抒怀》致高德惠先生

饱历酸甘催韵生，人生难老是真情。心潮涌动清泉洌，椽笔抒怀赤子诚。　　初上月，正调筝，因诗学友又相逢。相逢何必频相见，喜读君书热泪盈。

注：高德惠，祖籍河北衡水。曾就读东北大学，与我同窗。现为宁夏诗词学会会员，著有诗文集《七十抒怀》等。

2015.02.16

在水一方之词

卜算子·女儿一家的春节，用韵和杨森翔先生

域外倍思亲，会演凝人气。万丈豪情共管弦，听醉池中鲫。　牵挂几时休？怎忍闲搁笔。哥俩双簧念做中，阵阵欢呼里。

卜算子·元宵节，次韵杨森翔先生附其原玉

岂止闹花灯，社火凝人气。笑语欢歌不夜天，惊散河中鲫。　筑梦继初心，暖在人心里。一带情缘一路歌，哪敢停了笔。

2016.02.23

附：杨森翔《卜算子·元夜世窗》

筑梦壮中华，结友添人气。一路丝绸一带情，互访人如鲫。　肇事在门前，舞剑逼家里。世理难容臭嘴经，催我戈矛笔。

故园魂梦孤吟顿
却凃鸦句逊名山
韵曾居瀚海沙清
心若如水豁目莹生
花珍各惜情逾笃余
辉趁晚霞

闰云霞依韵答沈华维先生
岁次乙未春日沙嘉堂之钰华

中卫市书协主席李钰华书法《依韵答沈华维先生》，诗文见第 11 页

在水一方之散曲

［中吕·迎仙客］待

手捧腮，眼发呆，在家说好的还不来。也横猜，也竖猜，手机不曾开，窗下披衣待。

写于 2013.02.28，原载《中国当代散曲》创刊号

［正宫·叨叨令］去

眼波儿止不住泪腮如浴，嗓门儿咽不下气噎还续，手心儿抓不住风由他去，烦花开烦鸟叫烦月圆烦柳絮。活活的恨死人也么哥，活活的恨死人也么哥，冤家耶，哪搭儿你寻寻觅觅的来又去？

2013.03.01

［中吕·喜春来］梅

横斜浴雪枝头绽，为报新春几弄弦，暗香一曲动人寰。即使没过眼，魂魄已缠绵。

原载《中国当代散曲》创刊号

［中吕·粉蝶儿］ 过年（散套）

　　世界末日笑三番，新年钟鼓敲十遍。晓来喷嚏竟频繁。二舅说，三姑怨：逢年倍思念。宝宝撒欢，欢天喜地天天盼。

　　［醉春风］ 铃声响、微信频发手机难闲，斑斓色、贺卡纷至邮箱快满。送上祝福冬日暖，暖，暖。俊语俏图醉春风：祝福的话语就像情歌含情脉脉，贺年的图画模动漫鲜活璨璨。

　　［红绣鞋］ 逛商城踩脚摩肩无怨，为"公主"挑衣选帽当先。自古孩儿是那心尖尖，红帽子俏，红大衣鲜，白靴子嘎吱嘎吱响着还带闪。

　　［普天乐］ 雪花飘，冰凌粲。近期中远，都赶年前。急件催、寻常撵，会议一天一天把时间占。手头的活儿，像那七七八八的债——的还，今夜下不了班。叫天天不语！电脑死机，数据未存盘！

　　［上小楼］ 瞧瞧这衫，休闲装不逊西装体面。那件摸摸，似绸如缎却是绵羊皮绵绵。偷偷看看标签儿、那五位数的价码不由得心起波澜。楼下人挤人围了个圈圈，"半价酬宾"喊了八番，冤家直说划算，试穿上带笑不笑的他竟是一脸的神气——是它啦！拉着手儿拐弯去吃拉面。

　　［幺篇］ 赏意境玉选对联，挑图案金嵌福伴。一对儿灯笼，两副儿贴花，三串儿花边。宝宝最喜风铃儿串串悬、彩灯儿串串闪。微信直把老公呼唤，快快回家把宝贝各就各位——的炫！

　　［满庭芳］ 莫说模样儿一般，莫比明星大款，过年就过一份儿心欢。追时尚也将发型变，一变忍剪云岚。这一剪、春风满面。"今儿个你我有缘，我为你做个冰火疗、敷金面，定教你回到十年前。"年轻谁没有梦幻？梦中一

109
在水一方之散曲

不小心上了贼船，轻信诳语掏光了银钱。

[十二月] 拼青春时光速转，近中年业绩一般。算运气如何运转？论人缘尚好人缘。"亲！地暖雪花催，年来运气转。该出不能省，散了还会还。你呀！省吃省用也不能省了给上司拜年！"

[尧民歌] 怕忆母亲年轻的容颜偏又浮现那容颜，怕想送别时的缠绵却又是临别的缠绵。怕了梦绕魂牵又是魂牵，怕您生活不便却又是举步维艰。年关、年关到，母病难，我不禁要问：天啊！天！为什么总是颠倒恶善？！为什么总是好人多难？！

[耍孩儿] 通街的早市实惠还方便，蔬果服装任选。黄瓜菠菜脆生生，红萝卜紫甘蓝，凉盘热炒生香活色。绕过了冰棒棒的小红虾，捞起了欢蹦蹦的大白鲢。牛羊肉价往三十元一斤上蹿，免了吧，一只白斩鸡三斤猪后腿，家里还有两颗大白菜。初一的饺子年夜的饭，活儿谁与我分担？

[三煞] 糖茶烟酒真难选，高价名牌最耀眼。人家要面子不能太寒酸，徘徊在超市我左右为难。还是让他自己来挑选。这厢力推山楂红枣食药两用天天省钱，那边还荐芝麻酥棒棒糖年年相伴。倒也省了人挤人再转，酱油醋买了家还。

[二煞] 催人的年货扎堆儿办，疲惫着神情看春晚，无聊的小品年复年。婷婷移步俏姑娘起舞蹁跹；虎虎生威帅小伙空翻矫健。赶走疲劳驻笑颜。楼下的花炮冲天的绽，冲天的焰火把银河灿，快快拿鞭炮放个阖家欢。

[一煞] 哼着小曲儿和着面，剁着馅儿还将韵遣。皮儿由我擀馅儿你来填：填上些心愿包上些甘甜。粉嘟嘟的小手把饺子摆成个蛇阵，龙去蛇来转宇寰！桌上的酒饭，心头的思念，几分酣畅几分缠绵。

[尾声] 红包压岁又一年，给姑舅拜年送上一份平安。高跷踩、腰鼓敲，鼓点子敲出咱百姓的心愿：食品

药品把十三亿相连，若少了安全，便多了隐患。欺瞒假大空话连篇，成就的是接二连三的腐败，受益的是蝇营狗苟的小人奸谗，受害的是踏踏实实的大头冤汉。不要漏了富人的税，不要昧了穷人的钱，不要产渗血的矿石和煤炭，不要吃地沟油做的菜和饭，不要青年人死于尘肺才声声的叹！还我神州艳阳天！要少有所学，老有所养，中青年有事儿干。流水扬波，荡涤世间的假大空；春风化雨，滋润心田的真美善。锣鼓喧天，本真还原，年复一年，过日子过年都会过得幸福美满！

注：此曲获中华诗词学会评选2012～13年度第五届华夏诗词奖二等奖。

作于2013年1月，刊于《陕西诗词》2013年第一期《第五届华夏诗词奖获奖作品集》《中华诗词学会三十年诗词选》等。

［中吕·喜春来］沙漠姑娘

沙坡坡上花繁鲜亮亮地放，圪梁梁上柳红精瘦瘦的长，泪蛋蛋挂腮心痛那治沙郎。花瓣瓣随风急切切地闯，哎呀呀，忍不住羞答答的把口张：哥哥哟，你歇歇脚可与我拉家常？

原载《当代散曲百家选》等

［仙吕·游四门］钓鱼岛，中国的！（联章）

一撮右翼忒荒唐，闹剧似双簧。同胞登岛国歌唱，鲜红旗帜顺风扬。扬，巡岛气昂昂。

倭贼窃岛叫聒聒，激起万重波。千艘渔艇扬帆过，钓鱼岛属中国。国，岂容哪个再调唆？！

纷纷集会愤难平，保钓骨铮铮。主权领土多神圣，算计岂能容！容？不管谁念什么经。

谁人敢忘辱国时，倭寇血腥蹄。万人坑穴埋霹雳，化作响雷急！急！两岸警醒又鸣笛！

2013.01.16

［双调·水仙子］致曲友

欣读《曲选》沐春风，曲载深情山作凭。白云千里形无定，婵娟摇梦醒。梦悠悠，曲写三更。烟波淡，柳絮轻，荷举婷婷。

原载《陕西当代散曲选第三集》

［双调·雁儿落过得胜令］致咸阳王宇诗友

情融渭水汀，禀赋秦川性。咸阳湖畔风，骚客心中境。［过］入梦枕涛声，怀古叹群雄。汉武千秋志，后昆百业兴。纷争，石马铜车静；从容，凌波步子轻。

2013.03.16

［正宫·双鸳鸯］缘思情闲（重头、独木桥体）

爱因缘，恨因缘，爱恨绵绵合是缘？聚少离多期圆月，月圆难料有无缘。

说相思，道相思，谁解伊人不尽思。纵使相逢如梦里，天哪！如何长聚短相思！

醒言情，醉言情，自古偏多不了情。痴女怨男痴心病，天底下难为你要的那般情。

早也闲，晚也闲，能闲则闲怕不闲。意马收来心猿锁，缘、思、情最叫人的那颗心儿难以闲。

原载《陕西当代散曲选第四集》《当代散曲百家选》

［双调·雁儿落过得胜令］ 神九赴约

乾坤任我穿，日月由它转。天宫期待欢，神九如约探。
［带］神箭送高天，拥吻泪潸然。三大蜘蛛客，驾船揽月酣。
家还，十亿殷殷盼；团圆，刘洋一笑甜。

原载《陕西当代散曲选第四集》

［中吕·喜春来带普天乐］ 贺神十（外三首）

序：神舟十号载人飞船于 2013 年 6 月 11 日成功发射。13 日
10 时 48 分经过多次变轨转入自动控制；13 时 11 分神舟十号和天宫
一号对接，两飞行器连为一体；16 时 17 分开启天宫舱门，航天
员聂海胜、张晓光、王亚平成功进入太空之家。完成各项实验项目后，
26 日 8 时许神舟十号返回地面。女航天员王亚平在太空为祖国中小
学生远程授课，在失重条件下做各项物理实验，点燃了青少年的科
学梦；美女嫣然一笑倾倒了全世界。

天高天险由谁变？船去船回任我旋。穿针引线对接
娴。仨笑脸，端午祝福甜。　　［带］敖包山，祥云漫，
悠扬长调，唯祝平安。鸿雁飞，神舟探，又亮传奇勘天剑。
筑平台、豪气频添。太空授课，人空对话，美女惊艳花鲜妍。

2013.06.13

［南吕·四块玉］ 太空授课三首

1. 质量测定——牛顿第二定律
听授课，群情惬。牛顿如知也欢歌。测量质量精心设。
地上多？天上多？天上地上同守则。

在水一方之散曲

2. 单摆运动——太空失重

失重幽，悬浮久。给力悠悠转圆周。球的单摆说得透。舱内美女柔，校内学生守，心仪科学励志酬。

3. 制作水膜、水球——液体表面张力

逛九霄，圈圈套。张力多多水球牢。超然验梦从容笑。倒影骄，步步骄，寰球老少都叫好。

2013.06.13

［正宫·塞鸿秋］纪念元曲大家乔吉（集乔吉句）

冰丝带雨悬霄汉，扬州鹤背骑来惯，浩歌惊得浮云散，笑谈便是编修院。笛凄春断肠，箭发飞如电。梦魂不到青云殿。

原载《陕西当代散曲选第四集》

［中吕·朱履曲］悼念著名诗人雷抒雁

小草仍然歌唱，繁星依旧徜徉。无边怀念似汪洋。茫茫沧海远，滚滚大河长，阵阵雁声心上响。

原载《陕西当代散曲选第五集》

［南吕·四块玉］悼念曲坛版主刘荣青

采曲哥，逍遥客，剑胆琴心谱酣歌。谁家网苑声声乐？怎奈何，人去也，空留"感作"一些些。

［双调·折桂令］游黄河壶口瀑布

远听那涛吼如地裂天崩，眼见这一口急收，百练争倾，万马狂奔，一虹高架。怎堪忆拉船号子声声。禁不住热血汹涌浊浪腾，壮魂何惊鬼神惊。挑战出征，走跳飘飞，都赛雄鹰！

原载《陕西当代散曲选第四集》
中华诗词研究院编《中国诗词年鉴（2012）》

［南吕·一枝花］黄河母亲

序：宁夏青铜峡黄河楼畔，坐落着一尊身披金色轻纱、手托谷穗和书卷的美丽少女的巨型雕像，人们称她为黄河女神、黄河女圣。其实她就是世界上最伟大的母亲——黄河母亲。

志奔大海诚，轻踩祥云曼。披金光错落，展臂舞蹁跹。天上人间，如梦还如幻，这搭儿是伊甸园？远看长河浪涌千层，近观神女态迷万端。

［梁州第七］轻盈似凌波舞步旋，秀美如烂漫山花妍。您的儿女勇把人间换！星光辉映，翠鸟盘旋。平林成网，群塔笼烟。母亲啊，母亲！唤文明、面对浮躁，展书卷可曾几度心酸？感恩泽、面对浪费，托谷穗可曾几分心寒。醉的是秦汉唐渠乳汁仍汩汩地流，喜的是高低大坝电能愈缕缕地绵，夸的是圣坛楼宇金岸梦美美的圆！梦圆，运转。十城璀璨如珠玉串，一串串美景惹人羡。刚健含婀娜欲画几多难，美赛江南，入海掀澜。

［隔尾］爱的使者心儿浩瀚，邀友呼朋结善缘，吟诵着《九歌》震霄汉。咦！恰便是有江南美景醉几番，有塞纳风光炫几番，也难比母亲的梦更高远。

2013年6月于金凤区湖畔嘉苑小楼南窗下

在水一方之散曲

[南吕·四块玉] 留别

岭上梅，桃花水，大漠逢春响惊雷。清风雅韵把骚人醉，歌声儿随梦飞，痴汉儿频举杯，闷干了问何时君再陪？

[南吕·一枝花] 与诗友同游西安大唐芙蓉园

穿越了时空来盛唐，遥望着雁塔思佳境。快哉三秦唱红了曲，美哉四友吟醉了城。乘兴觅诗踪，脉脉的曲江难平静，猎猎的旌旗相送迎。但见那紫云楼诗摄了唐魂，芙蓉湖鹤鸣了胜景。

[梁州] 魂牵梦绕往山上冲，拜圣寻仙任腹中怦。好一个群贤幸会的古今梦！不由我豁眸瞻仰，侧耳倾听，击节吟咏，浮想萌生。管弦鸣、云霭腾腾，羽衣飘、佳丽盈盈。喜重温、壁堵争衡，忐感慨、推敲梦醒，甚辛酸、红叶情凝。闻筝，落红。秋声惊醒痴情愣！悲喜忍思痛！耿耿诗魂一脉承，塞雁又出征。

[尾] 天鹅对对清波里弄，岸柳丝丝人面前疯。鼓乐香风不时的送。谁家古琴鸣？谁家马蹄轻？六骏骑来我等任驰骋。

曾获"府谷黄河杯·曲咏三秦"优秀奖

原载《陕西当代散曲选第三集》《当代散曲百家》

［双调·拨不断］ 消夏曲，奉和徐耿华会长附其原玉

炎炎酷暑烤吾庐，滴滴苍翠掩平湖。泉叠瀑落频喷玉，荷碧风柔正戏鱼，诗平曲淡愁失律。要寻清爽源头去。

绿云裁，野荷开。老龙潭底冰壶脉，陇岭峰中林海排，柳郎信里情人待。你可陪我听天籁？

赛蓬莱，胜瑶台。秦皇汉武西巡爱，可汗休闲避暑来，清平一曲多豪迈！老龙遣水真凉快。

附：徐耿华［双调·拨不断］消夏曲

岭云烘日地荒墟，野树无风汗滴掬，闷热天如洗桑拿浴。不想牛排不想鱼，无心粘对无心律，约驴友深山耍去。

注：徐耿华，1947年生，陕西省周至县人。曾任陕西省文史研究馆业务处处长。现为中华诗词学会、中国散曲研究常务理事，散曲工作委员会常务副主任、陕西省散曲学会会长。

［双调·清江引］ 咏上海世博会广西馆，兼贺广西散曲学会成立

榕枝焕彩金桂飘，人比花儿俏。漓江脉脉流，玉象频频笑。山歌对得人不老。　　　［幺篇］银滩起潮随浪高，壮锦织新貌。世博传妙音，铜鼓敲新调。八桂唱红端正好。

原载《全国名家书法展·庆广西散曲学会成立》

在水一方之散曲

［南吕·四块玉］拙作刻杯有怀

岭上梅，漓江水。对老了山歌儿孕芳菲，催生了小曲香八桂。低头愧刻杯，抬头赏大美，头雁凌霄群雁追。

注：广西散曲学会成立时，曲友相约以曲相贺。沐浴着上海世博会的春风，写下了《［双调·清江引］咏上海世博会广西馆，兼贺广西散曲学会成立》，发给曲友。时间不长就收到了《全国名家书法展·庆广西散曲学会成立》的精美书法集，由书法家赵海明先生题写了拙作。不久，又收到了一个大包裹——一套3件的坭兴陶茶具。发现我的这首《清江引》就镌刻在大半尺高的精美的茶壶上。这是广西散曲学会成立时送给与会者的珍贵礼品。欣喜之余，小曲记之。

［双调·折桂令］上海世博会逛中国馆

叹一冠高耸倾情，四海融融，九域腾腾。楼顶瞧瞧两岸浦江，图中逛逛九州清晏，画里游游一代东京。休笑我骑驾穿梭顽若童，且看他探寻回溯气如虹。抬眼望长空，月领群星，颗颗醉看中国红。

原载《当代散曲百家选》

［南吕·骂玉郎带感皇恩采茶歌］感怀（增句、幺篇）

突然内退心生疚。春才过、却临秋。中年已被趋成狗，溢出满船愁。没由来、俨然笼里鸟，情形砧上肉，无泪流，人比黄花瘦。　　［幺篇］忽然甲子孙儿逗。看电视，孙儿优先笑拉钩。出门赛跑甘居后。何所思？何所求？落叶萧萧风雨骤。

[感皇恩] 未届五旬品清秋，好个清秋！风雨后雁离群，空寂寂，冷飕飕。恰似那无边大海，一叶孤舟。畅好的这身心，老君炉里来冶炼，冶炼有谁俦？ [幺篇] 混世无俦，光景合着夕阳流。脸微圆，皮欠厚，一头老黄牛。"搓麻"添乐趣？把酒祝逍遥？由我平平仄仄净胡诌，万言杯水几毛毛钱？自夸是韵语，倒也乐悠悠。

[采茶歌] 乐悠悠，最爱是出游。相拥大海不回头，与海唠叨听海吼，浪花灌顶唤人留。 [幺篇] 也思留，夫君不准俺家留。是真是幻几分忧。要是此身真我有，愿随鸿雁任遨游。

2013.09.12

[越调·小桃红] 贺长沙第十一届中国散曲学术研究会

狂歌一曲醉潇湘，你我都来唱。岳麓书声碧空荡，谱宫商，琴音回绕群情涨。桃花溢香，洞庭掀浪，楚韵续华章。

[双调·庆东原] 贺西夏散曲社成立二周年

人怀旧，曲恋秋，张罗无意云出岫。相邀探究，相邀唱酬，不醉不休。无欲也无求，玩到形容瘦。

在水一方之散曲

[越调·小桃红] 贺九秋诗社成立五周年（嵌字）

秋逢塞上胜春潮，物我争秋俏。七彩斑斓报秋到，架秋桥，秋诗秋曲同繁茂。秋花弄娇，秋光高照，秋色信妖娆。

[双调·庆东原] 丝路心语

丝绸路，心上铺。千年故道春风度，风霜雾雨。香囊玉珠，茶叶油酥。月下忆驼铃，铃响声声续。

[正宫·赛鸿秋] 中国铁路

高山雪覆鹰难跨，长河冰冻船难驾。流沙风阻人难踏。家穷钱少君难煞。连村带户拉，映月辉星架，通途天堑非神话！

[双调·沉醉东风] 曲友

春雨几曾怜岸柳，秦关今又上层楼。时编警世篇，常思忘机友。曲江腾浪秀芙蓉，小令抒情雁字悠。泱泱渭河滔若吼。

原载《当代散曲百家选》

［越调·小桃红］ 甲午新春致榆林诗友

听一声声嘹亮信天游，余韵诗成就。吹一阵阵春风送春透，势无俦。又逢甲午歌无够，卫星任留，嫦娥舒袖，小曲唱风流。

写于 2014.01.05 刊于《榆林诗刊》2014 年第一期

［双调·沉醉东风］ 甲午迎春

迎春纳福奔骏马，马踏飞燕驾云槎。马识途、情无价。马驮梦想浪天涯，信马由缰老骥遐，扬鬃嘶鸣马腾马跃观尽爆竹银花骇世奇葩。

2014.01.05

［双调·新水令］ 致天路建设者（散套）

序：参加了青藏铁路建设的冯常德同志是我的诗友。冯常德、赵宝珍伉俪合著的诗文集《天路放歌》，真情所系，可歌可泣。宝珍嫂终生从教，桃李满园，纪实写来，妙笔生花；常德兄是铁路高级工程师，他将几十年来参与包兰铁路防风治沙、青藏铁路建设的故事，娓娓道来，感人至深，读后久久不能平静。

君修天路路思君，是华人、任谁不兴奋！愧我语贫歌伉俪，赞咱天路冠乾坤。跨纪的达人、民族的脊梁、肩负着义和信！

［驻马听］这搭儿臂挺千钧，汗浸冰川时废寝；那厢里手摩万仞，血融冻土总拿云。那工程真个儿是、补天填海丈乾坤；犁云钻月开混沌。鹰眼未到君足到，有酒应痛饮，撂杯亮剑何须问！

在水一方之散曲

[乔牌儿]剑锋指处架彩虹。总挂冰霜还自哂,敢牧峰岭任心印。天堂隔壁啥能论?动脉枕在双肩上!又相逢、人间最虔诚五体投地丈山吻。

[沉醉东风]是石破天惊的射雕手,才推开了那神奇雪域的门,好个朝圣的心!好个筑路的人!恰便似挫双车,鞭八骏,哪堪比长头震撼直震世间俗,铁龙呼啸频呼肺腑音。老阿妈献上哈达,圣洁的哈达把那壮美的天路引。

[甜水令]您敬畏着圣水悠悠,圣山霭霭。莲花净土,汉藏连心,回归自然叩天问。高风把帐篷抚慰,浅睡梦频频。铁轨下方的通道可留好了?会意的藏羚羊闪身过!吉祥的列车有分寸,那师傅真个儿是心慈手快笛声温。

[折桂令]一曲《天路》唱于君,夫唱妇随,到老情深。一个是瀚海擒龙,一个是校园飞凤,好一对儿爱侣德珍!文馥郁如花似锦,诗豪迈咏古唱今。恰庆金婚,细品诗文,能见诗心,能见诗魂。

[鸳鸯煞]我来朝圣寻君痕。抚摸铁轨,禁不住耳贴轨上敲着闻,脆脆绵绵是浩音。信号灯亮列车过,翻过唐古拉,若不是你和战友威风振,哪来天路威风震,人生有尽价无尽。珠峰辉明月,雪岭拱星辰。孤隼时遁,悠悠天钧。佛号萦心将人引,发慈悲,净慧根,信能还个真我自在身。通天的路,时代的车,错那湖、羊八井上鸟儿衔着云,沱沱河、楚玛河边浪花心花一搭里滚。

注:1.挫双车,即双车挫,是中国象棋基本杀着。
2.冯常德诗友将此曲序他的诗文集《天路放歌续集》。
3.错那湖、羊八井是天路站名,沱沱河、楚玛河是流经西藏的河流。

写于 2014 年 3 月,刊于《陕西当代散曲选第五集》

［中吕·喜春来］本意（联章）

栽花栽树东西岸，种豆种瓜南北田。铁牛也晓赛时间，节气赶，月夜叫声欢。

阳升雪化冰河化，游子打工泪洒家。春寒汗透面无华，谁太傻？不晓赏春花。

春来又悔青春误，岁月荒唐春草枯，心中春景有还无。春欲补？春水逝如初。（嵌字）

新春邀友闻天籁，杨柳依依春韵排，千红万紫鼓春腮。春宴摆，同诵喜春来。（嵌字）

注：散曲小令重复写四遍以上，称为联章或重（chóng）头，可以换韵。

写于2014.03.21甲午春分日，部分刊于《中国当代散曲》七、八合刊

［越调·凭栏人］出行（重头）

序：甲午春分刚过，银川的清晨，望眼模糊，天灰地暗，雾霾降温，冷气袭人。但路上仍然车水马龙，川流不息。

君肯少开一日车？绿色出行为大家。雾霾偷换霞，阳光咋照花？

不抢一秒礼让行，宁等三分为畅通。抢先和让停，全凭一念生。

欲要开车苦练功，不欲开车休试乘。油门方向灵，身肩责不轻。

欲要开车酒莫沾，不欲开车酒莫贪。一时醒醉间，平安大过天。

2014.03.23

［仙吕·一半儿］ 自嘲获华夏诗词奖二等奖

树梢喜鹊叫喳喳，啥事费舌非要夸？获奖算啥瞧那答：笑酸牙。一半儿悲凉一半儿雅。

阳台喜鹊叫喳喳，跳去跳来连问咱：除过慰劳还是啥？快些拿，一半儿真来一半儿假。

注：拙作《［中吕·粉蝶儿］过年（散套）》荣获第五届华夏诗词奖二等奖。这是宁夏诗友第二次获此殊荣。此次获二等奖的，还有宁夏诗友项宗西先生，他的获奖作品是《水调歌头·登岳阳楼》。首次获得华夏诗词奖等级奖的宁夏诗人，是老会长秦中吟先生，他的歌行体《大漠魂》荣获第四届华夏诗词奖一等奖。华夏诗词奖是中华诗词最高奖项，由中华诗词学会，在全球格律诗词曲作品中评选，堪称诗词界的奥林匹克运动会。近几届为每两年评一次。

2014.05.16

［双调·雁儿落过得胜令］ 谒成吉思汗陵

序：成吉思汗陵坐落在鄂尔多斯市伊金霍洛苏木境内。成吉思汗陵以其丰厚的历史文化内涵，再现了蒙古民族波澜壮阔的历史。因为有守陵部落达尾牧近八百年来的世代守护，陵寝完整地传承了13世纪的祭祀、宫廷文化，是内蒙古民族文化之源头和结晶，祖国民族文化之瑰宝。

乾坤任尔骋，日月由君令。一生征战盛，马背春秋梦。［过］挥戈万里骨铮铮，横扫西域马蹄轻。一统江山现，今儿谒汗陵，还愿仰英名。自古英雄霸业竟，倾注一片情。长空浩浩掠雄鹰。

［正宫·塞鸿秋］游榆林红石峡

序：红石峡位于榆林城北5公里处明长城口红山脚下的榆溪河谷。因山皆红故得名。南峡两壁双峰对峙，依壁凿成44窟，窟内有石造像、泥石像、浮雕、碑刻题记，为明代所创。均被"文革"所破坏，现存的是重新修缮的。

一峡峭壁窟阁绚，一林碑刻红石恋，一湾碧水飞崖眷，一桥普度长虹羡。通幽曲径长，叠翠榆钱艳。塞鸿一队秋波断！

［正宫·塞鸿秋］登镇北台

序：镇北台位于榆林城北4公里之红顶山上，踞险临下，控南北咽喉，是明长城三大奇关（山海关、嘉峪关）之一。也是古长城最大的要塞之一，至今保存完好。建于1607年，为长城防御体系的观察所。紧依台下方所建的贡城，是当时蒙汉官员接洽及举行献纳贡品仪式的场所。

争先恐后把高台上，凝神放眼把长城望，浪花淘尽把英雄唱，是非成败且从容量。犹闻那战马嘶，未见那硝烟放。只有那山河入画把咱心胸荡！

［双调·拨不断］中日甲午战争120周年感怀

1894年为农历甲午年，日本帝国主义挑起了中日战争，翌年4月，清政府被迫与之签订丧权辱国的《马关条约》。甲午战争的失败进一步暴露了中国封建制度的腐朽性，宣告了洋务运动的破产，加剧了民族危机，促使反帝反封建斗争深入发展，直到抗日战争胜利和中华人民共和国成立。今又逢甲午之年，中国、亚洲和世界在过去的120年里已发生翻天覆地的变化，然而日本右翼势力却不甘心失败，频频向中国及邻国挑衅，妄图重走军国主义的老路。

战争输，入穷途。援朝沉舰交锋处，掠地攻城肆意屠。辽东沦陷开门户。百姓苦，兵败根在清廷腐！

卖国奴，罄难书。前方浴血风雷怒，宫内寿歌锦绣铺。赔钱割地忒屈辱。民众怒，睡狮唤醒长城筑！

救星出，草木苏。轮回甲午春风度，圆梦强国亿万呼。揪心最数倭贼妒。觇版图，钓鱼诸岛岂能覆！

注：1894 年 7 月 25 日，日本"吉野""浪速"号军舰等军事力量偷袭清政府派往朝鲜支援抗击日军侵略的船队，击沉一艘运兵船，700多名士兵葬身大海，中日甲午战争由此爆发。与此同时，清宫正为慈禧太后大办 60 寿辰而诸事停办，并扬言谁要是让她在这一天不痛快，她就让谁一辈子不痛快。洋务，在这里主要是指清政府的北洋舰队。当时中国共有北洋、南洋、福建、广东 4 支舰队，总吨位在世界排名第 8，而日本队排名为 11；其中，北洋舰队有两艘 7000 吨级的铁甲舰，而日本仅有 3 艘 4000 吨级的战舰。

2014.05.21

［南越调·黑麻令］
读《中卫文化纵横》致范学灵先生

不由俺一读再读，锦绣家园织锦人、深铺浅铺。探源头凿玉桑榆，寄魂灵初笃永笃。呀！俺记得这风俗世俗，惜着这衣足手足。君那口不改的乡音、不变的情愫，今殊古殊。

注：元散曲按地域分为北曲和南曲，代表元代文学的是北曲，一般不加以标注就是北曲。此曲是一支南曲，南曲的越调，区别于北曲，冠以"南"字，下同，不再标出。

范学灵，1962 年生，宁夏中卫市沙坡区人。中卫市委党校常务副校长党支部书记。编纂出版《中卫县志》《中卫年鉴》等，著有《乾隆中卫县志校注》《中卫文库大观》《中卫文化纵横》等。

2014.05.23

［双调·折桂令］ 赏《天书图谱》赠马建兴[①]先生

又展卷、图谱天书，图为谁藏？石为谁孤？越岭摇风，犁云踏雪，诊玉悬壶。算只有、水流不腐，恰便是璞玉如初。甘露相濡，翠鸟相呼，日月相辉。云卷云舒。

［中吕·朝天子］ 致煮石斋主

觅石，煮石，谁解其中意？黄河两岸寄情痴，偏爱文和字。"万岁中华"，"万事如意"[②]，衷心祝愿你。玉驰，梦驰，插上飞天翅。

注：①马建兴，宁夏中卫人，1957年生，中卫市总工会主席。业余从事岩画、长城、文物古迹等调查研究，主攻文字奇石，书房"煮石斋"。宁夏收藏家协会副会长、宁夏岩画协会副会长等，著有《天书图谱》等。

②"万岁中华"，"万事如意"为石头上显示的原生态文字。

2014.07.01

［双调·天香引］ 游子

问人间何事堪珍？金榜花烛，过眼烟云。正万里秋风，一番细雨，两地离人。思绪恰随波浪滚，瑶琴且伴友朋吟。游子之魂，父老之心，故土之根。

注：折桂令，又名蟾宫曲、天香引、秋风第一枝等。

原载《当代散曲百家选》

在水一方之散曲

［双调·折桂令］ 看电影《让子弹飞》

马蹄声声脆嘚嘚，拉着呼啸的火车，唱着激越的狂歌。子弹飞来，孤魂惊去，歧路言和。自是功名难弃舍，买官敛财鬼着魔。财聚如何？财散如何？一梦南柯。

原载《当代散曲百家选》

［中吕·山坡羊］ 退休感怀

清风吹过，白云飘落，休言功绩休言错。岁蹉跎，日婆娑，回眸往事难综括，失意远超得意多。得，又若何？失，又若何？ ［幺篇］ 清风闲坐，白云高卧，如今不受时人左。乐呵呵，快活活，于无利处说收获，仄仄平平天地阔。诗，也在我，词，也在我。

原载《当代散曲百家选》

［双调·清江引］贺西夏散曲社成立附赵幼诚和曲（联章）

咏　路

问樵问僧铺路走，路本缘人就。何妨荆棘拦，愿做阶石候。一路曲声吟唱稠。

咏　圃

心齐且将池苑垦，兰蕙多温润。总缘时令开，何惧夕阳近。梧桐树将金凤引。

咏 鸟

林中水边飞去来，和唱谁期待？鸳鸯偏俱情，麻雀犹无赖。却解兴来抒壮怀。

咏 牛

日西奋蹄谁愿解？似水流年怯。冰心仍在壶，携手尤欢惬。可人曲痴人爱写。

注：西夏散曲社成立大会，于2014年6月28日在宁夏报业大楼18楼会议室举行。

赵幼诚，祖籍山东蓬莱。全球汉诗总会常务理事兼甘肃联络处主任，曾任《陇风诗书画》主编，著有诗词集《不易斋浅草》《不易斋浅草续集》等。

附：赵幼诚先生和曲二首：

咏 路

识途老马西夏走，小令于今就。前程无阻拦，故土村庄候。追梦梦圆欣唱稠。

咏 圃

梧桐广种苗圃垦，新曲多滋润。欣然椽笔开，蘸露沙湖近。风景自将金凤引。

在水一方之散曲

［中吕·喜春来］致潇湘散曲社依滕士林韵附其原玉

于斯为盛潇湘蔚，唯楚有才夺曲魁。红旗引领举国随。扬善美，曲美曲纷飞。

附：滕士林先生原玉：

［中吕·喜春来］贺西夏散曲社成立

贺兰涌翠云霞蔚，西夏雄风壮曲威。黄钟唱罢正宫随。歌大美，天地曲花飞。

注：滕士林，江苏省东海人，湖南省潇湘散曲社副社长，在长沙市老干部大学及广播电视大学诗词曲联班任教，曲作入选《当代散曲百家选》。

［中吕·朝天子］致茂盛草业员工（外一首）

小草，牧草，共把春光报。葱茏如带绿丝绦，装点人间道。兰岭巍峨，草原繁茂，神州风向标。种草，爱草，回眸君在丛中笑。

［商调·梧叶儿］科工贸联姻共赢

枕头遇瞌睡，繁花思蜜蜂，湖水逗蜻蜓。春天到茂盛，草业真正兴，科工贸喜结盟。这一结、咱联姻共赢。

注：参见第29页《宁夏农垦茂盛草业公司采风律绝六首》。

写于2014.07.09，刊于《夏风》2014年第4期

西安曲会太白山采风散曲一束

［般涉调·耍孩儿］

序：2014年8月28～31日，由陕西省散曲学会等部门主办的中国第二届当代散曲创作学术论坛，在古都西安举行。山西、湖南、广西等十五个省市自治区六十多位有关领导、散曲理论界、散曲创作界名家出席了本次盛会。论坛结束后与会者赴太白山采风，冒雨登山，挥毫制曲，28位曲人联袂写出了《［般涉调·耍孩儿］咏太白山》散套29煞，在太白山国际度假区隆重举行的"曲咏太白山"散曲吟诵会上各自登台吟诵，是本次散曲会的一大亮点，展示了散曲独特的艺术魅力。拙作是该散套的第21煞。

［二十一煞］（莲花峰瀑）银河泻，绽白莲，冰川云海遥相唤。玉龙盘岭虹吸涧，晴雪飞滩珠跳川。近前看，虹桥缥缈，雨打衣衫。

［双调·蟾宫曲］ 与众曲友共观云海

观云海、咋个魂牵？缥缈白云，撩逗青杉。浓淡峰峦，高低树木，远近冰川。拔仙台谁人见仙？神仙洞神女思凡。浩瀚云天，怎界人仙？仙在云端，君在云端，我在云端。

［双调·水仙子］ 与众曲友雨中登拜仙坛

蒙蒙雾雨冷山封，切切身心热血腾。踩着瀑布寻幽境，顿时豪气生。乍听猿啸两三声？登顶拔仙梦，牵手曲友情，雾散心更晴。

在水一方之散曲

［越调·小桃红］太白山神湖（顶针格）

群峰拥簇炫神湖，湖把群峰绿。绿水悠悠客何处？处犹如、如诗如画神仙慕。慕心似初，初识如故，故土世间殊。

［越调·小桃红］太白山气象

千姿百态闹冰川，山险云烟漫。七彩长虹又相恋。霎时间、乌云翻滚天低暗。撒珠泻澜，跳波闪电，转眼艳阳天。

［双调·拔不断］太白山野生动物三首

大鲵（俗称娃娃鱼）

俏娃娃，喊妈妈，声声入耳知心话。盼似蛟龙沧海拿，盼如骏马苍山跨。自尊自爱情无价。

金丝猴

美猴王，扮金装，翻飞犹喜峰叠嶂。万里红霞锦背光，千层绿韵童心旷。我来亮相悠悠荡。

金钱豹

睡权丫，过居家，浑身自把金钱挂。财死食亡瞎找茬，风吹草动疑奸诈。爱钱人拜君足下。

写于2014年8月，刊于《第二届当代散曲创作学术论坛论文集》

［仙吕·一半儿］我与喜鹊的故事并序

序：家住金凤区湖畔嘉苑一期A区的五楼。由于阳台没有封闭，深秋后，我会把一些干鲜果蔬放在阳台，而不放在冰箱。谁料，此举会招来喜鹊光顾。喜鹊，是银川市的市鸟。小区房前屋后的绿地，仿佛是它的领地、它是主人似的不怕来来往往的行人，小朋友们逗它，它也很知趣，蹦蹦跳跳的和小朋友们玩。新鲜的果蔬，喜鹊并不稀罕，而花生却是它的最爱。花生装在塑料购物袋里放在阳台上，会留下一些花生壳而大多数都很快被整个儿啄走了。因为一只喜鹊会喳喳地叫个不停邀来一群喜鹊，它们有福同享。一次，我把豆腐放了在阳台上，竟然它把豆腐也啄了！留下了一小半，那就留给它吃吧。在下雪后，我也会撒些豆子等粮食在阳台上，希望喜鹊来啄，因为雪后它可能找不到吃的。

门前喜鹊叫喳喳，远应近合都乐开了花，把那花生豆豆一个劲儿地夹。吓着咱，一半儿伸脖一半儿卡。　　［幺篇］窗前喜鹊叫喳喳，我在吟诗它叫啥？笃笃啄啄聒破纱。对付咱，一半儿邀歌一半儿耍。

2014.07.28

［黄钟·人月圆］月圆又做团圆梦

月圆又做团圆梦，小女在天涯。食无滋味，困无瞌睡，懒怠涂鸦。　　［幺篇换头］枕涛听海，冒风拍飓，花落谁家？老来啥愿？全家团聚，红酒香茶。

［黄钟·人月圆］致友人（叠前韵）

月圆又做团圆梦，师友在天涯。语出生趣，令人回味，邀我涂鸦。　　［幺篇］少年饿肚，壮年蛮干，未老归家。练拳习剑，邀朋唤友，吟曲喝茶。

2014.09.06

台湾行散曲一束

［中吕·喜春来］ 阿里山林海神木

阿里山神木参天蔽日，树龄已三千余年。

涛翻碧浪歌拍岸，山舞清风树蔽天。几人欲抱护围栏。齐仰瞻，头顶泻光环。

［越调·小桃红］ 日月潭

四围翠岭抱双潭，画影随波泛。烟水茫茫暮云乱，看舟船，舟船远近飞鸥转。手掬浪花，心生祝愿：一统盼明天！

［双调·寿阳曲］ 日月潭寻梦

歌中唱，梦里寻，果然潭媚青山俊。还交镜头帮着品，哪张能解心头怨？

［南吕·金字经］ 太鲁阁

路转水边绕，洞穿山里弯。驾雾腾云巡九天。观，太鲁阁路是、舍命铺、青春祭奠者捐！人离散，梦中一统连。

［正宫·塞鸿秋］ 登 101 塔有怀

飞来一塔通天立，环周一览心神怡。怀揣一个鸿鹄志，山河一统忠魂泣。澎湖几遍歌，日月双潭碧，炎黄一脉同根系。

2014.11.16

［中吕·朝天子］ 小官，巨贪

序：2014年11月14日《宁夏日报》载：北戴河供水总公司原总经理马某受贿贪污挪用公款，从其家中搜出现金1.2亿，黄金37公斤，房产手续68套且贪婪跋扈之极。

小官，巨贪，权力玩极限。区区"小老鼠"水闸一关，任你腿儿跑断。卡你收钱，贪得无厌，敛财成大款。法眼，众谴，边打边防范。

［双调·雁儿落过得胜令］ 贺姚老奠中百岁华诞

序：姚奠中，百岁老人。在高校执教60余年，是章太炎唯一健在的弟子。先生桃李满天下，诗书画印称四绝。更在98岁高龄时捐资百万，倡立"山西姚奠中中国学教育基金会"，旨在奖掖国学研究。曲友相约贺先生百岁华诞。

刀琢璞玉温，雪濡青松劲。凌霄一鹤引，越岭千军奋。［过］通古史哲文，精艺墨诗金。纵闯迢迢路，总怀赤赤心。思君，像那昆仑峻；吾心，犹如骇浪滚。

原载《陕西当代散曲选第四集》

［黄钟·人月圆］ 致赵义山先生

诗情恰似河奔放，情笃溢芳香。同金菊俏，比丹桂倩，胜玉玦光。　　［幺篇换头］小曲时吟唱，曲醉犹忆往，殷殷话别长。路匆匆上，月溶溶朗，且把盏邀朋，莫笑乖张。

注：赵义山，1953年生，四川省南部县人。文学博士，四川师范大学首席教授，中国散曲研究会会长。主要研究中国古代词曲，著有《元散曲通论》《明清散曲史》等。散曲入选《当代散曲百家选》。

［越调·小桃红］ 长沙曲会（顶针格）

光华无限媚潇湘，湘水和弦唱。唱咱曲坛剑锋亮！亮新妆，妆容理就登楼望。望舟破浪，浪中奔放，放眼赏春光。

［双调·步步娇］ 延安（顶针格）

漾起浪儿波儿延河唱，唱那窑洞儿微微的亮，亮起烛光时忆往，往矣咱领袖疾书正临窗。窗儿明夜儿长，长夜儿走笔龙蛇般的漾。　　［幺篇］放开嗓子曲儿歌儿声声的唱，唱咱主席把航向，向着延安把话讲，讲话的精神世无双。"双为"为纲、"双百"飘香，香透河山、山丹丹花开艳艳的放！

原载《陕西当代散曲选第四集》

［双调·鱼游春水］ 访延安途中

序：2010年国庆黄金周，夫君携我等赴延安旅游观光。这是我第二次去延安。1977年，先生在延安军分区任职时，新婚的我曾前往延安探亲。时隔已三十余年。

水盈盈，岭重重，时光穿越忆匆匆。岭上寻踪寻窑洞，侧耳倾听惠风送，一行大雁鸣。　　［幺篇］水盈盈，岭重重，迷蒙双眼望长空。几度欢欣几度痛，水色山光自迎送，此情似梦中。

原载《陕西当代散曲选第四集》

［中吕·醉高歌］咸阳怀古五首

昭陵谒唐太宗雕像

贞观之治犹存，征战烟腾浪滚。大军统帅鞭神骏，满面风尘痛饮。

谒霍去病墓

将军长睡心安？不灭匈奴不还。如今秦岭长相伴，虎视倭贼冒犯！

杨玉环

一生恩宠多多，马嵬杀身祸惹！风流多艺谁之过？长恨歌声不绝。

无字碑前话媚娘二首

大周何等繁荣，女主空前负名。国强民富邻朝圣，强到寰球鼎盛。

昭仪足智多谋，志在摘星换斗。晚年猜忌谁能够，病老何曾罢手。

在水一方之散曲

［仙吕·一半儿］题俞学军画《翠林和鸣》

一从拔地与山呼，便惹精灵直乱扑。弯下一枝迎凤雏，听见岁寒秋声无？一半儿纷飞一半儿语。

2014.12.11

［仙吕·青哥儿］贺赵幼诚老师《曲水流觞续集》出版

咱诗友诗如画，青山绿水红花。白塔沙湖任尔夸。王马街寻那人家，时牵挂。　　［幺篇］咱诗友情无价，吟哦和唱清佳。曲水流觞好就茶，博雅清新自成家，时人羡煞。

2014.12.12

［仙吕·赏花时］拜读何铮先生《春草集》（散套）

摇曳着的山花花欲摄魂，涌动着的清波波似弄琴。溪水恋孤村，微风阵阵，小草唤新春。　　［幺篇］春草萦怀着那赤子的心，庄院沟沉着那岁月的痕。圆梦莫如君，心泉流韵，杏雨淬诗魂。

［赚煞］淬诗魂，何须问，剑未封尘心未泯。携友寻宗狄道品，访旧情深忆难忍。既寻根，更喜芳春，美酒盛来应痛饮。吟诗弄孙，把闲情趁，我读《春草》欲题襟。

注：何铮，本名何敬才，甘肃省人，曾任人民解放军团级政治委员，银川市金凤区政协主席。中华诗词学会会员，宁夏诗词学会顾问。著有《蓝梦集》《春草集》。

2014.12.31

［中吕·朝天子］ 古生物活化石三首

熊猫

嫩竹，翠竹，都饱熊猫腹。祖先食肉悔当初，仁义真情愫。体态憨憨，萌萌生趣，团团圆圆使命殊。本土，外埠，爱你依依仁。

银杏

秋叶黄，果仁黄，两亿年前什么样？恐龙相伴渡洪荒，天赐宏福无边量！护佑苍生，身坚心旷，留得万世芳。故乡，异乡，能嫁银川真的棒！

中华鲟

祖鱼，寿鱼，休把苍天负。时空穿越化石鱼，头上喷泉酷！大嘴长身，龙鳞披护，鲟中之冠多威武！喷吐，欲语：保护休迟误！

注：大熊猫、银杏树、中华鲟共同被称为古生物活化石，它们都具有很高的科研观赏价值。中华鲟，又称鳇鱼，国家一级保护动物，自古生长在长江。软骨硬鳞鱼类，身体长棱形，长达4米多，重逾半吨。眼细小，眼后头部两侧各有一个新月形喷水孔，是世界27种鲟鱼之冠。中华鲟生理结构特殊，既有古老软脊鱼的特征，又有现代诸多硬骨鱼的特征。形近鲨鱼，鳞片呈大形骨板状；鱼头为尖状，口在颌下。从它身上可以看到生物进化的一些痕迹，所以被称为水生物中的活化石，具的很高的科研价值，是长江中的瑰宝。

［仙吕·寄生草］悲李贺（联章）

本真守，肺腑呕，呕时苦短拼白昼。骑驴直往天涯走①，
觅诗哪顾形容瘦。秋坟鬼唱鲍家诗②，无端风雪煎人寿③！

明湖皱，翠鸟啾，锦屋香径盈红袖。千年明镜尘埃厚，
几朝歌赋乌纱秀。装模作样弄吟哦，风情占断何时够！

因谁吼④？为谁愁？痴顽难化迷茫久。水融珠露云出
岫，空连色相月初透。心泉流淌沁诗花，花开花落谁人嗅！

抬头瞅，望眼忧，驼悲马瘦迷魂旧⑤。杜鹃啼血酸风透，
茂陵滞骨秋坟陋⑥。常饥仍盼带吴钩⑦，今读彻夜悲星宿！

悲星宿，踏晚秋。人生无奈如钟漏。清光斫取楚辞就，
青春锻铸君诗厚。少年心事在拿云⑧，钱权私欲紧箍咒！

注：①骑驴直往天涯走：李贺《苦昼短》："谁似任公子，云中
骑碧驴。"李贺喜欢骑驴漫无目的地走，边走边寻诗。

②秋坟鬼唱鲍家诗：李贺《秋来》："桐风惊心壮士苦，衰灯络
纬啼寒素。谁看青简一编书，不遣花虫粉空蠹？思牵今夜肠应直，雨
冷香魂吊书客。秋坟鬼唱鲍家诗，恨血千年土中碧。"

③无端风雪煎人寿：李贺《苦昼短》：唯见月寒日暖，来煎人寿。

④为谁吼：李贺《开愁歌》：我当二十不得意，一心愁谢如枯兰。
衣如飞鹑马如狗，临歧击剑生铜吼。

⑤驼悲马瘦迷魂旧：李贺《铜驼悲》："落魄三月罢，寻花去东
家。谁作送春曲？落岸悲铜驼。桥南多马客，北山饶古人。客饮杯中酒，
驼悲千万春。"李贺《马诗二十三首》之四："此马非凡马，房星是本星。
向前敲瘦骨，犹自带铜声。"

⑥茂陵滞骨秋坟陋：李贺《苦昼短》：刘彻茂陵多滞骨，嬴政梓
棺费鲍鱼。

⑦常饥仍盼带吴钩：李贺《南园十三首》之四："三十未有二十余，
白日长饥小甲蔬。桥头长老相哀念，因遗戎韬一卷书。"吴钩：李贺《南
园十三首》之五："男儿何不带吴钩，收取关山五十州。请君暂上凌烟阁，
若个书生万户侯。"

⑧少年心事在拿云：李贺《致酒行》：我有迷魂招不得，雄鸡一
唱天下白。少年心事当拿云，谁念幽寒坐呜呃。

写于 2015.01.15，刊于《当代散曲》2015 年第 1 期等

［中吕·喜春来］
谢曲友惠寄《中国当代散曲》（外一首）

银羊开泰咩春到，鸿雁传情缘曲娇。山歌小曲共发烧。端正好，曲酽自逍遥。

原载《中国当代散曲》第 9 期

［越调·凭栏人］曲波附折殿川和曲

剪片青云梦剪开，寄朵红云聊寄怀。曲波儿渡来，人心儿快哉！

2015.01.22

附：折殿川先生《［越调·凭栏人］敬和闫云霞会长》

一片云霞花拟开，千里佳音情暖怀。信包儿又来，远朋啊善哉！

［正宫·叨叨令］动物趣闻二首

也说睡觉（独木桥体）

刺猬缩颈团团睡，鹤仙独立婷婷睡。警犬贴耳轻轻睡，春蚕皮蜕绵绵睡。惊煞人也么哥，笑煞人也么哥，惹咱昏头昏脑来瞌睡！

注：蚕宝宝睡觉时爱把头抬起来，奇的是它睡一回觉，就要蜕一层皮。

也说尾巴

鱼儿摆尾波中幌,水牛摇尾蚊蝇让。松鼠张尾徐徐降,灵猴挂尾悠悠荡。莫笑也么哥,莫恼也么哥,那年那月的课堂、马尾巴的功能酸溜溜地上!

注:松鼠下落时用它的大尾巴当降落伞。

2015.01.27腊八节,以上两首原载《陕西当代散曲选第五集》

[双调·沉醉东风] 新春贺会

说不尽风光这边好,听不烦喜鹊那声高。看不够瑞雪飞,挡不住新春闹。彩云飘飘,黄水滔滔。一路清风步步娇。千帆过、清讴应弄潮。

注:宁夏诗词学会第六次会员代表大会,于2015年2月8日在宁夏政协九楼会议室召开。魏康宁先生当选为会长。

作于2015.02.01,刊于《夏风》2015年第1期

[中吕·醉高歌带过喜春来] 朔方大学城

十年种树春催,百代教人业伟。惯听盈耳书声醉,总是柔情似水。[带过] 莲香飘过书香会,鸥影徘徊人影归。蛰龙唤醒届时飞,追大美,大学城里斗芳菲。

宁夏新十景应征作品之曲四题

［双调·折桂令］贺兰晴雪

问兰山、何处堪夸？百里围屏，四月韶华。骏马嘶空，松涛滴翠，晴雪流霞。依岭沿坡瞻寺塔，泄洪蓄水有沟峡。云弄轻纱，蝶恋鲜花，人迷岩画。五岳曾游，不是咱家！

作于 2014.08.25，《朔方》2015 年第 3 期配彩页刊发

［双调·拨不断］水洞兵沟

水长流，探源头，几回都把心弦扣。防御藏兵古洞留，将军筹幄洞中瘦。看峡谷，至今红透！

注：水洞沟：上万年前人类居住的洞穴；兵沟：利用山形地貌建设的屯藏兵洞。

作于 2014.08.19，刊于《人世情散曲丛书·山水情》

［中吕·朝天子］天府双塔

天府：2008 年宁夏平原入选全国十大新天府。双塔：位于银川兴庆区的海宝塔、承天寺塔。

宝塔，寺塔，千载风铃挂。今称天府自堪夸，一幅风情画。剑舞歌拳，秋冬春夏，人人容颜灿若霞。是他，是她，塔下当成家。

作于 2014.10.19，刊于《新消息报》2015.3.30

在水一方之散曲

［仙吕·赏花时］爱伊春晓（散套）

醉绿飞红喜鹊喧，掠水穿林乳燕旋。倒影袅晴岚，湖连路串，玉带绕银川。　　［幺篇］蝶戏花堤人练拳，歌吼林丛谁钓闲？老者似参禅。婴儿酣睡，情侣浪河边。

［赚煞］踏歌声，邀同伴，莫负了、莺啼燕剪。眼见这靴长裙短花丛转，忽忆那钢花铁水荷在肩。剪不断的梦魂牵，对饮微酣，碰几杯泛起苦辣酸甜。奉献才能心底安。望蓝天白云忒闲，理思绪理了还乱：咱是在秦淮还是在苏杭，眼前这些些花儿草儿鱼儿鸟儿桥儿水儿，真真是这般浪漫、这般悠闲。

作于2015.05.23，刊于《宁夏新十景诗词集》

［中吕·卖花声］彭阳山花

莫说芳草思南浦。且赏桃花醉妇孺。梯田列阵月光浮。圪梁梁绕过，俏妞妞追慕，怕田头落花如注。

［中吕·十二月带过尧民歌］沙坡头咏怀

忆万古沙逼兽走，喜今朝景醉人留。有滚滚长河信守，架巍巍大坝情柔。听嗡鸣沙钟钟鸣旷久，看呼啸铁龙龙啸寰球。　　［带过］常思忧愁父老忒忧愁，若道风流此地最风流。携朋神游胜过仙神游，惭我清讴怎比君清讴。悠悠，悠悠两叶舟，引领神州秀！

曾获"塞上江南·神奇宁夏"全国旅游诗词大赛二等奖；

原载《中国当代散曲》创刊号，《当代散曲百家选》

[正宫·黑漆弩] 银川拜寺口双塔二题并序
敬和先贤白贲原玉

序：拜寺口双塔位于贺兰山东麓，建于西夏，曾是西夏王朝行宫和西夏佛教寺院。塔旁有大片错落参差的建筑遗址。双塔相距约百米，造型挺拔雄伟，像一双擎天而立的巨笔。

凌云剑笔依山住，认大山作严父。夏朝中贝叶经文，忆那朔方风雨。[么篇]甲戈消霸气何存？至此守园人去。品沧桑残院依稀，待我等神凝塔处。

灵魂不死山间住，大山仍是慈父。历千年塔笑红尘，惯看人间风雨。[幺篇]撵痕留恩怨情仇，与共这云烟去。论什么荣辱得失，迈几步就转到那佛塔处。

[正宫·黑漆弩] 贺兰山滚钟口
敬和先贤白贲原玉

滚钟一口兰山住，倚天仗剑岭为父。震金声醉卧山巅，阅遍九州风雨。[幺篇]醒来时钟荡群峰，铁骑踏歌来去。问苍天青史谁书？自有这滚钟依旧高人写处。

附：元·白贲 [正宫·黑漆弩]

侬家鹦鹉洲边住，是个不识字渔夫。浪花中一叶扁舟，睡煞江南烟雨。[幺篇]觉来时满眼青山，抖擞绿蓑归去。算从前错怨天公，甚也有安排我处。

在水一方之散曲

［南双调·玉抱肚］那座山那道水

黄河黑山大峡谷

序：黄河从甘肃省景泰县流入宁夏中卫市，穿越六十公里的黑山大峡谷，隐藏在山河深处的景观不胜枚举：激流险滩、幽静深谷、旋涡滩涂、平峡若湖……真是峰回路转，移步换景，景有其名更有凄美的故事。被徒步驴友称为宁夏最美的地方——

直从天降！浪滔天、洪荒岭荒。叹洋人、招手慌忙，拜观音、化险经常。三兄七妹化礁藏，鹞子翻身兵将强。

丝路驿站买卖城

序：史书载："隆庆五年（1571年），明穆宗诏封蒙古俺答汗为顺义王，对蒙古各部采取安抚政策，在沿边各地通商互市。万历二年（1574年），允许鞑靼于宁夏中卫互市贸易。"这座神秘的买卖城于2009年才被发现。经考，此城汉代以来就是镇守边关兵士的军营。由于狼烟渐熄，明代中期，蒙古回等群众在此建市，以物易物，公平交易，并发展成为边贸口岸，沿用至民国年间才被废弃。蒙汉回等各族群众互市交易，语言不通，就用手在袖筒子里比画，讨价还价。

拉羊牵马，趁风平、换绢换茶。袖筒中、砍价搭茬。美咋咧、咂嘴啧啧把那买卖城着实地夸。驼铃又醉了那骆驼花，报喜回家追晚霞。

寺口峡谷神仙地

序：寺口大峡谷位于中卫市宣和镇南二十公里处。南依香山，山道奇险，古时为锁扼固原、平凉、西安等地咽喉要道，兵家必争之地，留下了许多美丽的神话故事。

仙灵谷险！谷深深、神仙故园。忽然间、大脚飞还。剑抽时、一线观天。降妖捉怪只当闲。美女七仙观战玩。

南长滩赏梨花

序：南长滩是中卫市沙坡头区黄河南岸的古村落。据考，当年西夏国拓跋氏后裔移居于此。春天梨花烂漫，秋天梨园飘香，是著名的香水软梨的原产地。每年春季在这里举办的梨花节远近闻名。

心仪久矣！浴春风、清姿玉姿。倚黄河、浪涌诗题，望长空、月朗星驰。长滩载梦梦依依，在水一方今古期。

写于 2015.09.27，部分刊于《人世情散曲丛书·山水情》

［双调·折桂令］ 致宗振龙诗友

教人羡、唐柳流光，走马城墙，归雁排长。架起千竿，光明万户，世代流芳。那诗儿、与银线破天荒；那心儿、同绿野共生香。曲水流觞，曲海徜徉，自在徜徉。不是诗狂？胜似诗狂。

注：宗振龙，1952 年生，陕西西安人。现为中华诗词学会会员，陕西省诗词学会副会长，《陕西诗词》副主编。著有《槐荫草堂散曲选》《槐荫草堂自度曲选》等。散曲作品入选《当代散曲百家》。

2015.02.28

在水一方之散曲

［双调·拔不断］ 贺崔正陵^①先生 80 华诞（联章）

忆当初，奋读书，读书不为题桥柱。半亩芳畦戴月锄，一生清苦凌风度。是园丁、把花儿的魂灵铸。

远浮名，近诗情。写诗可为抒情性？下笔依然潮共生^②，谋篇几度诗同境。树高标、勇追诗圣。

韵流苏，片云孤，几番修订真情愫。《平仄人生》史话殊，发聋振聩人生悟。《百步斋》、叫人追慕。

编《夏风》，纂《集成》，嫁衣又做三更静。幸有恩师点亮灯，何愁诗岭迷茫境。再赏那、贺兰形胜。

注：①崔正陵，1935 年生，江苏盐城人。1958 年支宁到银川，终生从教。宁夏诗词学会原副会长现顾问，《夏风》诗刊副主编，著有《百步斋诗文集》《平仄人生》《感事抒怀》诗词集。

②西汉司马相如从成都去长安求取功名时，出城北十里至升仙桥，在桥柱上题："不乘驷马高车，不过此桥。"崔老诗云："笔下花争艳，心头潮共生。"

2015.04.20

［双调·大德歌］ 拜读《一水斋散曲吟稿》致一水先生

已白头，也登楼。曲调悠悠上月钩，攀登哪顾形容瘦。汗珠滚、似水流。化为甘露禾苗秀。手捧《吟稿》忆无休。

注：一水，折电川先生的笔名、网名。山西清徐人，1947 年生。中国传统文化促进会散曲创作室副主任，中国散曲研究会理事、广西散曲学会副会长，《中国当代散曲》主编。

[仙吕·赏花时] 致任登全先生与平罗诗友（联章）

序：平罗县诗词学会成立十余年来，在任登全会长的带领下，成绩斐然可喜可贺；此时此刻，尤其缅怀农民诗家王文景先生。

总羡沙湖天上池，翠苇成全金色笔。有大地相期，蓝天给力，好化绝妙词。

绝妙诗词歌故里，桃李成蹊今最喜。雨露润春枝，痴情远志，八秩愈清姿。

诗苑耕耘举大旗，会友如今因韵起。怀念自难移，先生总是，苦辣几行诗。

古镇遗风又化奇，新咏新区赞适宜。我到赏涟漪，沙鸥飞起，聚散两依依。

注：[仙吕·赏花时]为套数首牌楔子皆用。[幺篇]同始调，用否均可，与[赚煞]共同组成散套，参见第142页。今摘其调，写成小令联章。

2013.06.10 初稿，2015.05.22 改定

[仙吕·醉中天] 秦岭四宝　试步元代王和卿原玉

大熊猫

序：因参加2011年西安世界园艺博览会，秦岭的大熊猫、金丝猴、朱鹮以及羚牛，被称为秦岭四宝，入住世园会四宝馆，给游人带来了无尽的欢乐。

1959年冬，我国首次在陕西佛坪县岳坝乡发现秦岭大熊猫。秦岭大熊猫头圆更像猫，胸部为暗棕色、腹毛为棕色，看上去更漂亮，更憨态可掬，陕西人把秦岭大熊猫称为"国宝中的美人"。同族兄弟大熊猫团团圆圆落户台湾，引起轰动，意义深远。

在水一方之散曲

兄弟团圆梦，日夜盼春风。岛上风流岂是空，两岸深情种。羡煞蝴蝶蜜蜂，竹枝轻轻咬动，萌萌憨态醉倒世界西东。

金丝猴

序：我国金丝猴共有黔滇川3个种群，其中川金丝猴为黄色，分布于四川西北部、陕西秦岭南部、甘肃东南部和湖北西北部。秦岭是我国金丝猴分布的最北限，主要分布于周至、太白、宁陕、佛坪、洋县等地，有3000～5000只，在2000～3000米的高海拔山区的针阔混交林地带，以野果嫩枝芽树叶为食，过群居生活，是国家一级保护动物。金丝猴的生活环境偏僻，食性特殊，一旦改变了它的生活环境就极难养活。

大圣曾经梦，秦岭沐春风。花果山称王总是空，翻把和谐种。谁捅强权马蜂？圆梦咱行动。嫩枝野果在林东。

朱　鹮

序：朱鹮是稀世珍禽，美丽优雅性格温顺，被誉为吉祥之鸟东方瑰宝。1981年夏在陕西洋县重新发现世界上仅存的野生朱鹮种群。朱鹮长喙凤冠赤颊，浑身羽毛白中夹红，颈部披有下垂的长柳叶形羽毛，体长约80厘米。它平时栖息在高大的乔木上，觅食时才飞到水田沼泽和山区溪流处，以捕捉蝗虫、青蛙、小鱼等为生。

爱做神仙梦，白羽驭清风。寻你十四省—寻一个空。本是神仙种，羞煞飞来的蜜蜂。起舞翩翩动，灵猴也疑在仙界的西东。

羚 牛

序：秦岭羚牛是秦岭特有动物，长相威武而美丽，数量稀少，国家一级保护动物。沿秦岭主脊冷杉林分布。它的两个长而粗壮的前肢，两条短而弯曲的后腿以及分叉的偶蹄，这些特点都使羚牛能够适应高山攀爬生活。

只为中国梦，两耳灌春风。抖擞金毛角向空，祈盼福田种。谁惹蚊虫蜜蜂，腐贪零容忍行动，风清气正立于东。

2015.5.10 ～ 12

［正宫·塞鸿秋］潮州广济桥（独木桥体）

飞檐拱斗连成路，舟泊水面搭成路，韩家湘子仙成路，慈悲广济形成路。铜牛哞向天，祭鳄坛开路。我来往返痴行路。

2015.05.26

［仙吕·游四门］打假（重头）

谁家毒奶喂婴孩？举世正哀哉。天良丧尽还堪卖？人鬼共牵怀。哀，毁掉产业甚天灾。

超标酒类不能喝，假酒却来讹。喝出瞎眼黄泉客，此讹赛毒蛇。蛇？牢狱变新窠。

亲人病重药难寻，广告恰临门：包医百病包诚信。受骗了无痕。痕？一药主浮沉。

发财有道法须尊，拐骗狱牢蹲。人天共愤如雷震，百姓莫相侵。亲，善美始于真。

2015.07.12

在水一方之散曲

［越调·斗鹌鹑］那些年，我们是同窗（散套）

序：2015年8月13～17日，东北大学（我们在校时校名为东北工学院）七二届二十余位同学在塞上古城银川聚会。毕业四十年了！有几位同学是四十年后首次相见……

君惜那玉露逢春，我痴这金风醉秋。似流水四秩离别，如梦里一朝聚首。名姓直呼，谁还忌口。那乡音，那白头，执手无言，相期太久。

［紫花儿序］迎春花迎咱到校，"臭老九"重返讲坛，读书无用欲罢还留。黑山默默，辽水悠悠。悠悠，学海无涯我自求。实习工矿，拉练行军，学品双修。

［调笑令］本真守，哪来愁？稻田里捉鱼有里手，脸盆烹饪鲜鱼肉，越吃越馋吃个够。那香味依稀还在口，青春的记忆忆无休。

［秃厮儿］难忘亦师亦友，不堪病老难俦。佳肴胜景谁共酒？老去矣、没来由，休休。

［圣药王］摘星手，转牛斗，科研生产赛风流。钢铁工人一声吼，钢铁产量冠五洲，此生见证最高楼。总是争上游，责任在肩头。

［随煞］谁逢甲子不怀旧？虽说世间秋肃衰风透，且看杯满盘满这时候。虽说微信传情有多牛，怎比同学聚会精神抖？绽开几朵玫瑰花，爆出几粒铜豌豆。惜聚首，执手惜别各自走。来年聚会啥理由？相期不要等太久。

2015.08.23

［双调·拨不断］ 客自远方来

送君行，泪花盈。话别又是心中境。纵有千般情愫生，秋光不待枝头杏。更哪堪、列车北去，月明如镜。

作于2015.07.30，刊于《陕西当代散曲选第五集》

［南吕·干荷叶］ 本意

秋来弱，性偏强，愿守泥塘上。送清凉，散清香。亭亭袅袅淡梳妆，摇曳清波漾。　　［幺篇］ 欲偏少，奉何妨。那藕憨憨胖，那蓬举双双，月微茫。潇潇风雨涨寒塘，此时谁吟唱？

作于2015.08.25，刊于《陕西当代散曲选第五集》

［正宫·端正好］ 故乡情（散套）

老来痴，情丝淡，淡淡人、淡淡心田。牵魂唯把家乡念，梦里娘亲唤。

［滚绣球］ 香山横眼前，黄河枕耳边。扼青铜、翠拥金岸；控边陲、爽挹沙山。狩猎攻防大麦地岩画多，苏武牧羊寺口子故事传。红黄黑白、祖先将那四宝①奉献，西瓜百里、咱也为"两会"送上甘甜②。拓拔村落承西夏③，应理平民尚礼贤。民风至此未能迁。

［倘秀才］ 皮影戏、影舞人唱声声唱忠贤，单鼓舞、持鼓劲舞番番庆丰年。最是三教合一的高庙庙会全，婆婆敬香朗声拜，姑嫂许愿小声言，笃信虔虔。

［脱布衫］那节气家家看重、一辈传一辈一年复一年，正月里来、亲戚挨家走馋人的年货比着端。难忘最数正月

二十三，点燃柴火家家户户都燎疳。扬起火星、众人应声说那丰年见。

［小梁州］立志防沙在幼年，沙漠在城边。少年种树梦魂牵，连年战，呼啸铁龙把沙山穿。

［幺篇］果园万亩招人羡，连片大棚果蔬鲜。生态园，治沙站，沙漠赤足那驴友把险探。开发瀚海俺乡亲着先鞭。

［醉太平］生逢大变革土改，吃遇大锅饭同餐。停停上上课程耽，幸亏偷看了些锦绣篇。怕的是荒唐岁月人心乱，忧的是是非难辨讥行善，喜的是筑梦中国正扬帆。这情这景不由得哼起《渔舟唱晚》。

［叨叨令］葡萄架架起儿时的伊甸，沙渠桥回味着渠水佐饭。旧鼓楼带走了无垠的眷恋，文昌阁拆去了童年的梦幻。好就了也么哥，好就了也么哥，千言万语说不尽悲欢合散。

［煞尾］一股脑儿买补品、包包袋袋的一包一包的炫，一搭里浪大街、三三两两的遇上老友喧。犟上个牛板筋不肯下馆子、姊妹们争着站灶，荤的素的凉的热的、那些菜色香味形都占全，男的女的长的少的俺家人四世同堂都来全。这当儿，老妈妈发话了："酒啊水啊杯杯子④、麻麻利利地都倒得满满！"

注：此曲全部用中卫方言写成。

①宁夏有红黄蓝白黑五宝，分别是枸杞、甘草、贺兰石、发菜、二毛皮，中卫就占了除贺兰石外的四宝。

②两会，指北京奥运会、上海世博会，中卫的硒砂瓜供应了两会。

③南长滩是中卫沙坡头区黄河南岸的古村落，据考，当年西夏国拓跋氏后裔移居于此。春天梨花烂漫，秋天梨园飘香，是著名的香水软梨的原产地。每年在春季这里举办的梨花节远近闻名。

④杯杯子，即杯子，中卫话口语名词多用叠字，如碗碗子、勺勺子、包包子、篮篮子等。

写于2015年9月，刊于《人世情散曲丛书之一·故乡情》

［南吕·瑶华令带感皇恩采茶歌］ 秋韵

肩荷岁月惊白昼，才赏杏、又悲秋。登高放眼情依旧。陶令兴，诗友情，今犹厚。　　（带）红叶柔柔，晴雪悠悠。是非绝，名利竭，乐贴酬。滔滔逝水，空谷呦呦。近黄昏，闻杜宇，使人愁。　　（带）莫言愁，快些丢。红楼晓旭世无俦，电影鹅城子弹道。就菊对韵享清幽。

2015.10.19

［南越调·黑麻令］ 读《疏影清浅集》致项宗西诗友

看潺湲、飞泉涌泉，听吟啸、吟酣啸酣。笔底涛、意绵情绵，心中韵、魂牵梦牵。赏元春、数不清花妍柳妍，叹两岸、何时人圆月圆？呀！这厢疏影、刚健婀娜，那道江湾、深澜浅澜。

注：项宗西，浙江乐清人。曾任宁夏第九届政协主席，现任全国政协经济委员会副主席。中国作家协会会员、中华诗词学会顾问、宁夏诗词学会总名誉会长。著有诗词和散文集《春色秋光》《春晖秋月》《霁月清风集》《疏影清浅集》。

2015.10.22

［双调·沉醉东风］ 中华诗词学会散曲
工作委员会成立志贺（外一首）

序：中华诗词学会散曲工作委员会于2015年11月16日在西安市挂牌成立，中华诗词学会会长郑兴淼到会祝贺，该委员会由陕西、山西、湖南、广西、贵州、安徽、宁夏、北京等十省市自治区散曲组织组成，办公室设在西安。

在水一方之散曲

好事近、春风握手，扬帆高、风雨同舟。水卷澜，云出岫，挂牌啦！如今曲苑真风流。大吕黄钟唱悠悠，一曲曲舒心上口。

［中吕·山坡羊］贺会

红枫争媚，清波腾沸。如今散曲逢祥瑞。好风吹，里程碑。欢天喜地丹心遂。拙笔难停歌大美。歌，随梦飞；人，圆梦追。

2015 年 11 月 11 日

［仙吕·一半儿］自嘲拙作入选《当代散曲百家选》

序：由陕西省散曲学会编选、陕西省散曲学会会长徐耿华主编、陕西省委原书记陕西省散曲学会顾问张勃兴作序的《当代散曲百家选》，2015 年 10 月由三秦出版社出版。该书共收录了新中国成立以来海内外百余位作者的两千余首散曲，拙作入选。这部选集基本反映了当代散曲的创作水平。

十年学曲乱涂鸦，一不小心成"百家"。手捧《百家》泪哗哗：有啥夸？一半儿辛劳一半儿傻。

乙未年大雪（节气）于湖畔嘉苑 A 区五楼南窗下

［中吕·喜春来］本意

苞含花放娇羞态，蝶去蜂还勤快乖。呢喃春燕剪刀裁。谁喝彩？又唱喜春来。　　［幺篇］儿时挨饿花谁戴？谁晓如今难忘怀，依然梦里两无猜。邀伴采，摘朵杏花来。

2016.01.06

［越调·凭栏人］话

欲要催说孩不听，不欲催说言不衷。咋说心不平，谁说休论情？

2016.02.02

［正宫·叨叨令］闲

闲来香枕高高卧，抬头新月低低落。何妨就算咱的错，如今懒论功耶过。兀的不快活也么哥，兀的不快活也么哥，管它名利春风坐。

2016.03.12

［中吕·迎仙客］樱花花雨

细雨晴，起风迎，娇英脉脉飞半空。过三更，不肯停，粉泪盈盈。舍命铺香径。

2016.04.12 于温哥华

［中吕·喜春来］金镶玉佩寻春踏（藏头）

金镶玉佩寻春踏，木槿稍迟连翘发，水边喜鹊唤麻鸭。火了那家，土种冰培放梅花。

［中吕·喜春来］一带一路歌

千年丝路门前过，一队金驼月上挪，几番叱咤耳边摩。真正火，一带一路看中国。

2016.05.21

［黄钟·贺圣朝］宫商徵羽伴零丁

开路行，探征程，心血凝。忧喜杂陈同日增。忧则忧时复雨晴，喜则喜正鼓东风。雁声声，梦中衡阳岭上逢。
　　［幺篇］秋又逢，盼春风，从未停。春雨春苗春度情。笑咱蹒跚步子行。宫商徵羽伴零丁。那答儿谁羡？扬州鹤背竞血青蝇。

［越调·黄蔷薇带过庆元贞］想嘟嘟乐乐

乐陶陶见长，梦隐隐牵肠。新月斜斜挂上，二老绵绵忆往。　　［带过］最难忘足球场上少年狂，恰便忘卫银路上话初唐，又怎忘同乡会上演双簧。想来独自伤，寄曲又彷徨。

2016.06.16

［双调·沽美酒带太平令］读徐耿华先生散曲（增句）

情承诗圣抒，曲绘世间图。可人花①叨叨絮语，相约着嫁和娶。君写来、聚散如诉。　　［带］上奏章、乍惹龙颜怒，说苛政、只替庶民呼；遭劫难、堂堂风骨，赴刑场、赳赳气宇。口诛、笔书、墨舞，叹只有先生徐，书罢毕沅歌洪二②，一篇篇正义曲，端把心神注！
注：徐耿华先生简介见第117页。
①可人花：徐先生小令《［双调·殿前欢］可人花》。
②毕沅：徐先生专著《三秦史话·学者督抚毕沅》。洪二：洪亮吉，徐先生套曲《［仙吕·点绛唇］洪亮吉坐监》。

2016.07.21

［双调·新水令］ 喜贺吴淮生先生米寿（散套）

濂溪钟爱茂林村，水常吟那叮咚韵。青花雕锦绣，红豆惹联姻。自古崇文，今我赞才俊。

［驻马听］ 万马齐奔，奉献边陲如浪滚；一心奋进，扎根塞上似山深。栽花已灿朔方林，思濂不负江南俊。仍自哂，"幸有俚词聊自珍"那谦谦论。

［乔牌儿］ 那水乡里、布蒙蒙密云：那峻岭巅、报款款春讯。呀！恰是那贺兰雪煮江南韵，捧读咱细品。

［雁儿落］ 殷勤红豆文，明快青灯论。濂溪天水笺，旷野云烟韵。

［得胜令］ 幸甚巧逢春，吴老授诗文。八首《秋兴》释，卅年甘露饮。谆谆，三序师情蕴；深深，几番思绪滚。

［甜水令］ 一位是文海擒龙，一位是校园飞凤，过银婚庆金婚心心相印。牵手携手到老问心唯诚恳。诗句传情，媚词写爱，不负今生缘分：三生石上逸精魂。

［折桂令］ 梦圆文海唤青春。著述平身，不朽诗文。拥抱黄昏，您是高山朗月，寰宇琴音。占龙头、荣登至尊，入名贤、频建功勋。一曲《黄昏》，七秩心神。师自欣欣，我等循循。

［收尾］ 二八佳境如山峻，米寿良辰文似锦。如花赞誉又一春。相隔千里等何妨，美酒相邀纵情饮。

注：吴淮生先生简介见序，第5页。

米寿，中国人把老人八十八岁称为米寿，含有吉祥喜庆之意，北方人做寿习惯按虚龄。二八：两个八，即88。

2016.08.07 立秋日

在水一方之散曲

[南南吕·懒画眉] 答谢诗友贺诗兼自嘲（联章）

序：诗友们写诗贺《云霞韵语》《沙坡头咏怀》，又贺《在水一方》，心里真的好感动！理应一一和诗致谢，只因我不仅"懒画眉"，也懒写诗而迟迟未动。忽然一想为啥不写个《懒画眉》，对诗友对自己都是个交代——

咱诗友又贺拙诗，伴我执迷共我痴。相偕一路几分知。此境何相似？棠棣情深美妙辞。

你夸我手脑双勤，他赞咱诗也蕴魂。姐同情做事艰辛，何况咱人笨！怎敢丝毫侥幸存。

几回自忖悔当初？几夜更深倍感孤。几番烧水涸了壶，几次饥了肚。几曾明月窥知笑我无？

气昂昂韵海泛轻舟，意切切同舟破浪游。情真真填词制曲爱清讴，是些些不服老的铜豌豆！快谢谢咱诗友同垦兰畦不肯休！

2016.06.12 于湖畔嘉苑小楼南窗下

[正宫·小梁州] 曲奴

谁知爱曲变为奴，奴性何如？曲儿缠我恋读书。书墙铸、书在梦中呼。　　[幺篇换头]　为奴端把心神注，害相思、不辨亲疏。任性情，平生误，奢谈抱负，几度悔当初。

谁知爱曲变为奴，写曲费工夫。粉儿镜儿另另的孤。孩儿们休吃醋，恰似再生个宝宝爱如初。　　[幺篇换头] 曲文如债高台筑，怎么还？本利乘除。奋笔书，倾心诉，险些夫猜妒，回首彩云浮。

作于 2013.03.12，刊于《当代散曲百家选》等

中卫市书协副主席潘志骞书《六十初度有寄》，诗文见第 10 页

在水一方之文

浅谈元代散曲的风格及现实意义
——试以司空图《二十四诗品》初析之

　　一般来说，元代散曲的风格，分为本色和清丽。作品的风格，是作者在反映现实时表现出来的思想上、艺术上的个性特征的总和。唐代司空图的《二十四诗品》，主旨是诗的风格论，他说："愚以为辨于味，而后可以言诗也。"（《与李生论诗书》）他用诗的形式，用形象化的语言来表达这些风格，共有二十四诗品，是他辨味的结果。

　　司空图所辨的味儿，其实离我们很近：我们说某位诗人的某首诗写得好，往往先说这首诗有诗味儿，再评价其他。食味有甘酸苦辛，传承下来的有鲁川苏粤闽浙湘徽八大菜系，诗味呢？大体上有婉约豪放两种，是诗词创作与鉴赏的两个相辅相成、不同艺术风格的美学概念。从体裁上说，诗词各有侧重，诗偏重于豪放，词偏重于婉约。感谢司空图慎辨其味，为我们留下了二十四诗品之多的盛宴：雄浑、冲淡、纤浓、沉着、高古、典雅、洗练、劲健、绮丽、自然、含蓄、豪放、精神、缜密、疏野、清奇、委曲、实境、悲慨、形容、超旨、飘逸、旷达、流动。通常所说的诗词曲的风格，诗贵含蓄，词尚柔丽，曲贵本色。或者说，诗庄词媚曲俗。俗，通俗的俗，非庸俗之俗。笔者阅读了大量的元代优秀散曲，深深被元人散曲缤纷的色彩、多样的风格所陶醉。也明白了本色、俗往往指的是散曲语言的特色，但就其风格而言，远远不是本色、俗能概括的。因此，很有必要对元散曲认真地辨辨味儿：其风格是本色的、俗的，还是在本色的俗的风姿摇曳的花朵外，不仅有姹紫嫣红的百花园，还有整个春天？**当下的散曲创作评论，是提倡以俗为美，还是提倡包括雅俗在内的不同风格的同繁共美？**弄清这些问题，不仅有利于散曲创作评论，更重要的是关系到当前散曲创作之评价、走向和民族文化的繁荣发展。试以《中国曲学大辞典》（浙江教育出版社，1997年第一版）所精选的《散曲名篇》（以下简称《散曲名篇》）经典散曲为例，与司空图《二十四诗品》对应，管中窥豹，进行散曲风格方面的初步探讨。篇幅所限，选其中十四品与十四位曲家的十四首（套）散曲对应，司空图《二十四诗品》摘其要而不录全文。

雄浑："返虚入浑，积健为雄。""超以象外，得其环中。"（司空图《二十四诗品》，以下不再标注）例曲，张弘范《［中吕·喜春来］金妆宝剑藏龙口》："金妆宝剑藏龙口，玉带红绒挂虎头。绿杨影里骤骅骝。得意秋，名满凤凰楼。"《散曲名篇》评："全曲以豪迈雄浑的笔调刻画出打了胜仗之后的喜悦心情，体现出英雄本色，大将风度。"

高古："虚伫神素，脱然畦封。"姚燧《［中吕·醉高歌］感怀二首》："十年燕月歌声，几点吴霜鬓影。西风吹起鲈鱼兴，已在桑榆暮景。　　岸边烟柳苍苍，江上寒波漾漾。《阳关》旧曲低低唱，只恐行人断肠。"此曲是作者年迈思归之作，笔触苍凉遒劲，简淡古雅。明杨慎《词品》评："此词高古，不减东坡、稼轩也。"

典雅："落花无言，人淡如菊。书之岁华，其曰可读。"马致远《［越调·天净沙］秋思》："枯藤老树昏鸦，小桥流水人家。古道西风瘦马。夕阳西下，断肠人在天涯。"这是一首流传甚广的名曲。优美的燕逐飞花对成就了"景中雅语"（明王世贞《艺苑卮言》），而夕阳西下的余晖更烘托出天涯孤旅丰满的形象。元代周德清《中原音韵》认为它是"秋思之祖"；近人王国维《人间词话》评"寥寥数语，深得唐人绝句妙境"。王国维《宋元戏剧考》评"纯属天籁"。

洗练："犹矿出金，如铅出银。超心冶炼，绝爱缁磷。"薛昂夫《［中吕·朝天子］》："沛公，大风，也得文章用。却教猛士叹良弓，多了游云梦。驾驭英雄，能擒能纵，无人出彀中。后官，外宗，险把炎刘并。"此曲是作者对汉高祖刘邦的史评。他评刘邦用尽计谋，杀戮功臣，结果机关算尽太聪明，而差点儿被吕后断送刘氏天下的史实。此曲语言洗练而尖刻锐利，嘲讽之中透出深刻的含义。

劲健："行神如空，行气如虹。""喻彼行健，是谓存雄。"伯颜《［中吕·喜春来］》："金鱼玉带罗襕扣，皂盖朱幡列五侯。山河判断在俺笔尖头。得意秋，分破帝王忧。"伯颜是蒙古灭宋的第一人，小令抒发了宰辅气度胸襟，豪气冲天。在元代厌世之感喟成风的散曲之中，此曲实在是可称独树一帜，表现了伯颜的政治雄心与抱负。

绮丽："神存富贵，始轻黄金。浓尽必枯，淡者屡深。"张可久《［南吕·一枝花］湖上晚归》："长天落彩霞，远水涵秋镜。花如人面红，山似佛头青。生色围屏，翠冷松云径，嫣然眉黛横。但携将旖旎浓香，何必赋横斜瘦影。［梁州］挽玉手流连锦英，据胡床指点银瓶，素娥不嫁伤孤零。想当年小小，问何处卿卿？东坡才调，西子娉婷，总相宜千古留名。吾二人此地私行，六一泉亭上诗成，三五夜花前月明，十四弦指下风生。可憎，有情，捧红牙合和伊州令，万籁寂，四山静，幽咽泉流水下声。鹤怨猿惊。［尾］岩阿禅窟鸣金磬，波底龙宫漾水精。夜气清，酒力醒；宝篆销，玉漏鸣。笑归来仿佛二更，煞强似踏雪寻梅霸桥冷。"这首套曲是张可久清丽风格的代表作。明代李开先《词谑》评其"为古今绝唱"。风光旖旎，情景交融，俗不掩雅，神存富贵。对仗工整，音律和谐，给人以美的享受。

　　含蓄："不著一字，尽得风流。语不涉难，已不堪忧。"刘时中《［双调·新水令］代马诉冤》（散套，节选）：［雁儿落］"谁知我汗血功，谁想我垂缰义，谁怜我千里才，谁识我千钧力？［得胜令］谁念我当日跳檀溪，救先生出重围？谁念我单刀会随着关羽？谁念我美良川扶持敬德？若论着今日，索输与这驴群队！果必有征敌，这驴每怎用的？"刘时中的这首套曲由七支曲子组成，借马的口诉说人间的不平，控诉了元代对知识分子的严重摧残。

　　豪放："天风浪浪，海山苍苍。真力弥满，万象在旁。"关汉卿《［南吕·一枝花］不伏老》（散套，节选）："攀出墙朵朵花，折临路枝枝柳。花攀红蕊嫩，柳折翠条柔。浪子风流，凭着我折柳攀花手，直熬得花残柳败休。半生来折柳攀花，一世里眠花卧柳。［尾］我是个蒸不烂、煮不熟、捶不匾、炒不爆、响珰珰一粒铜豌豆，恁子弟每谁教你钻入他锄不断、斫不下、解不开、顿不脱慢腾腾千层锦套头。我玩的是梁园月，饮的是东京酒，赏的是洛阳花，攀的是章台柳。我也会围棋、会蹴鞠、会打围、会插科、会歌舞、会吹弹、会咽作、会吟诗、会双陆。你便是落了我牙、歪了我嘴、瘸了我腿、折了我手，天赐与我这几般儿歹症候，尚兀自不肯休。则除是阎王亲自唤，神鬼自来勾。三魂归地府，七魄丧冥幽。天那，那其间才不向烟花路儿上走！"这套曲子是关汉卿的散曲代表作。在响亮的豹尾中，铜豌豆是点睛之笔，语言泼辣，气势奔放。《散曲名篇》："作品风格豪放爽直，通过夸张及一连串叠语排句的运用，大胆地披露自己的内心世界，刻画出顽强不屈、开朗豁达的人物个性。"

缜密："是有真迹，如不可知。意象欲生，造化已奇。"《［双调·折桂令］虞集席上偶谈蜀汉事因赋短柱体》："銮舆三顾茅庐，汉祚难扶，日暮桑榆。深渡南泸，长驱西蜀，力拒东吴。美乎周瑜妙术，悲夫关羽云殂。天数盈虚，造物乘除。问汝何如，早赋归欤。"这是一首怀古之作。作者用散曲巧体之一的短柱体，形象地描绘了三国时代群雄逐鹿，叱咤风云的局面。短柱通篇一句两韵或三韵，但自然流畅，妙语天成。往后无人能及。

委曲："登彼太行，翠绕羊肠。杳霭流玉，悠悠花香。"王实甫《［中吕·十二月过尧民歌］》别情："自别后遥山隐隐，更那堪远水粼粼。见杨柳飞绵滚滚，对桃花醉脸醺醺。

透内阁香风阵阵,掩重门暮雨粉粉。　　[过]怕黄昏忽地又黄昏,不销魂怎地不销魂?新啼痕压旧啼痕,断肠人忆断肠人!今春,香肌瘦几分,搂带宽三寸。"这是一首脍炙人口的名曲。带过曲前曲写景铺垫,后曲情景交融,描写离情之痛苦。全曲多用叠字、连环句法,细致地刻画了女主人公内心的情思,风格"含蓄委婉"。(《散曲名篇》)。

实境: "取语甚直,计思匪深。""清涧之曲,碧松之阴。"睢景臣《[般涉调·哨遍]高祖还乡》(散套,节选):[二煞]"你须身姓刘,你妻须姓吕。把你两家儿根脚从头数。你本身做亭长,耽几盏酒。你丈人教村学,读几卷书。曾在俺庄东住,也曾与我喂牛切草,拽坝扶锄。[尾]少我的钱,差发内旋拨还;欠我的粟,税粮中私准除。只道刘三,谁肯把你揪摔住?白甚么改了姓、更了名,唤做汉高祖?"这是一支射向封建帝王将相的利箭,是曲家直面现实的良知与勇气,对刘邦冷嘲热讽和对元代统治者的指桑骂槐,其价值更在于对封建帝王本质的揭露与鞭挞,"是封建时代不可多得的奇文"(《散曲名篇》)。此曲角度新奇,通过一位村民亲眼所见、亲口说来,一桩桩、一件件揭了刘三的老底,纪实写来憎恨鄙视之情溢于言表,幽默而犀利。《元曲鉴赏辞典》霍松林评:结句为"点睛之笔,双睛一点,全龙飞动"。

形容: "风云变态,花草精神。""离形得似,庶几斯人。"无名氏《[正宫·醉太平]讥贪小利者》:"夺泥燕口,削铁针头,刮金佛面细搜求:无中觅有。鹌鹑嗉里寻豌豆,鹭鸶腿上劈精肉,蚊子腹内刳脂油。亏老先生下手!"小令以极度夸张的手法,连用了六个含义相仿的比喻,来形

在水一方之文

容嘲讽寸利必得的贪婪卑鄙小人。更是对鱼肉百姓、无孔不入地搜刮民脂民膏的贪官污吏的有力谴责。嬉笑怒骂皆成文章，散曲比诗词等文体更胜一筹。

超诣："如将白云，清风与归。""远引若至，临之已非。"白朴《［仙吕·寄生草］饮》："长醉后方何碍，不醒时有甚思。糟腌两个功名字，醅渰千古兴亡事，曲埋万丈虹霓志。不达时皆笑屈原非，但知音尽说陶潜是。"醅：没有过滤的酒，渰（yān），阴平，通淹：浸没。小令以醉饮开头，不离饮酒而意不在饮酒，曲折地表达了作者对现实的极端不满。而屈原、陶潜才是作者心中崇敬的典范。《散曲名篇》："这是一首貌似旷达而实含愤激的有心之作，艺术上也很成功。"元代周德清《中原音韵》称其"命意、造语、下字俱好"。

旷达："生者百岁，相去几何。欢乐苦短，忧愁实多。"乔吉《［正宫·绿幺遍］自述》："不占龙头选，不入名贤传。时时酒圣，处处诗禅。烟霞状元，江湖醉仙。笑谈便是编修院。流连，批风抹月四十年。"小令文笔流畅，从不同的角度表明了作者的生活态度，"批风抹月四十年"！在貌似玩世不恭的浪子形象背后隐现出无尽的牢骚与不平。明代李开先评价乔吉的作品："蕴藉包含，风流调笑，种种出奇，而不失之怪；多多益善，而不失之烦；句句用俗，而不失其文。"此评语用于这首小令，同样十分恰当。"风格放旷练达，又不失辛酸之味"（《散曲名篇》）。"作为元曲大家，乔吉既著有多种杂剧，又写了不少小令套数。他的杂剧被视为文采派的代表，他的散曲更是清丽派的宗师。然而他的散曲并不都是雅丽之音，而是包含着多种多样的艺术风格。"
（《元曲鉴赏辞典》，上海辞书出版社，1990年第一版）
艺术风格的多样性，是诗词曲大家具有的共同点之一。

　　以上用十四首例曲对应十四种风格的分析，参考了原
出处论及的风格，也考虑到与这一诗品精神之吻合。由于司
空图是用形象化的诗的语言来表达的，他自觉不自觉地运用
了艺术的定向思维的原理。所谓**定向思维**，是指一个艺术形
象经过长期欣赏的积淀，会引起固定的联想。司空图所持道
家超脱的思想，又借奇人幽人高人之口说出，造成了《二十四
诗品》某些诗句在可解不可解之间，使一些风格难以准确把
握。因此，把某一首曲归于哪一品，是相对的。而像"超超
神明，返返冥无"之类的内容，则是应摒弃的。**司空图《二十四
诗品》有益的启示，主要有以下两个方面：**

　　**一是司空图的《二十四诗品》，力主风格的多样性，是
他在诗的风格学上的贡献。**承认并坚持风格的多样化，尤其
对当前诗词曲等创作意义重大。数年前，台湾学者丁润如指
出："目前中国诗坛，包括大陆、台湾、海外，大家提笔便
写七言四句或七言八句。我觉得此种风习，对于中国诗艺之
发展，应该是一种狭斜之路而不是阳光大道。"（《中华诗
词十年评论选》，中国文史出版社，2004年第一版）

　　**二是《二十四诗品》对于当下诗词曲创作评论的启示
有三：**

　　1. 强调作者的主观思想对形成艺术风格的内在作用。如
雄浑："返虚入浑，积健为雄"；疏野："拾物自富，与率
为期"等。说明风格的形成必然涂上作者的感情色彩，打上

作者性格思想、价值取向、艺术修养、艺术趣味等诸多因素的烙印。如元曲中有许多作品反映作者隐逸之类的感情色彩，就是元代大多数知识分子价值取向的体现。

2. 强调必须严于取材。如实境："取语甚直，计思匪深"；洗练："犹矿出金，犹铅出银"等，都说明了严于取材的重要性。

3. 强调意象的营造，主张形神兼备。缜密："意象欲生，造化已奇。"是说，意象要栩栩如生，就要有造化般的本领，传达出事物的神情；形容："风云变态，花草精神"，指出形容的佳境，既要描绘事物千变万化的形态，又要传达出事物本质所蕴含的精神。

这些思想观点，对当前的散曲创作评论有良多的指导意义：

1. 司空图所力主的诗的风格的多样化，同样适用于散曲，元代散曲的风格本来就是多样化的。风格的多样化，是传承光大中华诗词曲的必由之路。

2. 语言的雅俗会影响作品的风格，但不是决定性的因素。作品风格形成的决定性因素，是内因——包括作者的思想感情、旨意所在、境界高低等，此论用于散曲更贴切。

3. 严于取材，慎选形式，对于作品风格的重要性，对诗词曲多出精品力作的重要性，应引起高度的重视。

4. 强调意象的营造，主张形神兼备，是诗词曲出精品力作必须遵循的方法之一，也是医治包括我在内的当代诗词曲平庸之作泛滥成灾的一剂良药。

5. 强调、坚持散曲的多样化，也有益于散曲的创新和整个诗体的创新。龙榆生先生指出："元人的散曲，是宋词的替身，为一般文人所喜爱。因为每一个曲牌，都只有短短的几句，使人感到它的轻松灵巧，而且作者可以自由添上衬字，就容易表现得活泼有趣，不会感到呆板无聊。如果有的话长，又可以就同一宫调的曲牌，任取若干组成散套，尽量抒写作者心中要说的情事。用来清唱，也是怪有意思的。元曲作者很多，直到明代，也还有些专家出现。**像这样的形式，我觉得对建立民族的新体歌词或新格律诗，是有很多地方可资借鉴的。**"（龙榆生《词曲概论》）

中国是一个诗的国度。刘勰《文心雕龙》："文变染乎世情，兴废系乎时序。"老百姓熟悉的唐诗宋词元曲都是特定时代的产物，天衣无缝地契合了那个时代的气质。当今世界正处在大发展大变革大调整时期，中央十七届六中全会强调要增强国家文化软实力，党的十八大进一步明确了方针政策。国家文化软实力，应当包括传统文化诗词曲。那么，传统的诗词曲将会发生怎样的变化呢？**我认为这个变化，不仅是在用韵、格律等形式方面，主要应在内容、意境上如何契合这个时代的气质，映射出当代人的心灵世界，精神面貌。**

虽然，当代诗词曲受到过西方文化的冲击，也受到商业文化的干扰，却无法阻挡它的再度兴起。这种兴起的实质，是中华传统文化情怀的回归。当今人们越来越不满足于对物质生活的无限地追求和对商业文化的轻率地追捧。**而对民族文化、民族精神深层次的思考，将导致人们对人生价值深刻的思考，**对中华传统文化的重新认识，进而从中华民族伟大复兴的实践中汲取营养，用诗词曲等形式来形象生动准确地表达之，其精品就能传递启发人、引导人、教育人、鼓舞人的正能量。当然，不会是立竿见影的，而是"随风潜入夜，润物细无声"（杜甫《春夜喜雨》）：人人坚持弘扬真善美，久而久之，潜移默化，春风化雨，势必带来社会风气的良性转变。依笔者愚见，这就是当代诗词曲所承载的时代使命——当代诗词曲人肩负的担子不轻啊！

我们已拥有一支善于学习、甘心奉献、勇于探索的诗词曲创作队伍。我们有理由相信，在经典诗词曲的怀抱里必将孕育时代骨血，散曲，就是离当下最近的那个经典；21世纪的时代精神，将凝聚在我们创造的中国现代民族诗形里，而散曲就是她最亲近的母体。

笔者对散曲的一点儿热爱，曾表达为《［越调·小桃红］出席长沙第十一届中国散曲研讨会感怀》。完成此文时的心境与这首小令是相通的，不妨录于此，作为本文的结尾：

光华无限媚潇湘，湘水和弦唱。唱咱吟坛剑锋亮！亮新妆，妆容理就登楼望。望舟破浪，浪中奔放，放眼赏春光。

甲午暮春于金凤区湖畔嘉苑 A 区小楼南窗下

原载《中国·西安第二届当代散曲创作学术论坛论文集》

赤子犹存虎啸吟

——在秦中吟会长追思会上的发言

今天，我怀着十分悲痛的心情，从以下三个方面追思会长：

一是以诗为命，对诗无限热爱。会长是宁夏日报社高级编辑，是享受国务院政府特殊津贴的高级专家。20世纪70年代主编《宁夏日报》诗词副刊，在他的不懈的努力下，诗词副刊办成了《夏风》诗报，2004年《夏风》诗刊正式创刊。至今已十年了，他恰似一位十岁的翩翩少年，风华正茂。这本普通的诗刊，浸透着会长的心血和汗水，承载着会长无限的希望。它犹如一畦芳圃，经会长辛勤浇灌，已枝繁叶茂，在全国诗词界有一定的影响，吸引着全国及海外的诗词爱好者、诗词名家纷纷赐稿。我们宁夏诗词学会会员、诗词爱好者有谁不喜爱她呢？

编诗，会长是行家里手，写诗更是力争上游，往往出类拔萃。几十年来，他多次在全国各类大奖赛中获奖，特别是荣获第四届华夏诗词一等奖的古风歌行《大漠魂——献给西部治沙人》，又把他多年来一直倡导的中国西部边塞诗的旗帜，高高举起。华夏诗词奖是由中华诗词学会评选的包括港澳台、海外华人在内的诗词界的最高奖项，被誉为诗词界的

在水一方之文

奥运会，现在每两年评一次。会长获大奖，不仅是会长个人的荣誉，也是宁夏诗词学会的荣誉，使我们欢欣鼓舞。《中华诗词》原主编著名诗歌评论家杨金亭先生在《宁夏大地沧桑巨变的诗史——序秦中吟〈攀登兰山〉》（以下简称《序〈攀登兰山〉》）指出：

"秦中吟不仅是一位在诗歌界久浮众望的两栖诗人，而且是对中西哲学、美学有着深厚学养的诗歌美学理论家。"

"对推动社会主义诗歌建设，特别是推动旧体诗创作，完成传统向现代的历史性转变，做出了独特的文化贡献。"

如果没有对中华诗词的无限热爱，对传承祖国传统文化高度的责任感使命感，几十年如一日的坚守付出，哪能获得如此高度的评价。

二是以会为家，对诗词事业无比执着。会长是一位在诗歌界久孚众望的两栖诗人，而他把更多的心血浇灌在古体诗词这朵古老而艳丽的花朵上。

十首秦中定正音，声声俱是爱民情。

余生巧借无赊望，当作吟鞭策力行。

会长的这首绝句，既是对他的笔名的诠释，也是他"**痴迷于诗以及关于诗与人民的意义的自白**"（《序〈攀登兰山〉》）。1988 年宁夏诗词学会成立以来，他先任副会长兼秘书长，后任学会会长，带领会员下农村，到工矿，访军营，进校园，多方面组织采风等活动，宁夏诗词学会写下了大量的讴歌人民大众、讴歌伟大时代的绚丽多彩的诗篇，由会长主编出版了《当代诗人咏宁夏》《中华当代边塞诗词精选》《宁夏旅游诗词精选》《中国西部开发诗词大典》《中华诗词文库·宁夏诗词卷》等图书，填补当代宁夏古体诗词的空白，为宁夏人民留下了宝贵的精神文化财富。宁夏诗词学会也成为全国比较活跃的省级学会，多次被学会主管部门宁夏社会科学联合会评为先进单位。"有境界则自成高格"（王国维《人间词话》），会长崇高的境界，从早年由他主编的《当代诗人咏宁夏·前言》可见："正是为了美化宁夏的山川文物，以生动鲜明的艺术形象再造一个艺术中的宁夏……为振兴宁夏服务。"使我记忆犹新的是，这本书里有位署名为"戴诗会"的作者，他的作品有七律《银川橡胶厂》等72首之多。我曾就此请教会长，会长略为思考动情地说："戴诗会，代替学会之意。这本书既然叫《当代诗人咏宁夏》，那么，宁夏的骨干企业、宁夏重要的人和事就尽量不要遗漏，否则，将是无法弥补的损失。这72首诗就是拾遗补缺的，我不写谁写！"72首诗，并且多数是律诗，该是多大的工作量啊！"我不写谁写"，从掷地有声的话语和这72首诗中，见到的是一颗对诗词事业无比热爱的赤子之心。感动之余，我写下了《梅花开了杏花红》（二首之一）：

> 梅韵梅姿诗哲心，经霜浴血铸芳魂。
>
> 平沙雁过留鸿影，赤子犹存虎啸吟。

在银川成功召开的"中华诗词第八届研讨会""中国毛泽东诗词研究会第九届年会"等全国性的大会，宁夏诗词学会是主要承办方，被与会者誉为"小省能办大事"，高度评价。而"塞上清风全国廉政诗词大奖赛""全国旅游诗词大奖赛"等赛事，作为主办方的宁夏诗词学会，把大奖赛办的得有声有色，得到了诗词圈内的好评，也得到了社会上的广泛认可。通过这些活动的举办，宣传了宁夏，美化了宁夏，促进了宁夏诗词事业的繁荣和发展。当然，更多的社会效益则是"润物细无声"的。每次筹备大会，会长都以学会为家，全身心的投入，身先士卒，带领大家夜以继日地工作，从来无怨无悔。

三是大家气度，导师风范。中国有句古话：授人以鱼，不如授人以渔。**会长就是一位授人以渔的导师。**记得我刚加入诗词学会不久，写了一些绝句、律诗，也写了一首20多韵的长诗请教会长。对于那首长诗，会长看了一眼就说："你拿回去把它写成八句。开始学诗，功夫在四句之内，重要的是打好基础。"当时只是照着会长说的去做了，改成了八句，这首七律《赞中卫人民的治沙成果》刊于《夏风》，也收入《中华诗词文集·宁夏诗词卷》。后来，我才体会到会长的良苦用心：**大家的风范，真正的导师，不在于把你的哪一首诗改了几个字，而在于对不同的人，从整体上进行不同的把握和指导。**

当我学诗有了些长进，会长对我说；不要迷信，破除迷信，才能进步。接着，就教我如何当编辑。首先，从编《宁夏诗词学会通讯》开始，又经过编辑《六盘高峰》练手，然后放手让我编辑《夏风》。主编讲了编辑应注意的几个问题后，我整理稿件时，他说："新手往往有新思路，你能不能给我们的《夏风》来个创新呢？"我不假思索地说："我还能有什么创新呢？"面对半尺多厚的一叠稿件，不免有畏难情绪，而当我仔细通读稿件，进行分类稿件时，发现这些稿件不仅能够按以往常规的栏目分类，而且"咏物"一类的作品还有不少，其中一部分稿件的质量还是不错的。想到主编的话，就在编好常规栏目的同时，增编了《咏物寄意》栏目。主编审稿后，郑重地对我说："这一期《夏风》，总的来说编得不错，有个别几首诗调了栏目，新开辟的《咏物寄意》栏目，作品选得比较精，咏物也有新意，较古人咏物诗的概念扩大了。"听了主编的话，我十分感动：像会长这样新诗旧体创作兼擅、精于诗词理论研究的大家，全国也不多，对我来说，我只有虚心学习、再学习才是，而会长却充分地信任我、热情地鼓励我，让我大胆创新，接下来又让我开辟了《曲海扬波》散曲栏目。因为有了这畦芳圃，使宁夏跟上了全国散曲蓬勃发展的步伐，为不久成立西夏散曲社奠定了基础。这该有多么广阔的胸襟和远见卓识才能做到啊！

会长，是您鼓励我出书，我的两本拙作都是您写的序，哪怕是丁点成绩，您都热情肯定，同时也恳切地指出了书中的不足。

会长，在您生病期间，特别是第二届黄河金岸诗歌节的协调与接待等项工作，您坐在轮椅上带病坚持工作，使在场的人无不动容。因为学会的工作，您多次打电话让我到您家，虽然是为了工作，可您总是不厌其烦……多次打扰我于心不忍，而更多的是被您生命不息、操心不已的精神所深深地感动；在您住院期间，虽然我多次到医院看望，您轻松自信地聊聊天，更多的是说学会的工作的一些设想，把疾病全然不顾，但是没有想到事情还是发生得那么快——处于昏迷状态的您已经不能说话了，在重症监护室抢救；在您弥留之际，虽然诗友们和我没能见到您，但我们无数次地深情地呼唤着

在水一方之文

您，您听到了吗？ 2014 年 3 月 23 日，虽然您走了，我们仍然呼唤着您（《长相思·哭秦会长》，参见第 81 页）：

河水流，泪水流。流到何方才是头？

心中不尽忧。

忆悠悠，悼悠悠，

悼念方知旗手丢。

那堪生死酬！

今天，我们争先恐后地吟诵着怀念您、追思您的诗篇，您听到了吗？您听到了吗？！

会长，虽然，您离我们远去了，但您不朽的诗篇、您"以诗为命"的精神，将永远活在我们心里；您开创的宁夏诗词事业，将代代相传，发扬光大。

原载《夏风》2014 年第 2 期

（大会于 2014 年 4 月 12 日，在宁夏报业集团十七楼会议室召开）

腹有诗书气自华

——俞学军《香山行吟》序

自2013年初《香山情恋》出版发行以来，时间不足三年，学军先生又要出书了！他把这个消息告诉了我，我为他高兴。当他说要请我为他的大作写序时，我却为难了：哪有业余爱好者为专业人士写序的道理？学军先生是大学中文系毕业，有多年从事文字工作的经验，是享誉中卫内外的大笔杆子。而我是个"理工女"，职业生涯中没有从事过以文字为主的工作，只是从小喜欢文学而已。转念一想，学军先生的大作，能先睹为快，写写读后感，岂不乐哉？于是我就答应了。

认真拜读学军先生的作品，不禁惊喜：学军先生又有一批新作问世，不仅数量可观，质量属上乘的作品也为数不少。

学军先生是地地道道的中卫人，生活经历丰富，在家乡常乐镇务过农，当过教师。由于才华出众，不断地被破格使用，成为中卫县副县长，县政协主席。拜读学军先生的作品，不难感受到一位以父母官的视角看世界、写诗词赋联的诗人的胸怀襟抱。他的《中卫竹枝词二十首》就较为集中地表达了这种情怀。

竹枝词是古代巴渝一带民歌中的一种，歌咏当地风物和

179

在水一方之文

男女相恋之情。顾况、白居易都有拟作。从中唐开始成为一种文人诗体,广为流传的有刘禹锡的竹枝词。如刘禹锡《竹枝词九首》之二:"山桃红花满上头,蜀江春水拍山流。花红易衰似郎意,水流无限似侬愁。"学军先生《中卫竹枝词·序》云:"昔有黄恩锡作中卫竹枝词二十首,咏叹风物,感怀民生,情深意切。今余效颦,亦拟竹枝词二十首,虽时代变迁,世殊事异,但其情一也。"黄恩锡,云南永北府人,清乾隆二十一年(1756年)任宁夏中卫知县。其《中卫竹枝词》云:"六月杞园树树红,宁安药果擅寰中。千钱一斗矜时价,绝胜腴田岁旱丰。""山药初栽历几年,培成蔬品味清鲜。从兹不必矜淮产,种遍宣和百亩田。""亲串相遗各用情,年年果实喜秋成。永康酒枣连瓶送,蒸枣枣园凤擅名。"由黄知县清新明白的竹枝词,中卫清朝乾隆年间的物产、风俗习惯可见一斑:宁安药果名闻天下,茨农收入好于粮农;宣和试种山药成功,并且达到了一定的种植规模;中卫人喜欢将丰收的果实作为礼品带上串亲戚……

回头来看学军先生的竹枝词,有描写物产的,如《硒砂瓜》:"香山压瓜旧有名,如今载誉天下行。远销港深俏南国,特供奥运爽京城。"写人物的最多,如《香山瓜农》:"世代穴居类古猿,近年致富挺腰杆。住有华宅出有车,还携山妻逛海南。"《城区老人》:"儿女育成又育孙,每日穿梭家校门。早起接送忙白昼,晚来辅导至夜深。"《失地农户》:"村上领回征地款,长吁短叹不成眠。'可怜咱的刮金板,换成小钱花几天?'"写风俗的如《社火》:"正月社火打擂台,三十六队夺标来。龙腾狮跃花鼓舞,老年秧歌拔头彩。"《龙宫庙会》："腾湖七月柳青青，士女纷纷趋若云。庙会逐年成盛节，观光看戏跳龙门。"还有写风物、写胜景的，篇幅所限，不再举例。

这是一幅反映当代中卫人民生产生活和他们赖以生存的环境的全景图。以白描的手法，描绘出了一幅人物众多、风物独具、风俗独特的"当代中卫边塞上河图"。以香山为大背景，以城区为中心，在黄河两岸，人物有香山瓜农、沙漠菜农、南关花农、采杞姑娘、环卫工人、晨练老翁、摆摊少女、失地农民等，或夹叙夹议，或情景交融，或口语、问句入诗，首首各具情态。这不仅是诗人文学功底的体现，更是源于诗人生于斯、长于斯、奉献于斯的乡土情结——"香山情恋"之情结。是一位对这片土地爱得深沉的赤子之心，是一位人民公仆为人民代言的拳拳之心。细品之，这些用"中卫话"写成的竹枝，歌颂有之，讽喻有之，夸张有之，调侃有之，鞭挞有之，但不离一个"真"字。有了这个"真"字为基调，诗人站在新时代、新世纪的高度，以中华民族伟大复兴为背景，从故乡的沧桑巨变中，发现其善，发现其美，进而升华为诗。"诗可数年不作，不可一作不真。"（清·刘熙载《艺概·诗概》）"写景述事，宜实而不泥乎实，有实用而害于诗者，有虚用而无害于诗者，此诗之权衡也。"（明·谢榛《四溟诗话》卷一）诗人懂得这种权衡，始终把握来于生活又高于生活之真，创造出了富于时代感的一个个鲜活而丰满的意象，成就了一幅"当代中卫边塞上河图"。

为什么清代的黄知县，当代的俞县长都选竹枝词，来抒写他们的襟怀呢？解读有四：一是竹枝词语言流畅，通俗易

在水一方之文

懂；二是竹枝词诗风明快，诙谐有趣；三是竹枝词不拘格律，少了约束，多了空间；四是竹枝词写实为主，广为纪事，以诗存史。竹枝词的以上特性决定了它易于融入当今快节奏的生活，表现生活的多姿多彩，满足人们日益增长的精神文化生活需求。这也给我们，特别是初学者一个启示：既然竹枝词有这么多的优点，为什么我们抱着格律不放，要苦苦地"戴着镣铐跳舞"，写律诗写绝句呢？我建议同好：写律绝，攀高峰；同时，也试试别开生面的竹枝词吧！它会带给你惊喜！

我们再来拜读学军先生的诗词。纵观学军的诗，有一些律诗绝句，基本构成为古体诗，五、七言为主，间以三言等，长篇古风也占了一定的比例。

先来拜读五言诗。"千山次第白，万木了无色。涧松何苍苍，挺然傲霜雪。"（《题〈劲松傲雪〉》）这首五古从柳宗元《江雪》化出："千山鸟飞绝，万径人踪灭。孤舟蓑立翁，独钓寒江雪。"虽然都与雪有关，但诗人拓展了"寒江雪"之外的另一番天地——塞北的劲松："涧松何苍苍，挺然傲霜雪。"从古人、前人的作品中化出属于自己的作品，自古有之，但要化得好，却要有一定的功夫。学军先生是画画的高手，也是写诗的高手。这首题画诗，诗中有画，画中有诗，相映成趣，相得益彰。

再来欣赏几首七言诗。《退休杂感之一》："休言花甲日薄西，体健身轻似壮时。夜半醒来手发痒，挥毫不待五更鸡。"这是诗人退休后生活的自画像，写出了诗人习字作画之执着。"夜半醒来手发痒，挥毫不待五更鸡"与广为传颂的"老牛亦解韶光贵，不待扬鞭自奋蹄"（臧克家）有异曲同工之妙，也是诗人心灵的写照。

《退休杂感之五》："闲来无事画雄鹰，写形写神赭墨中。若是徐齐尚健在，也夸学画贵出新。"这首诗写出了诗人学画、也是学诗的高境界——贵出新。出新，就是师古而不泥古，不泥古，对于诗书画，要写出、画出，经过作者自己心灵过滤、属于自己的、富有时代感的东西。学军先生对此自有一番感悟："1988年，我给自己的书房起了个名字叫'三师堂'。三师者，即师古人，师今人，师造化是也。今天看来，这'三师'平淡无奇，可在当时，却是我从自身的曲折反复中深入感悟提炼出来的。"（《我与书画》）由此，我们可以感受到诗人对艺术的痴迷，对人生的思考。

《画墨牡丹有感》："不用胭脂不施粉，挥毫写出墨牡丹。伏案遥思徐青藤，功名富贵等闲看。"首二句写画牡丹的方法，后二句写画后感：以明代书画家徐渭作比，引发诗人吟出"功名富贵等闲看。"人生，看淡了富贵功名，是何等的潇洒，何等的豪迈！有词为证："临帖攻书灯下，吟诗作画窗前。三师堂里乐余年，我自逍遥如愿。聚友品茗思旧，呼朋饮酒微酣。乘兴泼墨效张颠，赢得掌声一片。"（《西江月·三师堂遣怀》）而当今社会色彩斑斓，诱惑太多，纷纷扰扰，又有几人能做到"挥毫不待五更鸡"，"富贵功名等闲看"？掩卷沉思，对学军先生的敬仰之情也油然而生。

因此，这些诗是值得一读、耐得咀嚼的好诗，是叶嘉莹先生所说的那类好诗："诗是言志的，必须把你所感发的情意传达出来"，"传达出来就是成功的，没有传达出来就是失败的。"（叶嘉莹《好诗共欣赏》）学军先生诗的艺术魅力何在? 诗人运用了比兴的手法, 把所感发的情意传达了出来, 引起读者深深的共鸣; 而不同于一些竹枝词直陈其事的手法。由此可见, 诗人对诗之诸体的理解、把握得何其准确, 真可谓"融贯众妙", "别铸真我"! (清·朱庭珍《筱园诗话》)

再来拜读长篇古诗。学军先生长篇古诗达十七首之多, 开篇是《读陈毅诗词有感》。这首诗虽写于1980年, 而今读来仍觉清新, 正好契合当前纪念中国人民抗日战争暨世界反法西斯战争胜利七十周年之大氛围。"吾爱陈老总, 能武又能文。挥师经百战, 秉笔记征程。""激战孟良崮, 与敌王牌逢。全歼七四师, 粉碎蒋进攻。"写出了陈老总的丰功伟绩, 精神气质。特别是"夺取政权后, 最忌忘了本。一曲《手莫伸》, 字字警世钟。"仍是今天反腐倡廉不可多得之利器。

《退下来兮辞》是诗人倾情之作, 退下来, 系指诗人从领导岗位上退下来。诗人一咏五叹: "退下来兮, 灵之唤!""退下来兮, 家之唤!""退下来兮, 亲之唤!""退下来兮, 趣之唤!""退下来兮, 自然之唤!"说到退下来, 诗人自然想到晋代"不为五斗米折腰"的县令陶渊明。陶渊明是历代正直文人顶礼膜拜的一代宗祖。陶渊明《归田园居》: "羁鸟恋旧林, 池鱼思故渊。开荒南野际, 守拙归田园。""久在樊笼里, 复得返自然。"短短几句, 深邃的思想, 飞扬的文采, 可见一斑。就其思想而言, 仍深刻地影响着当代的志士仁人, 著名企业家王石, 近年来志在攀登、成功攀登世人望峰兴叹的雪域珠峰, 便是一例。学军先生"官场潜规则全抛却兮, 不为形役, 不拘笼樊。""吟诗作画以文会友兮, 何其惬意, 何其陶然。"同样让人艳羡不已。

在这里，不能不说的是学军先生的《甲子吟》，这首古风颇见功底："一甲韶光逝如烟，揽镜颓颜鬓先斑。夜半常思过去事，缕缕飘来到眼前。"这四句，是甲子之岁人人心里有，但能发而为诗表达得如此妥帖的，还有谁呢？"血统分出龙鼠种，不准鼠儿言革命。十六返乡受教育，发誓要做脱胎人。"写出了那个革命年代的特征。唯成分论，使多少知识青年背上沉重的思想包袱而对前途充满了担忧，这种心境现在的年轻人是难以体会的。而诗人却"发誓要做脱胎人"，心态阳光而积极向上。"撰写文件初试手，报告草成众口赞。几家纷纷争要人，书记钦定进党办。士为知己倍用心，文山会海等闲看。"打铁还要自身硬，凭着一手漂亮文章和吃苦耐劳的精神，跨进了多少人求之不得的党委办公室，当了有魄力、有胆识、有能力的县委书记芮存章的秘书。好运来了挡不住："局长任罢又主任，一朝选为七品官。"七品官，父母官也，当了副县长按常理应写如何一展宏图，但诗人却一笔带过，把笔墨放在"退居二线丁亥中，精骛书画凝心神。区展国展频频入，繁荣文化小有名"。由此可见，在诗人心里什么是他的最爱！一首七言六十句诗，句句出自肺腑，句句涌自心田，分阶段、有细节地总结了诗人的一生，真是令人叹为观止！我相信，就是与学军先生素不相识者，也会被他的这首《甲子吟》所感染，所激动。

　　"区展国展频频入，繁荣文化小有名。"学军先生荣膺宁夏书法家协会副主席、中卫市书法家协会主席、中卫市画院院长，其书画大作蜚声宁夏。德高望重的前辈李天柱先生在《序·香山情恋》中深情地说："我以为尤为难得的是他在诗、书、画三方面不仅有了一定的造诣，而且达到了较高的水平，这样在几方面都有很高水平者，在古人里较多见。""但在如今的中国，却很少有这三方面都是高水平的人物了。"我以为李老的评价是中肯的，我们同辈中卫人，有谁不以学军先生为荣呢！《书法颂》是学军先生今年的新作。大作从"伏羲画八卦"，"仓颉造文字"写起，历经"殷墟出甲骨"，"商周铸青铜"，到"秦推书同文，李斯创小篆。陈邈作隶书，使纵趋平扁。汉隶称正宗，礼器与曹全。东晋王羲之，书圣耀人寰。雅集兰亭序，公推行之冠。"再到"近代于右任，为草立规范。散之称草圣，润之笔如椽。启功影响大，书坛美名镌。"虽说中国书法历史久远，巅峰迭起，而《书法颂》不失明朗；虽说历代书家层出不穷，各家各派术语繁多，而《书法颂》不失流畅；虽说五古长篇难于铺叙，而《书法颂》把源远流长、博大精深的中国书法如数家珍，娓娓道来，引人入胜。我这个门外汉读来，则上了一堂生动而灵动的书法课。总之，《书法颂》得古人五古长篇之要，句子短而不促，篇章长而不漫，质朴而紧严，"寓意深远，托词温厚，反复优游，雍容不迫。"（元·杨载《诗法家数》）

学军先生的诗，是如何实现他的艺术预期的呢？袁枚《随园诗话》："诗用意要精深，下语要平淡"。"求其精深是一半功夫；求其平淡，又是一半功夫。非精深不能超超独先，非平淡不能人人领解。"这是清代诗家袁枚关于诗的语言风格的精辟论述。古体诗创作语言风格大致有两种：一是传统的典雅型，如杜甫的《秋兴八首》，李商隐的《无题》等等；

二是传统的流畅浅俗型，如李白的《赠汪伦》《静夜思》，贺知章的《回乡偶书》，白居易的《赋得古原草送别》《钱塘湖春行》等等。赏析学军先生的大作，其风格属于流畅浅俗这一路：用意精深，下语平淡；雅不避俗，俗不伤雅；老少皆宜，雅俗共赏。这从他的号"香山居士"便可看出端倪，他是喜欢白香山的浅俗诗风的。既有传统韵味，也有创新成分，是诗人语言艺术的精到之处，也是学军先生诗词的基本艺术特征。流畅浅俗型的诗风，无论是古代还是当代，都有相当的作者和读者，更是当代诗词创作的主流。

学军先生的《乡村行》《中卫颂》《端午怀古》《读〈沙坡头咏怀〉寄云霞女士》等长篇古风，都有诗家古风的范儿："文章合为时而著，歌诗合为事而作"（唐·白居易《与元九书》）。特别是《读〈沙坡头咏怀〉寄云霞女士》，读来思绪万千，我这个"理工女"不知不觉进了文人圈：这既是作为父母官对子民的一种肯定，也是作为文朋好友间和一种交流。我很懒，一些作品是被逼出来的；有时候也勤快，不吐不快时也写了些东西。就被父母官赞誉有加，读着不免脸红。这是家乡父老对我的鼓励，对我的鞭策。

以上文字，是我反复诵读《香山行吟》，写成的读后感，权为芜序。

乙未金秋于银川湖畔嘉苑 A 区 11.5 楼南窗下
原载俞学军《香山行吟》
中卫市文学双月刊《沙坡头》2016 年第 3 期

雄风浩荡催征急

——黄正元《七彩年轮》序

　　黄正元先生要出书了！这是意料之中的事。出乎意料的是他嘱我写序。先生是宁夏诗词学会的老诗人，曾任学会的副会长兼秘书长，为学会做了大量的工作，是具有不计个人得失、任劳任怨、无私奉献精神的老共产党员、老诗人。因诗，我与先生相识十余年了，在诗词学习小组、西夏诗社共同学习也有十余年了。对我而言，他是老师，我是后学、是学生，我怎么能给他写序呢？转念一想，由于长期共同学习切磋，先生的诗我是比较熟知的，权当是系统学习先生的大作、完成读后感作业吧。

　　当我拜读厚厚的一摞打印稿时，再次使我感到意外：只知先生写格律诗词、写相关的文章，但我还被他的新诗、散文深深地感动了！先生笔下竟然有如此优美的新诗、如此优美的散文！我不禁高兴能先睹为快。

　　此集收入先生从 1962 年至今创作的诗词曲 415 首，楹联 14 副，新诗 13 首，论文散文等 11 篇。就体裁而言有：诗有五绝、五律、七绝、七律、古风；词有小令、长调；还有散曲。就内容而言，诸如壮丽山河、名胜古迹、时代风云、亲情友情、题赠酬答等等，无不笔耕入集。可谓品种多样，成果丰硕。先生是银川市人，长期在林业战线工作，熟悉林业岗位的生活。宁夏的山水、草木，沙滩、林网，浸透着他与他的同事们的心血和汗水，承载着他的青春和生命；发而为诗，他的诗是具有真魂的活泼泼的生命体。按类别分，先生的作品属于边塞诗，他继承了边塞诗的雄浑、豪放，也有属于他自己的特点风格。他的作品以现实主义为基调，以浪漫主义为框架，具有大山的阳刚之气，流水的阴柔之美，体现诗道、人道和自然之道。他唱响爱国主义主旋律，为祖国的建设成就欢欣鼓舞；他关注国内国际大事，作品具有鲜明的时代特征；他爱憎分明，歌颂开国领袖毛泽东，歌颂中国共产党，歌颂真善美，情真意切；揭示鞭挞一些负面的现象，笔锋犀利；他为人热情，与诗友多有酬唱嘤鸣。总之，现实生活中的人间百态，无不作为审美客体进入诗人的艺术视野，与创作主体的心灵相结合，遂结晶为艺术品的诗词、新诗。先生作品的时间跨度有几十年，呈现在我们面前的《七彩年轮》是一部主旋律与多样化和谐融合的作品集。这部作品，是先生大半生生活、心灵的艺术的记录。我相信，就是与先生素昧平生的人，也会通过阅读这本书，对先生有所了解；熟悉他的人，会透过诗文，和他进行心灵对话，发现他的心灵之美。

一、歌颂我们伟大的党和领袖，歌颂我们伟大的祖国

先生出身贫苦，解放前全家人在水深火热中挣扎，宁夏的解放，中华人民共和国的诞生，是先生幸福的来源和成长

的起点。先生从写作以来，总是饱含热泪，歌唱共产党，歌唱新生活。如写他身世的："缺食亏衣一苦婴，父兵母病赖何生。神军天降危难解，福运相随国运升。"（《歌颂中国共产党九十周年·三》）多层面、多角度讴歌毛泽东的作品有12首之多，有歌颂毛泽东丰功伟绩的、歌颂毛泽东清正廉洁的、歌颂毛泽东诗词的，如：

上下五千年，风流孰可攀。武开红土地，德辟舜尧天。（《纪念毛泽东诞辰一百周年》）

贯古融今创新论，开天辟地日高悬。（《纪念毛泽东诞辰一百一十五周年》）

土房调运兵千旅，油烛燃成典万章。（《井冈山之二》）

铁面贪官惧，慈颜百姓亲。《怀念毛泽东》

诗融史矣史融诗，百载风雷任骋驰。《重温毛泽东诗词》

上述这些作品，有写于重大纪念活动的，有写于红色景点瞻仰的，也有批驳一度出现的抨击个别人的悖论的，等等。清代钱谦益《虞山诗约序》云："古之为诗者，必有深情蓄积于内，奇遇薄射于外"，"于是乎不得不发之为诗，而诗亦不得不工。"总之，没有对党、对毛泽东发自内心的爱戴、感恩，是无论如何也写不出如此感人肺腑的诗篇。值得一提的是，先生16岁时曾受到宁夏"双反"运动的迫害，蹲过监狱。但他对党的热爱，不仅不以一时委屈而减少一丝一毫，而且发而为诗，一咏再咏。

歌颂党领导人民的解放事业，歌颂日新月异的建设成就，歌颂故乡，歌颂祖国大好河山，是先生浓墨重彩的篇章。这些作品，大都具有鲜明的时代印记，情景交融，诗意浓郁，句句篇篇自心田流出，合古人"作诗三不可"之原则："诗不可强作，不可徒作，不可苟作。强作则无意，徒作则无益，苟作则无功。"（南宋·魏庆之《诗人玉屑》卷五）如歌颂祖国解放事业的作品："远征勇士开宏业，接力贤能运策忙。"（七律《六盘山长征纪念亭》）"九死一生真理路，千锤百炼栋梁才。"（《西吉将台堡长征胜利会师纪念碑》）"虎步龙骧又十年，一重汗水一重欢。"（《歌颂中国共产党九十周年·四》）"万众欢呼习主席，民心重回信心坚。"（古风《歌颂中国共产党九十四周年》）这些语言清新，音韵铿锵的诗句，不仅表达了先生的心声，也表达了亿万中国人民的心声。

二、为国护林，以诗记史

先生这代人，用自己的双手，绿化了荒山荒漠，美化了祖国山川，建起了绿色长城。七律《三北防护林工程》小序云："该工程西起新疆、东至黑龙江，横跨青海、甘肃、宁夏、陕西、内蒙古、山西、河北、辽宁、吉林等省区，其宏伟规模、生态效益和经济效益令世人瞩目。"

蜿蜒绿蟒伏三疆，势掩昆仑气自扬。
御敌长城功盖古，防风铁壁益无双。
天山沙漠出棉海，黑水荒原化谷仓。
最是胡笳悲奏地，豺狼不见见康庄。

这首七律，突兀而起，大气磅礴，"气自扬"定下了诗的基调。颔联颈联力求对仗工稳且错落有致，尾联转结，文已尽而意有余。这是一首绿色长城的赞歌，篇中炼句，句中

在水一方之文

炼意，造语精工，形象鲜明，意象雄浑而雄伟，诗怀豪迈而豪放。七律写得如此首尾完整，内涵丰厚，是不可多得的佳作。再来欣赏《果树专家张一鸣》：

　　彭阳一住十三秋，俯首甘为孺子牛。

　　串户走村传技术，"财神"留在众山沟。

诗贵真实，"诗可数年不作，不可一作不真"（清·刘熙载《艺概·诗概》）这首诗美在真实有力。题目没有赞、颂、歌等字眼，而""财神"留在众山沟"，就是人们对果树专家最好的赞美。"俯首甘为孺子牛，"引自鲁迅七律《自嘲》，用得恰到好处。再看《六盘顶上护林屋》：

　　两名工人是夫妻，高山护林整十春。

　　男看山下千坡树，女埋药饵灭害虫。

　　白日锄草雨洗汗，夜晚巡山雾伴星。

　　秋去冬来羊肠路，足茧一层树一轮……

这首诗亦美在真实有力：一首护林战士的赞歌，纪实写来，行云流水，感人至深；虚实结合，美轮美奂，豪情满怀。尤其是"白日锄草雨洗汗，夜晚巡山雾伴星。秋去冬来羊肠路，足茧一层树一轮"，用形象说话，气韵生动，层层足茧和圈圈年轮，意象尤新，是付出与收获关系的诗意表达，也契合、诠释了书名——《七彩年轮》。再来看咏物诗《沙漠姑娘——花棒》：

　　一生只爱治沙人，嫁在沙坡永伴君。

　　紫蕊浓香秋烂漫，金风万里颂忠贞。

花棒，是治沙造林的先锋树种之一，因美丽的花儿在荒原沙漠开得烂漫奔放，被誉为"沙漠姑娘"。诗人用拟人手法写来，妙趣横生。而新诗《献给幼林灭鼠工》则如同一位老爷爷在讲述一个美丽动人的护林故事，娓娓道来：

> 你把毒饵埋在树下，
>
> 从日出埋到日落，
>
> 从山顶埋到山下……
>
> 不管啃食树根的鼢鼠怎样狡诈，
>
> 也逃不脱，它应得的惩罚。
>
> 动物学家曾经把你比作神机妙算的蜘蛛，
>
> 我说蜘蛛怎能比得上你的高大，
>
> 它捕捉蚊蝇只为了充饥果腹，
>
> 你药杀鼢鼠啊，却完全为了祖国的四化
>
> ……
>
> 林区的百姓从不叫你的姓名，
>
> 都亲切地称你为可爱的森林警察！

这首诗先赋后比，兴在其中，把幼林灭鼠工作的内容性质意义效果诗意地表达了出来，不说艰辛，艰辛自见；没有夸奖，赢得了人们由衷的尊敬。再看下面的这首《落叶松》：

> 十五年前您从华北移来，
>
> 像婴儿在襁褓里生长。
>
> 高高的杂树挽手结臂，
>
> 争做您的护墙。
>
> 如今您历尽风霜，
>
> 长得像壮实的小伙一样，
>
> 阳光下挺着金灿灿的身躯，

好似穿军装的战士英武漂亮！

喂养您的妈妈，

爱您胜似家乡的亲娘

……

绝不因为是异乡逆种，

把您迁返故乡……

她希望您和弟兄姐妹来个竞赛，

看谁能迅速生长，

在 2000 年六盘山的地图上，

把标志荒凉的颜色统统抹光。

　　诗人用饱蘸汗水的笔，以拟人的手法，赋予落叶松英武的战士的形象，自然流畅，具有"隐逸恬淡"的"山林气"，寄情高远。

　　读到这里，先生用生花妙笔，以诗记史，从宏观世界到微观世界，为我们展现的祖国的林业、神州的大地，其诗篇气韵雄浑、风格豪放、志向高远；先生及先生笔下的林业工人，其人格是高尚的、其人生是完美的。究其原因，概括为一句话：包括林业工人在内的产业工人，是国家的基石，民族的脊梁，他们奉献的太多，索取的太少。人生短暂，而把短暂的人生，奉献、融化于祖国的山川大地、人类伟大的事业，从某种意义上说，斯人则获得了永生。

三、时代风云，笔端流韵

　　先生关注国内国际风云，万千气象，总能生发感动而为诗。1999 年，澳门回归祖国，先生欣喜若狂，写下了七律二首《澳门回归感事》《咏燕子·荷花》。《咏燕子·荷花》小序云：澳门回归吉祥物，定为燕子衔荷图案：

燕子衔荷向北京，百年回使扑娘城。

锦山秀水迷双目，皓月青云借好风。

荷植昆湖芬禹甸，旗还妈阁耀莲峰。

江山一统盈佳气，同梦今圆意展鹏。

这首诗获 1999 年"世纪颂宁夏诗词大赛"二等奖，七律《宁园世纪钟》获 2002 年"凤城旅游诗词全国征文大赛"一等奖。小序云：世纪更新，市府铸一宏钟立街心花园，钟绘史铭文，志百姓愿，引无数游人观瞻。遥望贺兰山滚钟口，忽发奇想……

滚钟闲卧数千年，世纪飞来落市园。

夜半犹闻金韵响，清晨更觉玉声喧。

雄风浩荡催征急，大象峥嵘引凤还。

一自零时敲击后，遍看潮涌海天宽。

这二首七律具有共同的特点，那就是准确把握时代的脉搏，涌动着中华民族的自信心和自豪感，热情饱满，意境完美，气象宏大，想象奇特。第二首开头便引人入胜，不同凡响，尤以"雄风浩荡催征急，大象峥嵘引凤还"，气势磅礴，境界阔大，是难得的佳句。尾联将自己的感慨融合其中，提高了审美层次，不仅给人以美感，还给人以鼓舞与启迪。我敲下这些文字时，耳畔仍然萦绕着那悠远的钟声，这钟声，就是引领中华民族迈向新世纪的号角，如今，这号角越来越激越而嘹亮。再来看七律《奥巴马领和平奖有感》：

一

和平颁奖闹非凡，台面难寻评委颜。

锦上添花当露脸，缘何躲闪似为奸。

中东百姓如惊鸟，西亚无人能睡安。

下届金牌应奖谁？坑中扶出纳粹男。

二

台前总统讲拳经，台外五洲抗议声。

奖赏难齐一千万，保安突破十千零。

和平"天使"怕民众，侵略强权受奉迎。

可叹人间常倒逆，谁来擎纛挽清明。

诗人自注：2009 年，诺贝尔和平奖颁给美国总统奥巴马，颁奖时评委均未出席。五洲代表数千人到场抗议。该奖金 140 万美元，约合人民币 980 万元，而保安支出 1600 万美元，约合人民币 11200 万元。

两首七律笔锋犀利，喜怒笑骂皆入诗章，讽意十足，语言平白，却十分传神。揭露有之，鞭挞有之，忧患有之，呼唤有之，直指和平"天使"奥巴马。诗人似面对战场上的千军万马，指挥若定；中外多少人胸中堵着块垒，一吐为快；而读者呢？精神大餐亦可大快朵颐，读来快哉。时任全球汉诗总会副会长兼秘书长陈图渊先生，对此诗赞誉有加。他在全球汉诗总会成立二十周年会员精品集《瑾瑜篇》的序言中写道："我们饶有兴致地品读了总会驻宁夏回族自治区联络主任黄正元诗友的《奥巴马领和平奖》两首七律，先生没有用激烈的言词予以抨击，而只是"和平天使怕民众，侵略强权受逢迎。"如实写来,以暴露代替批判。诗词的针砭时弊不一定要声嘶力竭,有时候摆事实比说教更为有用。"

四、爱憎分明,扬善刺恶

先生爱憎分明,这在《七彩年轮》中别具一格。仅从诗的题目来看,《赞障沙网格》《谱多种经营》《戒破坏森林草原者》《欢呼我国实施水保生态工程》等等,先生这类诗篇很多,不能一一举例。先生的小女儿在上海,多年来,他往返于银川与上海之间。爱好文艺的他,对群众文艺表演情有独钟,退休后不仅在银川流连忘返于公园,在上海也是不亦乐乎。有诗为证:

边舞边歌神韵飞,围观似堵掌如雷。(《阿凡提歌舞团》)

曲曲酣歌响入云,人民怀念毛泽东。(《颂歌》)

书花依径遍园开,凤舞龙飞各展才。(《地书》)

各展英才多欢快,何须跌跌去追星!(《戏剧》)

靡音不在园间弄,百姓难容臭气熏!(《经典红色歌曲合唱》)

这组诗的题目是《上海鲁迅公园文化活动集锦》,小序说:"阿凡提歌舞团由群众演员组成,义务在各大公园轮演,周六到此。"透过这些倾情挥洒的诗歌,我们仿佛看到一位老者忘情地观赏,看到演员们的精彩演出,观众的陶醉与陶然。多么美好的群众文化生活画面啊!就是上海人也被感动不已,著名诗词评论家金持衡先生步韵和了先生的这组诗,金先生的这组诗也收在《七彩年轮》里。

先生的爱憎分明,还表现在对社会存在的一些歪风邪气的揭露和鞭挞。《近年看报、看电视偶感四首》，所反映的是人们感到愤愤不平的一些社会现象，而把它们付诸文字。其一："文艺忽称娱乐圈，靡风鄙俗闹喧天。灵魂师誉今何在？裸耻露胸只为钱！"先生脑子里印的是"双百""二为"的党的文艺理论与政策，岂容"靡风鄙俗闹喧天"，先生用他的凌云健笔，痛斥包括文艺在内的"一切向钱看"的价值观扭曲的社会现象。其二："条条邪路皆通畅，蛊骗无知年少郎。棒棍只朝家长打，不追教唆是何肠！"社会上的一些不良风气，对少年儿童成长所造成的负面影响，先生感到痛心疾首，却又无可奈何，但是先生找到了病根。其三："当年曾是主人翁，今日惊呼弱势群。力鼎城乡称柱石，切身保障问谁人？""主人翁""弱势群"，反差如此之大的词汇，引出了"切实保障问谁人"的诘问。而先生所呼吁的这些问题，不正是党中央下大力气正在解决的问题吗？我们欣喜地看到，近年来，随着这些问题从源头上抓起，治理整顿，社会风气也逐渐好转。其四："翻遍旮旯与穴洞，杀伤武器影无踪。羔羊欲食先思计，捉影捕风弄假情。"这组诗写于 2004 年，诗人自注：美国总统布什发动侵伊战争，称有大规模杀伤武器，战后找不到杀伤武器，又说情报有误。这首诗则是对美国发动侵伊战争的无情揭露、绝妙讽刺。

此后，先生写了多篇揭露鞭笞霸权主义的诗篇，如《美军撤离伊拉克祭》："反人类罪休冠人，布什当排第一名"，笔锋直指发动侵略战争的头子："声声爆炸肉横飞，伊战惨悲又复回。多国勾联干别国，'人权'秀弹杀平微"。（《多国部队轰炸利比亚》）这首诗充分揭露了西方霸权主义者以设禁飞区为名，发动侵略战争，屠杀利比亚人民的暴行。在利比亚得逞后，美国又欲在叙利亚重演利比亚的惨剧，遭到中俄联手否决。《为遏制美国欲武侵叙利亚欢呼》："廿年唤雨猖霸业，今日遭强难布棋。""和平焉是祈求得，当斗争时莫迟疑"。美国的中东政策失算后，又将战略东移，勾结日本等国，企图全面遏制围堵中国。《奥巴马访日发表联合声明有感》：""天使"终于露鬼胎，赤膊登擂布阴霾。""跳墙急狗机谋乱，内外焦忧岂解开"。《美防长卡特访日有感》："邪恶轴心"何处寻，白宫原是大本营。五洲战祸谁掀动？四海风波皆此生。欧亚中东齐搅乱，又来三海挑烟烽。军商火贩财源茂，亿万殃民陷冷冰。""走卒欢欣齐鼓噪，将军舞爪频忘形。"则深刻地刻画了战争贩子们的丑恶嘴脸。

透过这些诗，我们不难看到，年逾古稀的作者的正义之心，与受压迫民族和人民的心在一起跳动：为他们的遭遇声声呐喊；对霸权主义罪恶无情鞭挞。

五、意趣高雅，酬答嘤鸣

先生与诗友有许多酬答之作。古往今来，酬答之作是诗词作品中为数最多的种类之一。这种诗词，在某种限制之下进行创作，不易写好，但先生亦有佳作："勇举诗旗扬国粹，勤栽桃李不知疲。根埋厚土花繁茂，义荡浮音绝俗靡。"（《原韵和秦中吟《七秩感怀》十首和二》）这是七律的中间两联，仅从这两联，秦中吟会长的人品、诗品，写得生动传神。尤其是"勇举诗旗扬国粹"句，一位诗坛领军者的形象傲然而立。"名扬中外虚若谷，才盈骚苑笔如泉。老骥犹存江海志，

在水一方之文

切切难容琐事缠。"则使人物的形象更丰满高大。再看《读崔永庆《秋悦平畴》》：

　　　　踏遍山川人岂老？耕情未尽意如涛。

　　　　汗浇丰稔千畴秀，笔竞龙蛇万象豪。

　　　　世态炎凉何所问，民生忧乐共心潮。

　　　　五章秋悦翻清曲，一树新花塞上骄。

　　崔永庆先生是原农业厅厅长、宁夏诗词学会会名誉会长，《秋悦平畴》是他的格律诗集，在此之前还有新诗集《绿野春秋》面世，此后又有《流苏集》《雪泥集》等诗集出版，是新旧体皆擅而后主攻格律诗的两栖诗人，也是宁夏诗坛不可多得的优质高产诗人。正元先生知人著诗，从形式上看，这首七律起承转合分明而完整，中间两联讲求对仗，内涵丰富，尾联意象鲜明，余韵悠远。从内容上，高度概括并讴歌了崔先生为人为诗，把握准确，是诗友间题赠诗之佳作。"民生忧乐"句化典而来，出于宋代范仲淹《岳阳楼记》："先天下之忧而忧，后天下之乐而乐"，但先生化不留痕，融于诗中，遂成此诗之诗眼。凡人为官一场，得"民生忧乐共心潮"一句足矣。一己拙见，敢问崔先生不知是否认同？再看《致林业专家唐麓君》：

　　　　献身生态一青松，乐在沙滩战恶风。

　　　　规划周详真鲁匠，引流滋翠活观音。

　　　　足留荒漠森林茂，汗润羊毫论著丰。

　　　　晚岁更挥商贾笔，陵园漫植绿乡城。

　　唐麓君先生是我区著名的林业专家，热爱格律诗词，是宁夏诗词学会顾问。这首七律也同上首七律一样，是知人著诗的佳作。还有五律《咏白菊和王富昌、熊秀英诗友》，五古《贺西夏散曲社成立》，七绝《歌感动宁夏人物沈涛及队友》《虎年贺岁戏赠诸诗友》《诗友陶莉仙逝近年寄思四首》，七律《和马来西亚申玉堂先生》《喜读何铮同志大作《蓝梦集》》，词《清平乐·题马达先生赠马兰花画》《西江月·贺玉杰诗友七秩寿辰》《玉楼春·贺崔正陵吟长八十华诞》《沁园春·贺云霞诗友《沙坡头咏怀》问世》等等，先生与诗友间的深厚感情可见一斑；就作品而言，可谓体裁多样，大作纷呈，百花争艳。读者自可在七彩的花园流连，尽享其芳芬馥郁。先生有多首题和拙作的大作，篇幅有限，不能烦言，而先生的深情厚意，值此再谢。

先生不仅诗歌精彩纷呈，他对一些人们所普遍关注的问题，总有自己独到的见解，不仅平时说在口中，也赋于笔端。诸如：《关于人性问题的思考》《论当老实人，说老实话，办老实事》《更加自觉地保持清正廉洁的品格》《喜赏《中华当代边塞诗词精选》中宁夏诗人的部分诗作》《中华诗词在建设社会主义先进文化中的作用》等等，都能论点合时鲜明，论据充分到位，结论科学合理。例如，在《中华诗词在建设社会主义先进文化中的作用》一文中指出："建设社会主义先进文化，需要一支宏大的队伍，要通过十几亿人民和几代人的努力。其中各级干部和广大知识分子所起的作用是极为重要的。因为他们是教育者，大都承担着教书育人的千斤重担，因此，他们不仅需要政治素质、专业素质，而且需要一定的文学艺术素质，包括诗词方面的素养。老一辈无产

在水一方之文

阶级革命家毛泽东、朱德、周恩来、董必武、陈毅、叶剑英等，为广大干部做出了表率，许多大科学家，如钱学森等，也都是如此。因此，各级干部和广大知识分子可以不会写诗，但不可以不懂诗、不会欣赏诗。"信其言诚矣，此论与近年来，党和国家重视、加快祖国传统文化的继承与弘扬的精神，是高度一致的。

《我记忆中的西沙窝》，是一篇以西沙窝为主线的散文，文章从先生学龄前童年写起，穿越时空，贯穿了先生大半生。所谓西沙窝，就是"从南边的中卫到北边的石嘴山，山下都是沙漠，而且这些沙漠还边接外省更大的沙漠。"先生的父亲是贺兰山林区管理所的一名警察，解放初，先生随父生活在贺兰山口的各个护林段。上小学了，小小年纪就往返于贺兰山到银川之间。那时没有汽车，也没有任何交通工具，要用脚，一步步地星夜兼程走一整天。后来能搭上顺路的车，再往后通了公交车，其中的艰辛，不读先生的文章，我这个童年在中卫县城长大的城里娃娃不能想象。先生十七岁时，在贺兰山林管所当了一名伐木工人。后来，先生又在六盘山林管所、宁夏农林科学院园林试验场工作，1984年先生担任了园林场党委副书记。2004年，六十岁的他，从植保所书记岗位退休。单位退休，不妨成为新起点，热爱诗词的他，继续在诗词学会耕耘播种。至今，先生收获了《七彩年轮》这份沉甸甸的七彩缤纷的果实；而那焕彩的年轮，是那么的坚实浑厚，纹理是那么清晰唯美……

以上文字，是我反复拜读《七彩年轮》的一己之见。敲字之前，先生的诗稿已经交出版社了，尽管时间紧，任务重，但是我心里仍想着如何把先生的佳作，多角度、全方位、较为准确地推介给读者，生怕有遗珠之憾或不当之词。白天很短，窗外很冷，多是夜间敲成的文字如何？不免心中有几分忐忑。面呈先生后，先生的满意之情溢于言表。我可以交作业了。诗曰：

> 七彩年轮七彩诗，何愁双鬓渐银丝。
> 兰山丈量青春梦，泾水奔流豪放词。
> 绿韵每依国运雅，红歌常伴党旗驰。
> 总将忧乐心头系，堪忆人生不尽思。

乙未年冬至于湖畔嘉苑Ａ区南窗下

原载黄正元《七彩年轮》

歌诗一首一良师

——《兰山抒怀》跋

　　西夏诗社成立十周年了，大家一致认为应该出本集子，展示诗友们的学习研究创作成果。今年三月征稿，经作者自选、编委会审改编，到反复校对，《兰山抒怀》终于要付梓了。紧张忙碌之后，我们的心情又惴惴不安了：不知能否做到作者满意？读者满意？

　　《兰山抒怀》的作者有二十六位之多，年龄相差六十岁，最长者刘绍元老八十六岁，年轻的徐科只有二十六岁。二十六位作者中，有杜桂林老师这样的北大中文系毕业终生从教、现为宁夏文史馆馆员的教授；也有像刘绍元老家学渊源深厚、写诗数十年的老诗人；有毕业于湖南邵阳爱莲女子师范，功底深厚、参加了抗美援朝战争的女战士西夏诗社首任社长杨石英大姐；也有像侯玉红、徐科这样的文学青年；而一半以上是热爱格律诗词，先在老年大学学习，然后分散创作、每月集中学习评改已十年的作者；近三分之一的作者在职。总之，《兰山抒怀》中，确有一些作品立意较远，形象鲜明，语言较为准确生动，格律规范严谨，是其中的精品。闻道有先后，术业有专攻（韩愈《师说》）。《兰山抒怀》作品大多数采用新声韵，没有标出。其中也有习诗不久的作者，对他们的作品放得宽些，有一些作品出律，按新古诗是可以的，也未标出。对一些好诗坯，虽有瑕疵，不忍删去，只能修改，修改时尊重原意，有时也会改出较出彩的句子。有些作品犹如没有完全成熟的苹果，还有些许青涩，这类作品保持了它的原貌。包括我本人的一些入选作品，也存在一些缺憾。这是个普及与提高的关系问题。格律诗词从基本符合格律，到出精品力作，一般来说不是三年五年能够做到的。也就是说，格律诗词既不易学，更不易工，欲出精品更难，我们正在向这个方向努力。

　　《兰山抒怀》是一本集诗词曲赋联新诗为一体的集子，共收入作品近九百首（幅），可谓体裁丰富，数量可观。其中诗，包括古体、近体和歌行体，是这本集子的主体，虽然许多诗友都写了一些五言绝律，但数量最多的作品是七言绝句和七言律诗，占近七成，是大家最常用的诗体，绚丽多姿，美不胜收。《兰山抒怀》中，十七位诗友共选了约二百首词，其中有六人选的诗词数量大体相等，其余人词选的相对少些，这与国内一般选本的诗词比例大致相同。这些词中婉约豪放风格的作品都有佳作。《兰山抒怀》收入了十多位作者的六十多首散曲，包括小令、散套、自由曲，其中不乏富于曲味的佳作。我区作者写曲起步较晚，大多数是从写诗词转过来诗词曲都写的。一般说来，诗词写得好不一定曲就写得好，而曲写得好诗词不会写得差。因此，有所谓的散曲反哺诗词之说。今年刚成立了西夏散曲社，看来，散曲普及提高任重而道远。《兰山抒怀》收入了杨玉洁等二位诗友的楹联九副，收入了闫立岭《登黄河金岸赋》。《兰山抒怀》

在水一方之文

还收入了袁静平等三位诗友的新诗二十余首，这些新诗中佳作多多，就像散发着阵阵清香的郁金香，在诗的春天的百花园里争奇斗艳。

杜桂林教授是本书的名誉主编，清样出来后，他对一些作品进行了辨析，这不仅使这些作品趋于完美，而且让我们感受到了杜教授执着的精神和严谨的学风。我们感谢杜教授并向他学习。在本书的选编过程中，宁夏诗词学会名誉会长吴淮生老先生不顾眼疾，挥笔写诗填词为序；代会长魏康宁欣然以诗为序；顾问杜桂林、副会长兼秘书长张嵩分别写了知人论诗的序，热情洋溢，周到详尽，给我们以鼓舞和鞭策，也给读者以引导，令我们十分感动。学会顾问何志鉴、副会长崔正陵、刘剑虹等诗友写了贺诗，学会顾问西夏诗社首任社长杨石英大姐写了《西夏诗社简介》，西夏诗社副社长高振平为本书题签，诗友包兰中为本书篆刻，编委冯常德、李贵明、杨玉洁、高振平、黄正元、熊秀英以及西夏诗社秘书长孙峪岩，也为本书的付梓付出了辛勤劳动，在此，一并表示感谢。

由于我们的编辑水平所限，《兰山抒怀》肯定存在谬误、疏漏，敬请作者、读者及各位方家不吝赐教。

甲午中秋夜草于湖畔嘉苑

原载西夏诗社编著《兰山抒怀》

格律诗创作概要

——在 2015 年宁夏诗词学会举办的格律诗词讲座上的发言

今天的讲座，是纳入 2015 年宁夏社会科学联合会学术年度计划的《格律诗词讲座》，本来是要请国内名家来讲，谁知这个任务的一半儿，突然落在了我身上，我既非科班出身，又无家渊师承，是野路子，在大家面前，我是个小学生，野人献曝，谬误难免，希望能得到大家的批评指正。

中国是一个诗的国度。格律诗体，滥觞于先秦，发轫于两汉，初成于南朝，成熟于初唐，鼎盛于盛唐，转型于宋元，严谨于明清，受制于五四，复兴于改革开放，繁茂于新世纪。格律诗分为古体诗和近体诗。

古体诗：也称旧体诗，即用古代汉语创作的诗歌，是指格律诗形成以前汉魏六朝的诗体。古体诗又称古风，历史悠久，佳作纷呈。由于古体诗的音律限制比近体诗少得多，现代人仍写古体诗。

近体诗：也称格律诗、今体诗，近体诗从古体诗规范而来，成熟于唐代。有五言绝句、七言绝句、五言律诗、七言律诗（含五言、七言排律），个别的还有六言律、三韵小律（六句）。学习格律诗，要求弄懂**平仄律、用韵和对仗**，也有人称这三项为**格律诗的三要素**。

207

在水一方之文

一、古体诗（含古体诗、近体诗）的分类

按表达方式，古体诗大体分为六类：

（一）抒情诗

以抒发情感为主的诗歌，如咏怀诗和亲情友情爱情诗，是诗歌的主流。抒情诗又分为咏怀诗、咏史诗、感时诗，像应景、应时、应酬诗都属于感时诗。最著名的抒情诗是屈原的《离骚》。

（二）叙事诗

记叙事件为主的诗歌。长的可以记叙完整的事件，如《木兰诗》《孔雀东南飞》等；短的只写生活的一个片段，如贾岛的《寻隐者不遇》等。

（三）写景诗

以描写景物为主的诗歌。包括山水、田园和名胜诗。擅长这类诗的有陶渊明、李白、王维、孟浩然等。

（四）咏物诗

以咏有形物体为题材的诗歌。一般是托物寄情。

（五）议理诗

狭义地指以阐明道理为主的诗歌，也含哲理诗。

广义地说，诗词创作分为技术层面、艺术层面和哲学层面。技术层面，即平仄律、押韵、对仗相对易学；艺术层面，主要是意象营造、语言锤炼、布局谋篇等，需认真钻研勤学苦练有可能达到。学诗不可止于格律，哲学层面才是诗人终生追求的目标。有了哲学层面的认识，作品就有了思想，有了灵魂，有了高度和深度，其作品往往具有悲天悯人之情怀。这就是诗词创作的深层意蕴——审美意象的哲理性。而哲学，

需要营造的意象、锤炼的语言、巧妙的转接，来艺术地表现和阐释。

（六）题画题照片诗

题画诗有点题、点化、点缀三点之说。题画又分为三种：咏画诗，有自咏、他咏两种；题款诗，也有自题、他题两种；论画诗等。古代诗书画俱佳者大有人在，写画题诗相得益彰，其艺术魅力大增。题照片诗，与题画诗有相通相似之处。

二、古体诗的特性

（一）概括性

古体诗具有更强的概括性，如荆轲《渡易水歌》："风萧萧兮易水寒，壮士一去兮不复还！"仅短短两句，就把赴秦任务之艰巨、荆轲的决心、送行的场面都表达了出来。

（二）形象性

即意象的营造，主要体现在诗的意境、诗的语言上，具有鲜明的可感特征。意象：意境、形象。王国维《人间词话》开篇就说："词以境界为最上，有境界则自成高格，自有名句。"千年的唐诗仍新鲜鲜活，主要是缘于诗人语言的形象、生动、准确。

（三）抒情性

诗主情，不仅抒情诗要抒情，写景、咏物、议事等类诗也要抒情，所谓"一切景语，皆情语也"（王国维《人间词话》）。

（四）音乐性

音乐性是诗词曲最本原的特征，主要体现在：字讲声调，句讲节奏叶韵等。在古代，合乐者为歌，不合乐者为诗。

（五）含蓄性

诗歌贵在含蓄，忌太直太露。唐朝司空图《二十四诗品》之"含蓄"，表述为："不著一字，尽得风流"。有人把绝句表述为：绝句不绝——绝句须余音袅袅，方为佳构。

上篇　格律诗的平仄、用韵、对仗、修辞

一、诗的格律

（一）格律诗的特征

1. 体分绝、律、排，字有五、七言　格律诗四句称绝句，八句称律诗，十句以上为排律，排律是普通律诗的延长，仍属律诗。绝律排中，每句为五字者称为五言；七字者称七言。于是有五绝、五律，七绝、七律之称。

2. 严格平仄律　诗的每一句，都要按既定的平仄格式来遣词造句，违背了就是"平仄不调"或"失律"，如失粘、失对等。

3. 押韵　韵有固定位置，律绝一韵到底，不能换韵。当代以前的格律诗恪守平水韵。平水韵原为金代官韵书，供科举考试用，因刊于平水（今山西临汾）故名。当代有十八韵、十六韵、十四韵等新韵。新韵取消了入声字，按普通话押韵，有些也保留了入声字。如上海古籍出版社的编辑出版的《诗韵新编》。入声，是按中古音发音。中华诗词目前实行新旧韵并行的双轨制，虽然作者可自由选择，但是，提倡新声韵！在同一首诗中，不可新旧韵混押，混押是很严重的错误。

4. 律诗要求对仗　律诗，包括排律，除首尾两联外都必

须对仗；绝句对仗属于修辞方法，可对可不对。

（二）诗的平仄与四声

平仄律是格律诗的首要因素　利用汉语声调的高低、升降、缓促等因素，来调配语音的节奏，构成节奏鲜明的诗律，达到声情并茂的效果，否则佶屈聱牙，平直呆板。这就是为什么从古到今，诗人愿意作茧自缚去受平仄限制，戴着枷锁镣铐跳舞的原因。

汉语的四声是格律的基础。中古音的四声，已从平、上、去、入四声演变成今天的阴平、阳平、上声、去声四个音调。而入声在元曲里已经被取消了，分别归入平声（含阴平和阳平）、上声、去声。那为什么还要再说它呢？因为你不了解入声的用法，你就读不通唐诗宋词。入声字一般诗韵工具书都会标出。

普通话的四声是以汉语拼音为基础的，在新声韵的格律诗里，一声、二声为平声，三声四声为仄声。由于各地方言存在很大差异，初学者最好借助诗韵工具书或《新华字典》，来确定某一个字的声韵，以免有误。

（三）格律诗的基本格式

格律诗每两句为一联，其平仄配置的规律有四项：

一是句中节奏点平仄相间；二是联中节奏点平仄相对；三是联间节奏点平仄相粘；四是一联内的出句末字应仄（首句可以为平），对句的末字必须是平。

按上述平仄配置律，可得出**格律诗的基本格式**：五言绝句，七言绝句，五言律诗，七言律诗。以起句的不同，各有四种基本格式。为了方便识别，把平声标为"平"，仄声标为"仄",可平可仄标为"十",韵脚标为"（韵）",举例说明如下。

1.五言绝句四句共 20 字，有四种基本格式

A.**仄起首句不押韵，正格**　钱起《江行望匡庐》，例 1：

咫尺愁风雨，十仄平平仄，

匡庐不可登。平平仄仄平（韵）。

祗疑云雾里，十平平仄仄，

犹有六朝僧。十仄仄平平（韵）。

B.**平起首句不押韵，正格**　王维《送别》，例 2：

山中相送罢，平平平仄仄，

日暮掩柴扉。仄仄仄平平（韵）。

春草年年绿，十平平仄仄，

王孙归不归。平平十仄平（韵）。

C.**仄起首句押韵，偏格**　卢纶《塞下曲·三》，例 3：

月黑雁飞高，十仄仄平平（韵），

单于夜遁逃。平平仄仄平（韵）。

欲将轻骑逐，十平平仄仄，

大雪满弓刀。十仄仄平平（韵）。

D.**平起首句押韵，偏格**　王涯《闺人赠远》，例 4：

花明倚陌春，平平仄仄平（韵），

柳拂御沟新。十仄仄平平（韵）。

为报辽阳客，十平平仄仄，

流光不待人。平平仄仄平（韵）。

2.七言绝句的四种基本格式　只要在五言绝句每句之前加上两个平仄相反的字即可。如例 4 首句的"平平仄仄平"，加两个平仄相反的字，就成为："仄仄平平仄仄平"了，以此类推，可得这首诗的基本格式。七绝四句共 28 字，也有四种基本格式。

　　3. 五言八句的格律诗　即五律，在初唐时已见端倪，五律形成早于七律。如杜甫祖父杜审言的《和晋陵陆丞相早春游望》，例 5，被后人称为五律第一，尊为范本。律诗八句，每两句为一联，共四联，一二三四联分别称为：首联、颔联、颈联、尾联。五律八句共 40 字，也有四种基本格式。

　　A. 仄起平收，偏格　例 5：

　　　　独有宦游人，十仄仄平平（韵），

　　　　偏惊物候新。平平仄仄平（韵）。

　　　　云霞出海曙，平平平仄仄，

　　　　梅柳渡江村。十仄仄平平（韵）。

　　　　淑气催黄鸟，十仄平平仄，

　　　　晴光转绿蘋。平平仄仄平（韵）。

　　　　忽闻歌古调，平平平仄仄，

　　　　归思欲沾襟。平平仄仄平（韵）。

　　B. 仄起仄收，正格　骆宾王《在狱咏蝉》，例 6：

　　　　西陆蝉声唱，十仄平平仄，

　　　　南冠客思深。十仄仄平平（韵）。

　　　　不堪玄鬓影，十平平仄仄，

　　　　来对白头吟。十仄仄平平（韵）。

　　　　露重飞难进，仄仄平平仄，

　　　　风多响易沉。平平仄仄平（韵）。

　　　　无人信高洁，平平仄平仄（特拗句），

谁为表予心。平平仄仄平（韵）。

C.平起仄收，正格　杜甫《登岳阳楼》，例7：

昔闻洞庭水，十平仄平仄（特拗句），

今上岳阳楼。十仄仄平平（韵）。

吴楚东南坼，十仄平平仄，

乾坤日夜浮。平平仄仄平（韵）。

亲朋无一字，十平平仄仄，

老病有孤舟。十仄仄平平（韵）。

戎马关山北，十仄平平仄，

凭轩涕泗流。平平仄仄平（韵）。

D.平起平收，偏格　李商隐《晚晴》，例8：

深居俯夹城，十平仄仄平（韵），

春去夏犹清。十仄仄平平（韵）。

天意怜幽草，十仄平平仄，

人间重晚晴。平平仄仄平（韵）。

并添高阁迥，十平平仄仄，

微注小窗明。十仄仄平平（韵）。

越鸟巢干后，仄仄平平仄，

归飞体更轻。平平仄仄平（韵）。

　　4.七言八句的格律诗　即七律，只要在以上五律格律的每句前加上两个平仄相反的字，那么，这首诗就是七言律诗的基本格式。如"平平仄仄平"，加两个平仄相反的字就成为"仄仄平平仄仄平"了。七律八句56字，也有四种基本平仄律，初学者可作为练习写出七律的四种基本格式。

　　小结：五言律绝各有四种基本平仄律体式，共有八种基本平仄体式；七言律绝也各有四种基本平仄律体式，共有八种基本平仄律体式。五言律诗、绝句以首句不入韵为正格，首句入韵为偏格。正格为常见，偏格为少见。七言律绝相反。即七言律诗、绝句以首句入韵为正格，首句不入韵为偏格。

5. 五七言排律　排律是律诗的任意延长。如十韵、二十韵等，甚至有一百韵的。但无论多长，押韵是一致的：除首联和尾联外，中间全部押韵，一韵到底，不可换韵。

6. 律诗的口诀、戒忌和拗救

七言律绝口诀：一三五不论，二四六分明。其含义：在七个字中，第一、三、五字的平仄可以不论，不论就是可平可仄；而第二四六字在节奏点上，它的平仄是不可改变的。对五言律绝，就成一三不论，二四分明了。但不论、分明是有条件的，**这个条件就是戒忌，戒忌有三项。**

一是孤平　在句中出现两个仄声字夹一个平声字，并且这个句子里再没有相连的两个平声字，称为"孤平"。

二是三平调　句尾三个字都是平声，如平平仄仄平平平，称为三平调。

三是三仄尾　句尾三个字都是仄声，如仄仄平平仄仄仄，称为三仄尾。

句式的变格，即拗救　有四种句式，以七言律句为例：

A. **当句救：**仄仄平平仄仄平，救为：仄仄平平仄仄平

B. **特拗：**仄仄平平平仄仄，救为：仄仄平平仄平仄

C. **对句救：**出句平平仄仄平平仄，有三种救法

①平平仄仄仄平仄，也称为小拗

②平平仄仄平仄仄

在水一方之文

③平平仄仄仄仄仄

对句：仄仄平平仄仄平，救为：仄仄平平平仄平

D.平平仄仄仄平平，无拗救，但可一三不论；

对句救：出句平仄不符，对句进行补救，这种方法称为对句救对。**活用对句救的作品**，例如杜甫《天末怀李白》的第二联：

A.出句：鸿雁几时到，仄仄仄平仄，

对句：江湖秋水多（韵）。平平平仄平。

白居易《赋得古原草离别》的第二联：

B.出句：野火烧不尽，仄仄平仄仄，

对句：春风吹又生（韵）。平平平仄平。

李商隐《登乐游原》的前两句和分别是：

C.出句：向晚意不适，仄仄仄不适，

对句：驱车登古原。平平平仄平（韵）。

也就是说，对句救的 A、B、C 式都可救为平平平仄平。但毕竟是拗体，特别是出句全部为仄声字的句式，合律但不顺口悦耳，从古至今很少有人用。

五言句类似，但更简单些。熟练掌握基本格式和拗救，为遣词造句增加了一定的自由度，但不可过分使用。

7.古体诗的平仄、入律的古风（歌行体）、古绝

古体诗最鲜明的特征是字数、句数不定。字数从每句二、三字到十几字都有，常见于杂言诗。个别的，一首诗句数可为奇数。齐言诗，四句未必是绝句，八句未必是律诗，判断一首诗是不是格律诗，主要看平仄和用韵是否合乎律绝的规范。古体诗也讲究平仄，但不忌三平、三仄尾，其句尾大体

有以下四种基本格式：仄平仄；仄仄仄；平仄平；平平平。

入律古风（歌行体） 格律诗里，铺张本事的古风，像白居易的《琵琶行》《长恨歌》，王维的《桃源行》等，称为**入律古风**，区别于古风，**又称为歌行体**。歌行体容量大，宜于记事，兼顾写景、抒情、议论，其篇章结构方法在某些地方类似散文。更讲究修辞而不是平仄。四句一换韵，平仄交替换，换韵的首句也入韵。也有一韵到底不换韵的，**但以换韵为歌行体的正格**。虽然歌行体的平仄、用韵有更大的便利，但写作难度更大。对于初学者，格律诗的基本功在四句之内。绝句写不好，基础没打牢，很难想象能写出好的入律古风来。

古绝 不守平仄律，平仄韵都可押的四句五七言诗，称为古绝。古绝是唐朝以前的诗体，唐朝人、当代人也写这类诗。如，李白的《怨情》，例9：

美人卷珠帘（拗句），深坐颦蛾眉（三平调）。

但见泪痕湿（孤平句），不知心恨谁（律句）。

王维的《鹿柴》，四句都合律，但因押了仄韵，仍是古绝，也有人称为歌行体。例10：

空山不见人，但闻人语响。

返景入深林，复照青苔上。

二、格律诗的押韵

（一）韵，平水韵简介

韵 简而言之就是和谐的声音。南朝齐人刘勰《文心雕龙·声律》："同声相应谓之韵。"

押韵 是中国诗歌最基本、最主要的特征。从《诗经》《楚辞》、汉乐府到格律诗词曲，一脉相承，都有严格的要求。民谣歌词快板顺口溜都讲求押韵。押韵，也是诗歌美学艺术的集中体现。古人押平水韵，当代诗词实行平水韵、中华新韵双轨制。但教育部等部门正在制定按普通话押韵的一部通用的新的韵典。

平水韵 有 106 个韵部，平声 30 个，上声 29 个，去声 30 个，入声 17 个。我把这些韵部的韵母标都出来就发现，含元音 an 的韵部就有 7 个。如宋代诗人林逋用十三元写成的七律《山园小梅》，例 11：

众芳摇落独鲜妍，占断风情向小园。

疏影横斜水清浅，暗香浮动月黄昏。

霜禽欲下先偷眼，粉蝶如知合断魂。

幸有微吟可相狎，不须檀板共金樽。

所押五个韵分别是：妍、园、昏、魂、樽。如果不知平水韵，就以为这首咏梅的千古名篇出韵了。

新韵 目前，诗友中使用《诗韵新编》的为数不少。1965 年中华书局上海编辑所出版了《诗韵新篇》，分为十八个韵部保留了入声字。1989 年 10 月，上海古籍出版社出版了《诗韵新编》第二版，也保留了入声字，仍然是十八韵：

一麻，二波，三歌，四皆，五支，六儿，七齐，八微，九开，十姑，十一鱼，十二侯，十三豪，十四寒，十五痕，十六唐，十七庚，十八东。

《中华诗词》2004 年第五期刊出的《中华新韵(十四韵)》韵：一麻，二波，三皆，四开，五微，六豪，七尤，八寒，九文，十唐，十一庚，十二齐，十三支，十四姑。

十四韵与十八韵相比，是减了"儿"，合了"歌和皆"、"姑和鱼""庚和东"而形成的。十四韵是更宽的韵，给初学者带来了方便。

（二）押韵的五项规则

一是韵位必韵　律诗的二四六八句句尾，绝句的二四句句尾，必须押韵，首句入韵的首句也必须押韵，首韵脚又叫起韵。也不能在规定押韵位置以外押韵，不须押韵的句尾必须用仄声字，这个仄声字不能与所押韵角是同一个韵部的，如例 8 李商隐五律《晚晴》，不押韵的三个仄声字分别是草、迥、后，与城、清等不是同韵部的字。更有甚者，对律诗不押韵的 3 个仄声字的音，要求依次炼到上声、去声、入声，古人写律诗的功夫，也下到了这里。

二是韵守平仄。

三是一韵到底　即使是长长的排律也不许转韵。

四是邻部借韵　一般用于平水韵。

五是当代从宽　提倡使用以普通话为标准的新声新韵。

（三）用韵的三项禁忌

一是不可重韵：不能重复同一个字为韵。

二是忌凑韵：勉强押韵造成词语生拼有失通畅。

三是不押同义字、同音字：同义字如芳与香，忧与愁，花与葩，同音字如流与留，红与虹，装与妆等。一首诗里用了两个或两个以上的同义字、同音字，美感即减。

（四）用韵的几种特殊形式

一是和韵　诗友以诗相酬，称为和诗词。诗友之间和唱，

219

在水一方之文

从古至今都占诗词创作的一定比例,也涌现出许多优秀作品。和诗一般要用其诗的原韵,有五种和法。

1. 次韵　也称步韵、步原玉等,用原诗的韵字,次序也不能变。如第 10 页、第 23 页的次韵诗。

2. 用韵　用原诗的韵字,但韵字的次序可以变动,如第 106 页的《卜算子》。

3. 依韵　用原诗韵部的字即可。如第 9 页的依韵和诗。

4. 叠韵　依照自己前诗之韵,再写一首或数首,即自唱自和。如第 133 页的叠前韵。

5. 只和内容不和韵　与原诗的内容相关,与韵无关。

二是限韵　也称分韵,即写某首诗时,被规定了所用韵字,这个字用在这首诗词的哪个韵位均可。如第 80 页的分韵得"热"字。

三是句句押韵　出现在七言古诗里,汉武帝搭柏梁台与群臣共赋七言诗(联句),句句用韵(平韵)。因此,后人把句句用韵的七言诗称为柏梁体。如杜甫的《饮中八仙》。

三、格律诗的对仗

对仗　是汉语特有的修辞方法。是格律诗词曲要素之一。对仗,也称对偶:字数相等、意义相关、音节相同、结构相近、词性相类、平仄相反的两个句子建立起的联系,为对仗。词曲等还有三句对的鼎足对,又称燕逐飞花对等对仗的方法。对仗,能使语句互相映衬,意义彼此补充,音韵和谐,美感大增。律诗的精彩所在,就是中间两联对仗。

（一）对仗的类型

依据不同的标准，对仗可以划分为种种不同的类型。

1. 从内容上，可分为正对与反对

正对　正对的出句和对句所表达的内容是相同或相近的，是并列的两种相同或相关的事件、性状或情感。如例5，杜审言《和晋陵陆丞相早春游望》的中间两联，就是正对。

反对　反对的出句和对句所表达的内容是两两相反的，也是并列的两种相同或相关的事件、性状或情感，取其相反相成之意。例如：

李商隐《无题·昨夜》：<u>身无彩凤双飞翼，心有灵犀一点通。</u>

正对可以使内容更加深刻，但须防有叠床架屋之嫌；反对可以使内容更加丰富，但须防像断线的风筝离题。

2. 从形式上，可分为工对和宽对

工对　要求对仗须用同类词性，如名词对名词，动词对动词，形容词对形容词，虚词对虚词，副词对副词等，而前三种是主要词类。古人又把名词细分为30类，如时令、方位、天文、地理、花卉、草木、音乐等；音对，如双声叠韵的联绵词、合成词、叠词等相对，也属工对。例如：

王维《使至塞上》：<u>征蓬出汉塞，归雁入胡天。</u>

杜甫《重过何氏》：<u>翡翠鸣衣桁，蜻蜓立钓丝。</u>

杜甫《宿府》：<u>风尘荏苒音书断，关塞萧条行路难。</u>

李商隐《春日寄怀》，中间两联是工对。例12：

世间荣落重逡巡，我独秋园坐四春。

<u>纵使有花兼有月，可堪无酒又无人？</u>

青袍似草年年绿，白发如丝日日新。

欲逐风波千万里，未知何路到龙津？

王维《观猎》，中间两联相对，两联都是工对：

草枯鹰眼疾，雪尽马蹄轻。

忽过新丰市，还归细柳营。

宽对　相对工对而言，不同词性的词相对，或字面相对，如杜牧《九日齐山登高》是不同词性的词相对：

尘世难逢开口笑，菊花须插满头归。

但将酩酊酬佳节，不用登临恨落晖。

李商隐《马嵬·二》第三联是字面相对，例13：

海外徒闻更九州，他生未卜此生休。

空闻虎旅鸣宵柝，无复鸡人报晓筹。

此是六军同驻马，当时七夕笑牵牛。

如何四纪为天子，不及卢家有莫愁？

驻马，驻扎的军队，牵牛则指牵牛星，意思不相关，但从字面上理解为停下的马，牵着的牛，就对上了。

3. 借对，流水对等对仗的几种特殊形式

①**借对**　字面不相对，但借谐音或字义的多样性而形成的对仗。称为借音对、借义对。

借音对　骆宾王《咏鹅》（七岁作）：

白毛浮绿水，红掌拨清波。

绿与清对，是借了清的同音字青，便可相对了，但句中的意思仍表达的是清的意思。

借义对　杜甫《曲江二首·二》第二联，例14：

朝回日日典春衣，每日江头尽醉归。

酒债寻常行处有，人生七十古来稀。

穿花蛱蝶深深见，点水蜻蜓款款飞。

传语风光共流转，暂时相赏莫相违。

七十对寻常，古人称八尺为一寻，十六尺为一常。借其义，七十对寻常也属数字相对了。

②**流水对**　又称串对，一联的两句意思连贯，颠倒不可，缺一不可。两句间往往是递进、条件、承接、因果、假设等关系。流水对对好了，可使诗的语言更流畅，意思更完整。例如：

王之涣《登鹳雀楼》：欲穷千里目，更上一层楼。

白居易《赋得古原草送离别》：野火烧不尽，春风吹又生。

杜甫《闻军官收河南河北》：即从巴峡穿巫峡，便下襄阳向洛阳。

陆游《书愤》：塞上长城空自许，镜中衰鬓已先斑。

③**连珠对**　在联中同一位置使用叠词对仗。如崔颢《黄鹤楼》：

晴川历历汉阳树，芳草萋萋鹦鹉洲。

④**隔句对**　也称扇面对，如白居易《夜闻筝中弹潇湘送神曲感旧》，例15：

缥缈巫山女，归来七八年。

殷勤湘水曲，留在十三弦。

苦调吟还出，深情咽不传。

万重云水思，今夜月明前。

由于扇面对的平仄律多有突破，也因律诗篇幅所限，扇面对多用于歌行体等古体诗。

⑤**掉字对**　句中相同的字自对，又联中相对，具有回环往复的音乐之美。如杜甫《曲江对酒》第二联：

桃花细逐杨花落，黄鸟时兼白鸟飞。

⑥**交错对**　又称错综对、绞股对。是使句中平仄相谐的一个变通方法：把要对仗的两个词错开位置，以满足平仄的需要。例如，李群玉《杜丞相筵中赠美人》：

裙拖六幅湘江水，髻挽巫山一段云。

⑦**虚字对**　虚字对用好了妙趣横生，如苏东坡就有：

倦容再游吾老矣，高僧一笑故依然。

4. 句中自对又联中（两句）相对，属于更完美的工对，句中自对又称当句对，子母对

子母对的具体要求有三点：一是句中可以平仄相间、也可以平仄相同，但必须符合平仄律；二是不避重字，出于修辞需要，往往使用重字；三是同一句中，字母对的自对部分，应是工对，不宜再使用宽对。**子母对的美学特征**：句中自对，联中相对，大对中套小对，盘中落珠，金外镶玉，环环相扣，错落有致，别有情趣。经典的有李商隐《当句有对》，例16：

密迩平阳接上兰，秦楼鸳瓦汉宫盘。

池光不定花光乱，日气初涵露气干。

但觉游蜂饶舞蝶，岂知孤凤忆离鸾。

三星自转三山外，紫府程遥碧落宽。

这首七律的二三联，句中自对又联中相对，是子母对；一四联如下画线所示，是当句对，全诗紧扣诗题：8句都是"当句有对"。全诗语言洗练、绮丽，意境丰厚、深远。

如，岑参《和贾至舍人早朝大明宫之作》：

金阙晓钟开万户，玉阶仙仗引千官。

（二）对仗的规则

1. 对仗的位置及要求

律诗中间两联必须对仗，首联尾联可对可不对；

排律除首尾联外，中间诸联必须对仗；

绝句对仗属于修辞方法，作者自便。

2. 不规范的律诗对仗的几种情况

A. 蜂腰体　只有第三联对仗，始于初唐五律。如李白《塞下曲》，例 17：

五月天山雪，无花只有寒。

笛中闻折柳，春色未曾看。

晓战随金鼓，宵眠抱玉鞍。

愿将腰下剑，直为斩楼兰。

B. 偷春体　也称换柱对。第一、三联对仗。如初唐王勃的《送杜少府之任蜀川》，例 18：

城阙辅三秦，风烟望五津。

与君离别意，同是宦游人。

海内存知己，天涯若比邻。

无为在歧路，儿女共沾巾。

C. 散律　平仄基本合律，但四联都不对仗。也是律诗的一种变体。如李白《夜泊牛渚怀古》，例 19：

牛渚西江夜，青天无片云。

登舟望秋月，空忆谢将军。

余亦能高咏，斯人不可闻。

在水一方之文

明朝挂帆去，枫叶落纷纷。

律诗有三联对仗的，个别也有四联全对仗的。前三联都对仗，这类律诗较多，《唐诗三百首》五律三分之一是首联对仗的，大家阅读时自可欣赏。七律中前三联对仗的也有一些。绝句不要求对仗，但也有对仗的。柳中庸七绝《征人怨》，如同截了律诗的中间两联，两联都是母子对，例20：

<u>岁岁金河复玉关，朝朝马策对刀环。</u>

<u>三春白雪归青冢，万里黄河绕黑山。</u>

3. 对仗禁忌

一忌同字相对　不容许联内同一个字相对。

二忌雷同　要求对仗的第二、第三联句子的词语结构若相同，音律就呆板，这是诗家大忌。写律诗的功夫，往往下在这里。诗圣杜甫堪称楷模，如《秋兴八首·一》例21：

玉露凋伤枫树林，巫山巫峡气萧森。

<u>江间波浪兼天涌，塞上风云接地阴。</u>

<u>丛菊两开他日泪，孤舟一系故园心。</u>

寒衣处处催刀尺，白帝城高急暮砧。

第二联句子结构为4—1—2，第三联结构为4—2—1，相对的词性也不同，是很分明的。意思也拓展开来，第二联以为景语为主，第三联以为情语为主，两联层层递进。此诗是杜甫的代表作《秋兴八首》的第一首。这组诗八首蝉联，结构严密，抒情深挚，体现了诗人晚年的思想感情和艺术成就。在整组诗的章法中，这首担任"起"的职能，是组诗的序曲，后七首俱发中怀，或承上，或启下，或遥相呼应，八首诗章法缜密，脉络分明，不宜拆开，亦不可颠倒。

杜甫《宿府》，后三联都对仗。例22：

清秋幕府井梧寒，独宿江城蜡炬残。

永夜角声悲自语，中天月色好谁看？

风尘荏苒音书绝，关塞萧条行路难。

已忍伶俜十年事，强移栖息一枝安。

首联倒装，按顺序第二句应在前，其中"独宿"为此诗之诗眼。第二联句子结构为4—1—2，第三联结构为4—2—1，第四联为4—2—1。表面上三联与四联结构相同，实际上结构有明显的区别：第三联里，"风尘"对"关塞"是联合词相对，"荏苒"对"萧条"是联绵词相对；第四联里，"已忍"对"强移"为词组相对，"伶俜"对"栖息"是叠韵联绵词相对，"十年"对"一枝"是数量词相对。整首诗是完美的三联工对。

元稹《遣悲怀三首·一》，例23：

谢公最小偏怜女，自嫁黔娄百事乖。

顾我无衣搜荩箧，泥他沽酒拔金钗。

野蔬充膳甘长藿，落叶添薪仰古槐。

今日俸钱过十万，与君营奠复营斋。

第二联句子结构为4—1—2，第三联结构也为4—1—2，但由于相对的词性不同，躲过了"两联雷同"这一劫。元稹的《遣悲怀三首》，得到了清代蘅塘退士在《唐诗三百首》中高度评价："古今悼亡诗充栋，终无能出此三首范围者。"

三忌合掌 出句与对句字词的意义相同为合掌。如："天边看绿水，海上见青天。"看与见同义，称合掌，合掌是劣对。

四是能工对就工对 不能工对就宽对，过分追求工对便

在水一方之文

是纤巧，反而不美，应是在宽对中求工对。

对仗，既是格律诗创作的要素之一，又是格律诗修辞方法的一种。一首律诗的美，主要缘于中间二联的对仗，而写不好对仗，也是写不好律诗的主要原因之一。修辞对于诗词曲，比其他文体更重要。各种修辞方法的灵活运用，可以使语言表达的准确鲜明生动，写好对仗，对写好整篇的意义和作用是无疑的，是属于技术层面的。而进一步深入炼字炼意；意象的示现；意境的营造；过渡与转接等，则是属于艺术层面。达到艺术层面可能有多种途径，但从基本功上看，是有赖于熟练运用各种修辞方法来实现的。因此，我认为花些时间说说修辞是必要的。

四、格律诗（含古体诗）的修辞

修辞是一门语言艺术。修辞，就是修饰文字词句，是贯穿古今的不断发展的适用于各种文体的实用艺术。精读经典作品的名言佳句，仔细揣摩体会其修辞方法的精彩独到之处，可以逐步提高自己的美学鉴赏水平；提高自己创作诗词的构思谋篇炼字炼句能力，使语言更加鲜明、生动，富有感染力。**修辞在诗中的具体应用，分别从意义、形态、音调三方面简述如下。**

（一）意义

包括用典、借代、双关、夸张、反说、通感、互文见义等七种方法，分述如下：

1. 用典　也称用事：运用典故来表达某种特定含义。所谓典故，指见于古籍而为后人袭用的故事或词语。来源有三：

历史故事、寓言神话传说、名言警句等。用典可节省文字而寓意深刻，语言含蓄而底蕴深厚。但必须用得准确而不生僻，经典而不累赘，否则适得其反。

①**用历史典故**　如杜甫《天末怀李白》："应共冤魂语，投诗赠汨罗。"用屈原被谗流放，投汨罗江而死的史事，表达了杜甫对李白深深的同情与敬仰。

②**用名句典故**　如杜甫《望岳》："会当凌绝顶，一览众山小。"结尾化用《孟子·尽心上》："登泰山而小天下"，表现出诗人的胸襟气魄。

③**用寓言神话典故**。如近代女侠秋瑾《感时》："炼石无方乞女娲，白驹过隙感韶华。"出句用女娲炼石补天的传说，比喻自己的救国之决心；对句用《庄子·知北游》"白驹过隙"形容韶华易逝，言简意丰，形象生动。

④**用典方法**：一般是从前人语句化出自己的句子，来表达自己的思想感情，用好了，往往言简意丰，引起读者深深的共鸣。从上述例子中读者自可体会。再如宋代女词家李清照《醉花阴》："东篱把酒黄昏后，有暗香盈袖。"前句点化陶渊明的"采菊东篱下，悠然见南山。"后句化了《古诗十九首》"馨香盈怀袖，路远莫致之。"

⑤**用典原则**：慎用少用。慎用，强调的是要用得准确；少用，一是整体上少用，二是不用或少用较生僻的典故。滥用典故"掉书袋"也，不仅作品有失流畅，还有故弄玄虚之嫌。

2. 借代　用相连或相关、相类事物的概念来代替某一概念。

曹操《短行歌》：何以解忧，唯有杜康。以造酒人之姓名代酒。

白居易《琵琶行》：浔阳地僻无音乐，终岁不闻丝竹声。以丝竹代替音乐。

宋代辛弃疾的词《青玉案》：蛾儿雪柳黄金缕，笑语盈盈暗香去。以头饰代妇女。

3.双关　一个词兼顾两种不同的事物，一语双关，大多有表面和暗含两层意思，而暗含的又往往是要表达的意思，有味而且有趣。**有谐音、连义、借形三种。**

①**谐音双关**　以读音相同或相近的词来表示，例如：

刘禹锡《竹枝词》：东边日出西边雨，道是无晴却有晴。

皇甫松《采莲子》：无端隔水抛莲子，遥被人知半日羞。

李商隐《无题》：春蚕到死丝方尽，蜡炬成灰泪始干。

以上句中"晴、莲、丝"，分别谐"情、怜、思"。

②**连义相关**　一词多义，达到一箭双雕的效果。如：

杜甫《秋兴八首·一》：丛菊两开他日泪，孤舟一系故园心。

两开：菊开，泪开；一系：系船心系故园之一系。使用这种修辞方法，艺术地表达了诗人深长而沉重的思乡之情。南宋文天祥《过零丁洋》堪称绝唱，强烈的艺术效果，舍生取义的民族气节，感召鼓舞了一代代志士仁人。例24：

> 辛苦遭逢起一经，干戈寥落四周星。
>
> <u>山河破碎风飘絮，身世浮沉雨打萍。</u>
>
> <u>惶恐滩头说惶恐，零丁洋里叹零丁。</u>
>
> 人生自古谁无死，留取丹心照汗青！

③**借形相关**　借描写事物的表面形态，表达更深的含义。

如：王冕《墨梅》：不要人夸颜色好，只留清气在人间。这里以梅花的清香和气质，比喻画家的人品和节操。"清气"为双关词。

4. 夸张　为了增强表达效果或增加趣味，有意夸大或缩小事物的形象、特征、数量、程度和作用等。这需要诗人具有广阔的胸襟，丰富的想象，才能激情四射，文采飞扬。

李白《秋浦歌》：白发三千丈，缘愁似个长。

李白《北风行》：燕山雪花大如席，片片吹落轩辕台。

李白《将进酒》：黄河之水天上来，奔流到海不复回。

杜甫《登岳阳楼》：吴楚东南坼，乾坤日夜浮。

李贺《梦天》：遥望齐州九点烟，一泓海水杯中泻。

夸张的奥妙在于：基于真实，胜似真实。使用夸张，虚实相生，以实生虚，以虚概实，需要作者把握分寸，饰而不诬、夸而有节，达到化平淡为神奇的艺术效果。

5. 反说　贬词褒用，或褒词贬用　各举一例：

李贺《南园十三·六》，诗人正话反说，表达了自己激愤不平而又无奈的心境。例25：

寻章摘句老雕虫，晓月当帘挂玉钩。

不见年年辽海上，文章何处哭春风。

宋代王琪《梅》：只因误识林和靖，惹得诗人说到今。

林和靖咏梅的诗，历来为众口称赞，这里却以梅的口吻说是"误识"，十分新颖，是贬词褒用的佳例。

6. 通感　通感是把作者、读者的听觉视觉嗅觉味觉触觉等各种感官，在一定的条件下充分沟通调动起来，更形象生动地表达人的主观感受的修辞方法，用好了往往艺术魅力大

在水一方之文

增。**有化实为虚、化虚为实两种。**

化实为虚　把看得见的实体，通过内心的感应，化为一种奇妙的幻觉。如：

李白《酬殷明佐见赠王云裘歌》："瑶台雪花数千点，片片吹落春风香。"瑶台的雪花在诗人的内心感应之下，有了香味。

白居易《画竹歌》："举头忽看不似画，低耳静听疑有声。"画是无声的，但蓦然间却听到了竹子的响声。

化虚为实　把看不见摸不着的东西通过内心的感应，使之实体化，给人以直观的形象，艺术的享受。

如韩愈《听颖师弹琴》：

划然变轩昂，勇士赴敌场。浮云柳絮无根蒂，天地阔远随风扬。

白居易《琵琶行》：

大弦嘈嘈如急雨，小弦切切如私语。嘈嘈切切错杂弹，大珠小珠落玉盘。间关莺语花底滑，幽咽泉流水下滩。

以上两个例子都是写琴声的，韩愈用战士出征的形象和场面来形容音乐的雄壮轩昂，用浮云柳絮来表现琴音的轻柔悦耳；白居易用急雨、私语、珠落玉盘、莺鸣花间等，并不仅仅是听音乐，而是把读者也带到上述的景象境界之中。

7. 互文见义　在诗句中，你中有我，我中有你，互相补充，互相关联，使语言有张力、有气势。

句内的互文　如王昌龄《出塞》："秦时明月汉时关"，意即秦汉时的明月秦汉时的关，由于音律所限写成了"秦时明月汉时关"。

句间的互文 即两个句子间的互相补充使之完善完美。如晏殊《踏莎行》："小径红稀，芳郊绿遍。"其意实为：小径和芳郊都是红稀绿遍。

（二）从形态方面看，修辞在诗中的表现有：比喻、比拟、顶真、回环等

1.比喻 以本质不同的乙事物说明甲事物为比喻。被说明或描写者叫本体，说明或描写者叫喻体。**本体、喻体、相似点，构成比喻三要素。从结构看，有明喻、暗喻、借喻。**

明喻 使用比喻词，道明是比喻句法。常用的比喻词有：如、同、犹、像、若、似、类、比等。如苏轼《和子由渑池怀旧》，诗意地表达了坡翁豁达乐观、淡泊超脱的人生观。此二句后来紧缩为成语：雪泥鸿爪、飞鸿踏雪等。例26：

　　人生到处知何似？应似飞鸿踏雪泥。
　　<u>泥上偶然留指爪，鸿飞那复计东西。</u>
　　老僧已死成新塔，坏壁无由见旧题。
　　往日崎岖还记否？路长人困蹇驴嘶。

李商隐《无题·昨夜星辰》尾联："嗟余听鼓应官去，走马兰台类转蓬。"兰台是秘书省的别称，李义山时任此职。义山叹息自己像飘转不定的蓬草，表达了诗人寂寞无聊的心情。

苏轼《饮湖上初晴后雨》："欲把西湖比西子，淡妆浓抹总相宜。"只因有此一比，杭州的西湖，也称为西子。

暗喻 又称隐喻，就是暗中打了个比方。本体喻体同时并举，不出现"像、如"一类的字，但语气更坚定强烈。

李白《送友》：浮云游子意，落日故人情。

李白《梦游天姥吟留别》：世间行乐亦如此，古来万事东流水。

借喻 本体不出现，直接用喻体来表达，简洁形象含蓄。

王昌龄《芙蓉楼送辛渐》：洛阳亲友如相问，一片冰心在玉壶。

白居易赠诗给刘禹锡：亦知合被才名折，二十三年折太多。

杜甫《戏为六绝句》：尔曹身与名俱灭，不废江河万古流。

宋代词家贺铸的词《青玉案》：若问闲愁都几许？一川烟草，满城风絮，梅子黄时雨。

比喻的原则 一是要准确，即本体和喻体之间确有相似之处；二是以浅喻深，以近喻远，切忌喻后反而不明；三是力求色彩鲜明，形象生动，爱憎分明，不能以丑恶比喻美好。

2.比拟 大致上有拟人、拟物、较物等。

拟人 把物拟作人，即人格化的写法。

杜甫《漫兴》：癫狂柳絮随风舞，轻薄桃花逐水流。

杜甫《天末怀李白》：文章憎命达，魑魅喜人过。

白居易《杭州回舫》：欲将此意凭回棹，报与西湖风月知。

罗隐《蜂》：采得百花成蜜后，为谁辛苦为谁甜。

拟物 把人拟作物或把此物拟作彼物的写法。

汉代曹植《送应氏》：愿为比翼鸟，施翮同高翔。

（南朝·梁）沈约《饯谢文学离往》：以我径寸心，从君千里外。

李白《横江词·二》：横江欲渡风波恶，一水牵愁万里长。

孟浩然《寄桐庐》：还将两行泪，遥寄海西头。

较物　违反常规思维的相比，无理而有趣：

李白《金陵酒肆留别》：请君试问东流水，别意与之谁短长。

刘禹锡《竹枝词》：常恨人心不如水，等闲平地起波澜。

白居易《浪淘沙》：相恨不如潮有信，相思始觉海非深。

3. **顶真**　或称联珠、顶针。用前一句结尾的字或词做后一句开头的字，读来有行云流水的感觉。如李白的《白云歌送刘十六归山》，例27：

楚山秦山皆白云，白云处处长随君。长随君，君入楚山里，云亦随君渡湘水。湘水上，女萝衣，白云堪卧君早归。

顶针在散曲中用得更多些。如拙作《［越调·小桃红］出席长沙第十一届中国散曲研讨会感怀》：光华无限媚潇湘，湘水和弦唱。唱咱吟坛剑锋亮！亮新妆，妆容理就登楼望。望舟破浪，浪中奔放，放眼赏春光。

4. **回环**　又称回文，整首诗能够回复读或循环读，并且都能通顺达意、意思表达完整并且押韵。这种方法可试试玩玩，不可追求。如南朝梁萧绎《后园》，倒顺读都押韵对仗，例28：

斜峰绕径曲，耸石带山连。

花馀拂戏鸟，树密隐鸣蝉。

5. **析字**　巧妙利用汉字的构造特点，活用其形意等的修辞法。

A. **析字法**　把字形拆开，使语言更生动有趣。

例如，曹雪芹《红楼梦·第五回》："子系中山狼，得志便猖狂。"作者把小说中人物孙绍祖的"孙"字拆成子系，其义为"你是"。入诗后语义双关，甚是巧妙。再如：吴文英《唐多令》：

> 何处合成愁，离人心上秋。纵芭蕉不雨也飕飕。

B.拆数法　即把数字拆开,比较经典的有白居易的诗句:"莫言三十是少年，百岁三分已一分。""七十欠四岁，此生乃足论。"李颀《听董大弹胡笳》："蔡女昔造胡笳声，一弹一十有八拍。"

（三）音调　有摹声、复叠、镶嵌等

1.摹声　巧用象声词、动词、形容词摹拟比喻，能体现诗家语的音乐性。最负盛名的是白居易《琵琶行》，李白《梦游天姥吟留别》，给人以无穷的美的享受。

白居易《琵琶行》："嘈嘈切切错杂弹，大珠小珠落玉盘。间关莺语花底滑，幽咽泉流水下滩。""银瓶乍破水浆迸，铁骑突出刀枪鸣。曲终收拨当心画，四弦一声如裂帛。"

李白《梦游天姥吟留别》："谢公宿处今尚在，绿水荡漾清猿啼。""半壁见海日，空中闻天鸡。千岩万壑路不定，迷花倚石忽已暝，熊咆龙吟殷岩泉。""霓为衣兮风为马，云之君兮纷纷而来下。虎鼓瑟兮鸾回车，仙之人兮列如麻。""别君去兮何时还，且放白鹿青崖间。"谢公：谢灵运，据《南史·谢灵运传》记载，谢公喜"寻山涉岭"。这是一首游仙诗。意境雄伟，变化莫测，想象非凡，音响奇特，色彩斑斓。诗人用时空转换的浪漫主义的表现手法，美轮美奂的艺术形象，引人入胜，非诗仙之笔不能为之，是李白的代表作之一。诗中与摹声相关的诗句：绿水荡漾清猿啼、空中闻天鸡、熊咆龙吟殷岩泉、虎鼓瑟兮鸾回车、仙之人兮列

如麻、且放白鹿青崖间等。仙境中有仙人，还有各具音色情态的动物多种。给读者以心灵的震撼，无穷的回味。

同属于摹声的还有因音取意，是一种具有双重或多重意义的摹声法。如刘基《山鹧鸪》："自是行人行不得，莫叫空恨鹧鸪啼。"杜甫《洗兵马》："田家望望惜雨水，布谷处处催春种。"

2. 呼告 直接呼叫对象名字的一种修辞法。在《诗经》《乐府》以及歌行体等古体诗中较多见，优长是便于抒发较强烈的感情。例如：

《诗经·魏风·硕鼠》：硕鼠，硕鼠，无食我黍！

《汉乐府·上邪》：上邪（yé）！我欲与君相知，长命无绝衰。

李白《将进酒》：君不见黄河之水天上来，奔流到海不复回。

3. 复叠 复叠是复辞与叠句的简称。运用复辞或叠句不仅加重了语气，而且加深了印象，增加了语言的张力，增加了美感。

复辞 句中反复使用某个词汇。例如：

李白《拟古十二首》：去去复去去，辞君还忆君。

李白《宣城见杜鹃花》：蜀国曾闻子规啼，宣城还见杜鹃花。一叫一回肠一断，三春三月忆三巴。

柳宗元《种柳戏题》：柳州柳刺使，种柳柳江边。

叠句 同一语句反复出现以表达强烈的感情。例如宋·戴昺《不如归去》：不如归去，不如归去，千山万水家乡路。今年又负故园花，来岁花开定归否！归去归去须早归，近日江湖非旧时。

4.镶嵌 镶嵌法有嵌字嵌词嵌句等，比如嵌字就有：言语，可嵌字变为：三言两语，喻话少；千言万语，喻话多。再如：千姿百态；糊里糊涂；堂而皇之等。大家所熟悉的藏头诗多是嵌字，镶嵌类诗要写得自然、有趣，忌拼凑、平白。

嵌词嵌句

陆游《游山西村》：**山重水复**疑无路，**柳暗花明**又一村。

杜甫《清江》：**自去自来**梁上燕，**相亲相近**水中鸥。

文天祥《过零丁洋》：慌恐滩头说慌恐，零丁洋里叹零丁。

藏头诗 至今实用性较强，比较典型的是《水浒》第六十一回吴用为促"卢俊义反"，所编的卦歌：

卢花丛里一扁舟，俊杰俄从此地游。

义士若能知此理，反躬逃难可无忧。

五、赋比兴

赋比兴 是对《诗经》修辞方法的高度概括，是由《诗经》开始而不断发展完善的传统表现方法，《诗经》中的诗篇，或用赋，或用比，或用兴，或三者结合用。**赋比兴，是运用形象思维进行诗词创作的表现方法，是古往今来诗词创作的基本方法。**

1.赋 赋就是用白描的方法，抒发情感。朱熹说："赋者，敷陈其事而直言也"。敷陈、直言，是赋的基本特点。敷陈，就是把事物的形象描写出来；直言就是直抒情感，不需隐晦。赋，也是基于形象思维的。岑参《逢入京使》，例29：

故园东望路漫漫，双袖龙钟泪不干。

马上相逢无纸笔，凭君传语报平安。

这首叙事诗，不假雕琢，脱口而出，感情真挚。赋，又称直抒胸臆，需选取最能反映事物本质特征的材料，创造性的再现事物的形象。否则，容易呆板散漫、有失含蓄精练。

2. **比** 比有两种手法：一是纯为比体；二是以比作为修辞手法。比，以此物比彼物，有借人、借物、借景、借事作比等。

A. **借人作比** 朱庆馀《近试上张水部》，例30：

　　洞房昨夜停红烛，待晓堂前拜舅姑。

　　妆罢低声问夫婿，画眉深浅入时无？

此诗的另一个题目是《闺意上张水部》，张水部是当时水部员外郎张籍，上，是表示尊敬。诗字面的意思是，新嫁娘早早起床化妆等待拜见公婆时，小心谨慎地问夫婿妆容如何？真正的含义则是题目所系：作者以新嫁娘自比，以新郎比张籍，以公婆比主考，征求张籍的意见，请他看一看自己的文章，是否合此次考试的要求，并希望得到张籍的推荐。

B. **借物作比** 虞世南的《蝉》，例31：

　　垂緌饮清露，流响出疏桐。

　　居高声自远，非是藉秋声。

这首托物寓意的小诗，表面上写蝉的食性环境等，实际上运用比兴手法，强调居高而自能致远，立身品格高洁的人，无须某些外在的凭借，赞美了人的内在的品格。借物作比，即咏物诗，一般都表达作者的气节志向或作者那一刻的心境。如梅兰竹菊被誉为四君子等等。

C. **借景作比** 杜荀鹤《泾溪》，例32：

泾溪石险人兢慎，终岁不闻倾覆人。

　　却是平流无石处，时时闻说有沉沦。

　泾溪，在安徽省东南部，沉沦，此处意为溺死之人。此诗将"石险"与"平流"和"终岁不闻"与"时时闻说"，作强烈的错位对比，寓哲理于景物中：居危易于思安，居安不易思危。

　　D. 借事作比　刘禹锡《秋词》，例33：

　　自古逢秋悲寂寥，我言秋日胜春朝。

　　晴空一鹤排云上，便引诗情到碧霄。

　作者一反文人悲秋的传统，对秋日秋色的感觉不同，唱出了人生之秋昂扬的励志高歌。

　　3. 兴　朱熹说："兴者，先言他物以引起所咏之辞也"。兴，往往用在起句，由兴引出人物事件和要表达的思想感情，是形象思维的起点，为全诗定下基调也起了韵；兴，必须立意深远，表达新颖，也要起得巧妙、自然，切忌雕琢。

　　触物起情　触物起情或触景起情都是指对所见所闻事物而起兴。如罗隐《蜂》，例34：

　　不论平地与山尖，无限风光尽被占。

　　采得百花成蜜后，为谁辛苦为谁甜？

　好诗常常具有多意性。罗隐的《蜂》，虽语言朴素，但这首诗所引起的兴是多样的，在不同时代有不同的解释，如被剥削、甘奉献等等。

　　托物兴词　根据所咏主题的需要，借某事某物起兴。如司空曙《江村即事》，例35：

　　钓罢归来不系船，江村月落正堪眠。

纵然一夜风吹去，只在芦花浅水边。

用淡雅之笔，写幽寂之境是作者所长。此诗托事起兴，读者能感受到一幅唯美的山水画，表达了诗人悠然潇洒的心境。

赋、比、兴是形象思维的表现手法。经常是三者结合使用的，或是兴中有比，比又兼兴，兴比联用；或赋中有比，赋又兼兴，赋比兴并用等。熟练使用后，无须分析我是用了比的手法还是兴的手法，能准确、形象、生动地表达所立的意，就离佳作不远了。

下篇 格律诗的创作与鉴赏

上篇讲了古体诗的特征，格律诗的平仄、押韵、对仗、修辞、赋比兴。这些都属于格律诗的技术层面，是格律诗创作的基础。掌握了这些技术，有了一定的基础，如何提升到艺术层面、写出好诗来？**这是本次讲座下篇的重点，主要讲格律诗的立意、章法、鉴赏以及格律诗的创作。**

一、格律诗的立意

诗言志，诗以意为主 分别说的是为什么写诗？如何写诗？诗是抒发情感、是言志的。**诗以意为主，强调的是形式服从内容。文学创作无论采用哪种艺术形式，都是为了把作者的立意、思想感情准确生动而鲜明地表现出来。**即方法是为内容服务的，遣词造句、押韵对仗、规范格律等等，都是为了更好地表达诗意，是为所立下的诗意服务的。唐代就有宁可失律，也不损害诗意的佳作。如崔颢七律《黄鹤楼》，

在水一方之文

例36：

> 昔人已乘黄鹤去，此地空余黄鹤楼。
>
> 黄鹤一去不复返，白云千里空悠悠。
>
> 晴川历历汉阳树，芳草萋萋鹦鹉洲。
>
> 日暮乡关何处是？烟波江上使人愁。

第二联："黄鹤一去不复返，白云千载空悠悠。"脱口而出，一泻千里，出句一连六个仄声字，对句是三平调，而后四句是完全合律的。历代文人对此诗都有高度评价，甚至被誉为律诗第一。

（一）诗以意为主，有感而后立意

只有当作者面对某件事物有深深的感触，不吐不快时，才能有好的立意，此时此刻的意，鲜明而深刻。**所谓立意就是确定诗要表达的情感，志向，或称为情志。**

诗以意为主，是我国古典诗歌创作的优良传统　唐人杜牧说的很形象："文以意为主……以辞采章句为之兵卫。"所谓"意帅也。无帅之兵，谓之乌合"（《姜斋诗话》）。诗以意为主，是强调诗要有深刻的思想内容，如果立意不明，即使辞藻华丽也不是好诗：辞愈丽而文愈鄙。立意，力求高、远、新。如明代诗家于谦的《咏石灰》，例37：

> 千锤百炼出深山，烈火焚烧若等闲。
>
> 碎骨粉身浑不怕，要留清白在人间。

这首七绝立意高远，明白如话，但意蕴深邃，意内有意，词外有词，把石灰拟人化，寄托了诗人高尚远大的志向。诗家清廉耿介的情怀，为国为民而忘我牺牲的精神，鼓舞着一代代志士仁人，感动着无数读者。

没有感触立不好意，感触不深也立不好意。东坡云："诗须有为而作"。古代一些著名诗人的应制之作，没有几首被广为流传，就是例证。进一步说，创作的选题十分重要，南宋魏庆之有作诗三不可之说："诗不可强作，不可徒作，不可苟作。强作则无意，徒作则无益，苟作无功。"（魏庆之《诗人玉屑》卷五）因此，有了好的题目，才谈得上好的立意。清代袁枚说得更透彻："欲作好诗，先要好题。"

诗，是不重开的花朵。元遗山诗云："纵横正有凌云笔，俯仰随人亦可怜。"写诗，与一切创新创造一样，需要有灵感。灵感，也被称为"顽强劳动的报应"，是心灵、智慧盛开的最绚丽的花朵。是在某种被激发的状态下的心灵之光的一闪，是长期积累，偶然得之。这时，如果抓住了灵感，就会促成好的立意，往往能出好的作品。**立意是诗之帅也。**

（二）意在笔先

这是古人创作的经验。是说在动笔之前先要打个腹稿。当一个立意定下来，就要对素材进行分析，有所取舍，再把所选素材有机组织起来。这个剪裁构思的过程，全靠所立的意来统帅。就是遣词造句，也要由所立意来指挥调动，因此，意在笔先，是不可违背的规律。长期的写作实践使我体会到：在写作的过程中，有时会因为把所占有的材料系统化之后，对所立之意往往会进一步深化或修正，根据新立之意继续进行创作，这是符合认识论的，是对意在笔先的完善。

（三）立意三要领

古人提出立意三要领：**贵约、贵新、贵深。**这对当代诗词创作仍具有指导意义。

贵约 约，简约，主要有两点。**一是说立意要简明集中，一诗一意**。一首诗只能有一个主题。一首诗篇幅很短，能把一个主题生动鲜明地表达出来，已属不易。如果散漫无主题，或二意两出，这首诗就会失去中心，失去统帅，什么都想说，结果什么都说不清，读来不知所云。**二是选材也要简明集中。要选取最能反映生活本质、最能表现事物特征的素材**，不能面面俱到，什么也舍不得。而且这些素材是要经过你认真加工提炼，经过自己的心灵过滤，才有可能做到这个约字。

贵新 诗的本质是创新。立意新颖，就是要自出机杼："言前人所未言，发前人所未发"。**务求辟前人未辟之境，立前人未立之意，给人以新鲜感**。尤其是当代，我们处在中华民族深刻变革的伟大复兴时期，诗人不能无视社会现实，对新中国的建设成就英模事迹视而不见，听而不闻，陈陈相因，只吟风弄月，或只表达个人一己私情。如果是这样，很难想象能出精品力作。在2010年端午节宁夏诗词学会组织的"学术报告与经验交流会"上，我被指定发言，我强调并提倡："要用自己的声音，为祖国和人民歌唱"。我还说："立意新颖有两点：一是需要诚恳独到，不是心的自欺、不是文的炫耀，要有自己独特的见解与感受；二是需要见识胆量，从古到今说真话讲实情是需要勇气的，特别是我们处在信息爆炸、思想活跃的时代，背景、实事不甚明了的人和事就不能轻易地写。**要想写好诗，先要做好人，在加强提升个人修养时，自主的心态、独立的人格当为第一。**"我的主张至今没有变。

贵深 就是要反映客观事物的本质，挖掘现实生活（历史事件）的底蕴。言理是至理，发人深省；言情是至情，感人至深。即使是咏物写景，也要意象鲜明，境界高远。如秦中吟会长入选《中华诗词二十年选粹·诗词卷》的七绝《当代农民·二》，例38：

　　　　祖宗活法欲抛净，苦读人间生意经。

　　　　巴掌山难遮望眼，何忧田埂锁行程。

　　先生自称是农民的儿子，对农民有着深厚的感情。农民，被当今社会视为弱势群体，而在先生的笔下，农民何妨不是探路者，是战胜重重困难改天换地的先锋。这首诗清新、隽永，言浅意深，余韵悠长，雅俗共赏，给我们以良多的启示。

　　（四）立意的假托

　　假托，是诗歌常用的手法。如借古说今、托物寄意、假此喻彼等。

　　借古说今　字面是写前人之事，而实指当时的社会现实。如李商隐的七绝《贾生》，例39：

　　　　宣室求贤访逐臣，贾生才调更无伦。

　　　　可怜夜半虚前席，不问苍生问鬼神。

　　这首诗字面上是写西汉才高志大的贾谊，其实是寄寓了李商隐自己怀才不遇的深沉的感慨。

　　托物寄意　托物寄意是咏物类诗的基本特征。咏物诗如果没有寄托，只是字面的意思，很难说是好诗。如唐人的咏蝉诗，虞世南：居高声自远，非是藉秋风。骆宾王：露重飞难进，风多响易沉。李商隐：本以高难饱，徒劳恨费声。由于作者气质、修养、境遇不同，寄托也就不同，各自呈现出殊异的意境。

　　假此喻彼　就是言在此意在彼。名家的诗作，往往是言在此意在彼的。某种程度上说，诗具有假此喻彼的功能，也是文人墨客乐此不疲、喜爱作诗的原因之一。李贺《南园·一》，例40：

　　花枝蔓草眼中开，小白长红越女腮。

　　可怜日暮嫣香落，嫁与东风不用媒。

　　李贺《南园》十三首是他辞职回乡后所作，这首诗写景，洗尽俗调，极具创造性。用小白长红形容花枝蔓草、比喻越女腮。且见花开，暮逢摇落，生命的悲怆感尽在其中矣！全诗清新而凄婉，炼字炼句情味无穷。这就是李贺！遣词造句，必新必奇；感悟生命，悲天悯人。一首诗，如何立意、如何表达，这首诗给我们太多的启示。再多说一句：此诗联间没相粘，被称为折腰体，折腰了，就不是格律诗了，亦可称为入律古风。

二、格律诗的章法及鉴赏

　　章法，是文章诗篇的间架结构　　刘勰《文心雕龙·章句》："夫人之言，因字而生句，积句而成章，积章而成篇。篇之彪炳，章无疵也；章之明靡，句无玷也；句之精英，字不妄也。"篇章句的安排是非常重要的。字犹如士兵，句章犹如连队，须组织列阵，方可成军（篇）。

　　诗本无章法，但对初学者而言，汲取掌握前人的经验，然后融会贯通，最终形成自己的风格的一整套的学习方法，还是比自己苦苦摸索更容易入门上路。我体会：学诗，也像学书法一样，先临摹，再创作，可能会少走些弯路，多得些真传；因为只有这样，才能站在巨人的肩膀上！历代学者总结出一些做诗的要领，其中，**对章法的要求有三点：**

完整性：诗不可枝蔓芜杂，残缺不全。

逻辑性：言之有序，顺理成章。

严密性：紧凑含蓄，避免重复。

格律诗的章法，律、绝都不外起、承、转、合。通俗地说，起：就是起句，是诗的开头；承：接着开头的意思发展；转：就是转折，要开拓新意，为合铺垫；合，或称结，点明题旨，收束全篇。分述如下。

（一）绝句的章法、创作及鉴赏

1. 单句串合式 绝句四句，起承转合，一般由一二三四句分别担任。如杜牧七言绝句《山行》，例41：

> 远上寒山石径斜，白云生处有人家。
>
> 停车坐爱枫林晚，霜叶红于二月花。

这首咏秋日美景而蕴含哲理的名篇，一反悲秋的老调，写出了一种昂扬奋发的生命精神。起句仰视远景，"白云生处有人家"，生处，富于动感，是化美为媚的动态之美。第三句由景转到情：停车欣赏满眼深秋的美景，而诗人只把笔墨，给了这个触景生情的"情"字，集中到一点，那就是枫林；结，是赞美被秋霜、也被夕阳染红了的枫叶的红艳夺目。诗人何妨不是在赞美人生的秋天——最美不过夕阳红。

绝句篇幅短小，开端不能迂回曲折，或随意铺陈，应直奔主题，从与诗的主旨最近处着笔，写景抒情叙事，平平道来，从容承接。如王维的五言古诗《竹里馆》，例42：

> 独坐幽篁里，弹琴复长啸。
>
> 深林人不知，明月来相照。

竹里馆是王维辋川别业的景观之一，篁，竹林。起句写自己独坐在竹里馆，承写弹琴复长啸，表现的是一种幽静恬淡的情趣；转、结都写景，深林、明月这些清幽澄静的景色，进一步强化了作者悠然的心境。

作者独坐、弹琴、长啸的动作，都平淡无奇。而它的妙处也就在于以自然平淡的笔调，融情入景，描绘出清新幽静的竹林月夜的意境，表达了作者悠然恬淡的心境，也让读者回味无穷。这首诗合律，但因押了仄声韵，仍属古诗。

分析这两首绝句，知道绝句不能贪多，短短四句，不能容纳太多的东西，它所截取的是联系事情、景物前因后果于一点的那个画面，如深林、明月等。抒发的是诗人此时此刻的心境。诗是主情的。**这里最重要的是诗中要有"我"，"我"的感发，才是这首诗的主旨**。这个"我"，有时是显露的有时是隐含的。总之，一首诗或绝或律，或长或短，而决不能没有"我"。**这个我，有时是作者自己，更多是作者所吟咏的抒情主人公。**

由绝句结构可知，**绝句的转尤其重要**。南京的诗家丁芒先生把写绝句比作打排球：球（题目）发过来了，首先是一二句作为一传手接球，接球要到位，要为二传手创造条件；第三句就起着二传手的作用，有正反各种手法，点明诗的主旨，起着拉出铺垫反激的作用；第四句，已是水到渠成，正如球在网前被二传手高高地托起，郎平的铁榔头顺势重重地把球扣死："好球！"诗呢？一锤定音，主题点明，胜负自分。如王维的古诗体《送元二使安西》，例43：

渭城朝雨浥轻尘，客舍青青柳色新。

劝君更进一杯酒，西出阳关无故人。

这是一首送别的千古绝唱，又名《渭城曲》，当时就被谱成曲，名曰《阳关三叠》传到现在。起承二句写雨后的渭城，写得从从容容，渭城，今咸阳，被雨水冲洗得干干净净的柳树是那么的清新，因为唐人从长安去西域，一般是从渭城折柳送别。诗家不说折柳，而说劝酒，这就使第三句的转，如同二传手高高抛起的排球，以备扣杀——而诗引出了精彩绝伦的结句——西出阳关无故人！友人间肝胆相照的深情厚谊，不仅感动了诗中的主人，也感动了世世代代多少炎黄子孙。**读诗读出作者的良苦用心，是鉴赏能力强的表现，认真诵读精品，感悟其深层次的内涵，与练习创作同等重要。**

2. **并起单合式** 前两句并起，第三句承转，第四句结。如赵师秀的《有约》，例44：

黄梅时节家家雨，青草池塘处处蛙。

有约不来过夜半，闲敲棋子落灯花。

开头二句写景，对仗并起，交代了是梅雨季；第三句点题连承带转，说已等待过了夜半，第四句收。此诗通篇使用白描手法，写了一种状态：有约、失约。没有任何抒情议论，但诗中传达出的作者无可奈何的心情、与友人的深情厚谊，都深深地打动了读者。

3. **单起并合式** 首句起句，第二句承转，第三四两句并列收结。如苏轼的《春宵》，例45：

春宵一刻值千金，花有清香月有阴。

歌管楼台声细细，秋千院落夜沉沉。

首句总论春宵之价值，统领全篇，起句有千钧之力。第二句连承带转，生动简明地描绘春宵之美，三四句对仗并结，以花香月影为背景，衬托出人们在楼台、院落的欢乐场面。议论与描写结合得恰到好处。

4. 并起并合式　这种形式就像律诗中间的两联，全是对仗的。也有人把绝句说成是截句：用不同的方法截律诗而得，不无道理。如赵师秀的《有约》可看作是截了律诗的后两联；苏轼的《春宵》是截了前两联；杜甫的《漫兴》，也可看作是中间两联：四句一句一个画面，一二句对，三四句对。透过对农村初夏的描写，表达出诗家流连欣赏的心境。例46：

糁径杨花铺白毡，点溪荷叶叠青钱。

笋粮稚子无人见，沙上凫雏傍母眠。

一般来说，绝句的章法为前两句写景，后两句抒情，也有像《竹里馆》是后两句写景，以景结情。还有如上述单起合并、并起并合等其他结构，虽然前后两句之间的关系不很紧密，但共同表达了一个主旨。

（二）律诗的章法、创作及鉴赏

前面讲了绝句的基本章法，这些章法也适用于律诗。在律诗的章法里，重点说说起承转合是如何安排的。这些章法，同样也适用于绝句。格律诗两句为一联，在律诗中以一联为一个单位，四联如同绝句的四句起承转接，相互联系，相互照应，入题点题表达题旨。而律诗章法非常重要的一点，就是中间两联的结构必须富于变化，不能雷同。两联要相映成趣，相激相推，或相反相成。**格律诗的创作与鉴赏，在格律诗的创作中同等重要，如同车之两轮，鸟之两翼，缺一不可。**

加强经典诵读与鉴赏，是格律诗创作者不可偏废的功课。

1. **起** 起，就是开头，也称为发端、破题、首联。起，关系到全诗的气氛和精神，也定了韵。我曾在宁夏老年大学听著名作家学者高嵩先生讲授诗词创作，他说："开头，一定要把我这个榆木疙瘩敲醒了。"元曲大家乔吉，把开头、中间、结尾形象地比喻为**"凤头、猪肚、豹尾"：开头要美丽，中间要浩荡，结尾要响亮**。如王维《观猎》，例47：

> 风劲角弓鸣，将军猎渭城。
>
> 草枯鹰眼疾，雪尽马蹄轻。
>
> 忽过新丰市，还归细柳营。
>
> 回看射雕处，千里暮云平。

起句"风劲角弓鸣"，开头就扣人心弦，使人产生了急着要看下去的愿望。"将军猎渭城"，告诉读者是围猎，而不是战争场面。这个起句就是高先生要求我们做到的那种状态。**起句的方式可分为解旨起，感情抒发起两大类。**

解旨起 起句或起联解说诗题。又可细分为明起、暗起、陪起三种。

A. 明起 明起点题，特点是开门见山，自然而明快。李白《渡荆门送别》，是青年李白出蜀时所作，荆门，即荆门山，位于今湖北宜都市西北，长江南岸。这首诗犹如壮美的山水画"咫尺应须论万里"，意境高远，形象奇伟，想象瑰丽，风格雄健。例48：

> 渡远荆门外，来从楚国游。
>
> 山随平野尽，江入大荒流。
>
> 月下飞天镜，云生结海楼。

仍怜故乡水，万里送行舟。

B. 暗起 暗起，相对明起而言，其特点是含蓄地点题，景中寓意。但过分含蓄就是隐晦。杜甫的《登高》，就是非常高明的暗起。例49：

风急天高猿啸哀，渚清沙白鸟飞回。

无边落木萧萧下，不尽长江滚滚来。

万里悲秋常作客，百年多病独登台。

艰难苦恨繁霜鬓，潦倒新停浊酒杯。

首联没有明确点题，而所写的景物，是登高后才能看得到，称为暗起。这首七律，是前面提到的四联都对仗并且是工对的范例。全诗通过登高所见秋江景色，倾诉了诗人长年漂泊老病孤愁的复杂感情，沉郁悲凉，气势磅礴，飞扬震撼，扣人心弦。是诗圣的七律代表作之一、也是旷世之作。

C. 陪起 杜甫《月夜忆舍弟》，例50：

戍鼓断人行，秋边一雁声。

露从今夜白，月是故乡明。

有弟皆分散，无家问死生。

寄书常不达，况乃未休兵。

首联写禁夜、孤雁，第二联诉说思乡之情，直到第三联才写舍弟。这种先言其他事物，再引申到所咏事物的方法，属于"兴"的手法。这种起法是为引出题旨做情景上的准备。要忌离题太远。

感情抒发起 抒怀起又分为：写景起、倾怀起、感慨起、设辨起、发问起等起法。

A. 写景起 李白《送友人》，例51：

青山横北郭，白水绕东城。

此地一为别，孤蓬万里征。

浮云游子意，落日故人情。

挥手自兹去，萧萧班马鸣。

这是一首充满诗情画意的送别诗。诗人与友人策马辞行，气韵灵动，感人肺腑。首联对仗写景起句，是送友人时看到的景色，第二三联对仗承，点题并深化主题。第七句转，八句以景结：萧萧班马的鸣声，渐行渐远，而诗人的思绪，绵绵不绝。这种写景起法用得最多。

B. 倾怀起　孟浩然《留别王维》，例52：

寂寂竟何待，朝朝空自归。

欲寻芳草去，惜与故人违。

当路谁相假，知音世所稀。

只应守寂寞，还掩故园扉。

首联直发感慨，流水对营造了一种酣畅淋漓不可遏制的气势，第二联表达了挚友难得复又分别的遗憾。三四联环环相扣，一泻而下，整首诗笼罩在浓浓的留别情怀中。

C. 感慨起　刘禹锡《蜀先主庙》，例53：

天地英雄气，千秋尚凛然。

势分三足鼎，业复五铢钱。

得相能开国，生儿不像贤。

凄凉蜀故妓，来舞魏宫前。

蜀先主就是刘备，像贤：学习先祖的贤才。首联时空广阔，气势磅礴，震撼人心而生悬念，使人欲罢不能而急于要看下文。感慨起还是很能抓住读者的。这是一首咏史怀古诗，整首诗的章法是前两联写盛德，后两联写业衰，提示了古今兴亡的深刻教训。

D. 设辨起　陆游《游山西村》，例 54：

> 莫笑农家腊酒浑，丰年留客足鸡豚。
> <u>山重水复疑无路，柳暗花明又一村。</u>
> 箫鼓追随春社近，衣冠简朴古风存。
> 从今若许闲乘月，拄杖无时夜叩门。

起句似要和那些笑话农家的人进行辩论，第二句自答，说农家是热情待人的。颔联流水对是千古名句，富有哲理，被各类文章广泛引用。

E. 发问起　杜甫《蜀相》，例 55：

> 丞相祠堂何处寻？锦官城外柏森森。
> 映阶碧草自春色，隔叶黄鹂空好音。
> 三顾频烦天下计，两朝开济老臣心。
> 出师未捷身先死，长使英雄泪满襟。

首句设问带出全诗，次句作答。发问往往能引人深思。丞相祠堂就是现在的成都武侯祠，锦官城是成都的别称。颔联承，由远而近接着写景，祠堂院内虽然"碧草自春色"，但"黄鹂空好音"，"空"字表达了诗人无限的感慨，"柏森森"营造了笼罩全篇肃穆的气氛，同时也为颈联做了铺垫。颈联不写祠堂塑像，转而歌颂诸葛亮的雄才伟略和忠贞报国的不世功勋与高风亮节。尾联紧承颈联，遥应前两联，写自己的缅怀悼念，深化题旨，结束全篇，神余言外。

2. 承　承是对起句的进一步阐述，承上启下：一气贯通，一脉相承，平稳过渡。**承的形式有写景、写意、情景交融、**

议论、问答等。

A. 写景承　王维《山居秋暝》，颔颈联"明月松间照，清泉石上流。竹喧归浣女，莲动下渔舟"，就是对"空山新雨后，天气晚来秋"的进一步描述，紧随着首联的脉络从景写到景中人，意思是一脉相承的。共同寄托了作者热爱大自然，追求纯朴宁静的生活的隐逸志趣。有了前三联的铺垫，尾联结转点明题旨："随意春芳歇，王孙自可留"，随你春天的芳菲歇息了，而空气清新、绿色环保的山居，正合我意，我可要留下啦！王孙：《楚辞·招隐士》："王孙游兮不归，春草生兮萋萋……王孙兮，山中兮不可久留。"王维反用其意。王维的诗以"诗中有画，画中有诗"著称，这首诗的诗情画意，使人陶醉，"明月松间照，清泉石上流"为千古名句。

B. 写意承　李白《登金陵凤凰台》，例56：

> 凤凰台上凤凰游，凤去台空江自流。
> 吴宫花草埋幽径，晋代衣冠成古丘。
> 三山半落青天外，二水中分白鹭洲。
> 总为浮云能蔽日，长安不见使人愁。

金陵，今南京市。李白很少写律诗，而这首七律却是唐代律诗中的杰作。第二联"吴宫花草埋幽径，晋代衣冠成古丘"，承首联，阐明了"凤去台空"的凄凉景象和诗人的感慨万端。须注意，承的意，不要与起的意脱节。

C. 情景交融承　杜甫《阁夜》，例57：

> 岁暮阴阳催短景，天涯霜雪霁寒宵。
> 五更鼓角声悲壮，三峡星河影动摇。
> 野哭几家闻战伐，夷歌数处起渔樵。

在水一方之文

卧龙跃马终黄土，人事音书漫寂寥。

颔联用"声悲壮""影动摇"之情景，承首联，表达了诗人悲凉而激荡的心境。这种承法，**情与景的感情色彩要一致**。这首诗被明代胡应麟誉为七言律诗的千秋鼻祖："气象雄盖宇宙，法律细入毫芒。"

D. 议论承 戎昱《咏史》，例58：

汉家青史上，计拙是和亲。

社稷依明主，安危托妇人。

岂能将玉貌，便拟静胡臣。

地下千年骨，谁为辅佐臣。

借古喻今感慨而起，分析议论评判相承，<u>丝丝入扣</u>。应注意的是：**议论要切题，说服要有力，不能模棱两可**。

E. 问答承 秦韬玉《贫女》，例59：

蓬门未识绮罗香，欲托良媒亦自伤。

谁爱风流高格调？共怜时世俭梳妆？

敢将十指夸针巧，不把双眉斗画长。

苦恨年年压金线，为他人作嫁衣裳！

颔联问答承，对首联"自伤"的发问，实是借贫女的独白，为天下怀才不遇的贫士鸣不平。字面的意思是：谁欣赏我超群的襟怀和气质呢？现在的人们都爱时尚流行的奇怪装束啊。俭梳妆：俭，通险，怪异的意思。

3. 转 转的任务很重，要承上启下，前呼后应、活而不呆为好。如王湾《次北固山下》，例60：

客路青山下，行舟绿水前。

潮平两岸阔，风正一帆悬。

海日生残夜，江春入旧年。

乡书何处达，归雁洛阳边。

首联对仗起，颔颈二联承，第七句转，第八句合。转得好，才引出归雁句，全诗笼罩着一层淡淡的乡愁，但催人奋进。颈联为名句。崔涂《孤雁》，例61：

几行归塞尽，念尔独何之。

暮雨相呼失，寒塘欲下迟。

渚云低暗度，关月冷相随。

未必逢矰缴，孤飞自可疑。

矰，cēng，阴平，古代射鸟用的拴着丝绳的箭。这首起承转合与上首同。颈联尤佳。第七句转的有力度，深化主题，引出结句，且余音袅袅。王维《汉江临眺》，例62：

楚塞三湘接，荆门九派通。

江流天地外，山色有无中。

郡邑浮前浦，波澜动远空。

襄阳好风日，留醉与山翁。

首联点题，写了汉江四通八达的地理位置，第二、三联按题意，以汉江的景色承首联的"接"与"通"，第四联中，一句转，一句收。

4.合 即收束全篇。合得好，即所谓妙合：即要点题达意，主题鲜明，意思完整，又要言有尽而意无穷，留下读者想象的空间。杨炯《从军行》，例63：

烽火照西京，心中自不平。

牙璋辞凤阙，铁骑绕龙城。

雪暗凋旗画，风多杂鼓声。

宁为百夫长，胜作一书生。

　　首联倾情起，写前方军情紧急和自己愿为社国建功立业的心情无法平静，接下来写战争的场面。此诗为议论收：宁可做一个百夫长，也强于做一介柔弱的书生。议论收，要以理服人，令人心悦诚服。杜荀鹤《春宫怨》，例64：

　　　　早被婵娟误，欲妆临镜慵。

　　　　承恩不在貌，教妾若为容！

　　　　风暖鸟声碎，日高花影重。

　　　　年年越溪女，相忆采芙蓉。

　　此诗是诗人代宫女抒怨，也可能寄寓了自己怀才不遇的苦闷。起承两联写宫女平时的怨，颈联转而写实景，反差强烈，对仗工丽优美，因而成名句。以欢愉衬愁怨，愁怨愈甚——结尾用以乐写怨之法点题，其怨倍增。王维《送梓州李使君》，例65：

　　　　万壑树参天，千山响杜鹃。

　　　　山中一夜雨，树杪百重泉。

　　　　汉女输橦布，巴人讼芋田。

　　　　文翁翻教授，不敢倚先贤。

　　此诗第七句转，末句结，结句写对李使君的鼓励和期望，十分切题。全诗写景突兀而起，前半峭拔，后半舒缓，富于变化。首二联起写梓州美景，颈联写蜀中风土人情，出句写蜀中妇女向官府缴纳橦布，是民风淳朴的一面；对句写巴人为芋田农事打官司，指出存在的问题，承上启下，自然引出结句。

　　5. 其他章法　律诗的其他章法，如白居易的七律《钱塘湖春行》，首联没有笼罩全篇，第二联顺承，转处不见踪迹，以游踪为线索，一路行来，没有停顿，直达白沙堤上。读者感受到的是，行云流水般的流动灵动之美。例66：

孤山寺北贾亭西，水面初平云脚低。

几处早莺争暖树，谁家新燕啄春泥。

乱花渐欲迷人眼，浅草才能没马蹄。

最爱湖东行不足，绿杨阴里白沙堤。

再如，李商隐《泪》，例67：

永巷长年怨绮罗，离情终日思风波。

湘江竹上泪无限，岘首碑前洒几多。

人去紫台秋入塞，兵残楚帐夜闻歌。

朝来灞水桥边问，未抵青袍送玉珂。

诗的前六句一句一事，各不相关，但句句扣诗题的"泪"字：首句是失宠之泪，次句是别离之泪，第三句是伤逝之泪，第四句是怀德之泪，第五句是身在异域之泪，第六句是英雄末路之泪。第七句转，第八句由"未抵"串起全篇——世上一切伤心事，都比不上寒士忍辱饮恨、陪送贵人的事最为痛苦！不是简单地切题，而是深化、升华了主题。这就是李商隐的过人之处。由此可知，诗的转与合之重要。

以上对律诗章法结构范例的分析，起承转合在诗中的安排，是相对而言的，因为许多诗的章法不易分到哪一类里。自己动手创作时，不要先定下个框框，我要用哪种章法，瞻前顾后而迟迟动不了笔，重要的是先动起来，写的过程中再逐渐完善。实际上，在有一定的写作经验后，不必再考虑起承转合如何安排了，**所谓的最高的技巧就是无技巧。**

在水一方之文

还有，由多首诗组成的组诗，也有其自身章法，如前面曾说到的杜甫的七律《秋兴八首》，八首诗内在的逻辑是符合起承转合的。如果写一组诗，就要考虑，如何安排一组诗的起承转合，使一组诗具有内在的逻辑，力求完整完美。

三、什么是好诗？浅谈格律诗的阅读与创作

先说说从古到今人们写诗的动机，那就是"诗言志"。诗，是"情动于中而形于言"的产物，人们作诗的目的，是为了表达自己内心的情感、意志。孔子曾说"诗可以兴"（孔子《论语》），意思是说，诗能给人一种兴发感动。

中华诗词终生成就奖获得者叶嘉莹先生说："春风春鸟使我们感动，这是好的，是应该培养的一份感情。因为这是使人心不死的一份感情，使人养成一颗活泼的有生命的心灵。"（叶嘉莹《好诗共欣赏》，下同）"我们内心的感动，就是诗歌的开始。"她还说："我们内心感动的来源有两个，一个是大自然景物的种种现象；一个是人世间悲欢离合的种种现象。"

叶先生教授古典诗歌六十多年，她老人家语重心长地说："现在我们无法要求年轻人写那些格律严密的古典诗歌，但是要使年轻人在读古典诗歌的时候也产生那一份兴发感动，这就是我们今天学习古典诗歌的意义和目的所在。"叶先生是说青年人要从古典诗歌里汲取正能量，使祖国的文化瑰宝能够得到传承，能够生生不已地活在人们心里。习近平主席在视察北京师范大学时说："我很不赞成把古典诗词和散文从课本中去掉，"去中国化"是很悲哀的。应该把这些经典

嵌在学生脑子里，成为中华民族文化的基因。"幸甚！习主席与叶先生的主张是一致的。今天，这个讲座来了八十多人，很高兴许多年轻会员来听讲。

说到诗词的阅读理解，典范是学贯中西的王国维先生，北宋晏殊的词"昨夜西风凋碧树，独上高楼，望断天涯路"（《蝶恋花》），写的是男女之间的爱情，说昨天晚上，秋风把树上的树叶吹得凋零了，今天我登上高楼远望，却看不到我所怀念的人。而王国维《人间词话》指出，这是古今成大事业大学问的第一种境界！还有从柳永、辛弃疾词中拈出了第二种境界、第三种境界。王国维的这种感发，正是中国诗歌中让人心不死的、宝贵的兴的作用，这也是中国诗歌真正的价值和意义所在。

也就是说，要有一颗不死的诗心，才能从古典诗歌里汲取能量。**我们学习、创作古典诗歌的时候，必须认真思考如何产生那一份兴发感动的力量。一是要汲取古典诗歌中产生的那份兴发感动的力量；二是如何把诗写好，使自己的诗，也能传达出兴发感动的力量。**叶先生在讲述什么是好诗时说，兴发感动的力量"传达出来就是成功的，没有传达出来就是失败。"

怎么才能把诗写好？叶先生引用钟嵘《诗品·序》来说明："故诗有三义焉：一曰兴，二曰比，三曰赋。"兴是见物起兴；比是以此物喻彼物；赋是直接叙述。"宏斯三义，酌而用之。"了解兴比赋的方法，斟酌运用。钟嵘接着说："若专用比兴，患在意深，意深则词踬；若但用赋体，患在意浮，意浮则文散。"叶先生解释说："如果你只用比兴来作诗，

在水一方之文

由于不直说，诗的意思就太深了，太深了就容易不通畅，也就是写得不明白；如果你都直说，诗的意思就太浅，太浅了就容易散漫。所以，**诗的形象和诗的结构一定要结合起来。"** 为了说明此理，叶先生列举了唐人的三首古诗《玉阶怨》，分别是虞炎、谢朓、李白的。先说虞炎的，例68：

紫藤拂花树，黄鸟度青枝。

思君一叹息，苦泪应言垂。

开头两句紫藤、花树、黄鸟、青枝都是美丽的形象，而叶先生认为这些美丽的形象"并没有传达一种感发的生命。"再看谢朓的《玉阶怨》，例69：

夕殿下珠帘，流萤飞复息。

长夜缝罗衣，思君此何极。

黄昏时，宫殿里的珠帘已经放下来了，流萤忽闪忽闪地飞过。在漫漫长夜里，为君一针一线地缝衣服——我是多么想你！再来看李白的《玉阶怨》，例70：

玉阶生白露，夜久侵罗袜。

却下水晶帘，玲珑望秋月。

诗中的玉阶、白露、罗袜、水晶帘、玲珑、秋月，"这些形象它们都具有相同的品质，都是光明的、皎洁的、晶莹的、寒冷的……每一个词、每一个字的品质都集中起来传达一种感动。""李白用他的形象，用他的动词和形容词的品质和结构，提高了这首诗的境界。"

从内容上看，这三首《玉阶怨》都写女子的怨情，可是它们的表现，它们的感发，却有很大差别。虞炎谢朓把对女子的思念都要说出来了：一个说"苦泪应言垂"；一个说"思君此何极"。而李白没有直说，却道是"玲珑望秋月"。中国人的望月是怀人的，这就使他的怀念变得如此的高远而美好。

谢朓的这首《玉阶怨》，也写得很好，密密麻麻的一针一线，传达出一种缠缠绵绵的思念。那么，李白的这首好诗又是如何写出来的呢？五绝容量很小，只有短短二十个字，李白"用相同的品质的每一个词、每一个字都集中起来传达一种感动。"在这里，叶先生强调的，一是相同品质的，李白所用的这些形象都具有哪些相同的品质呢？它们都是"光明的、皎洁的、晶莹的、寒冷的"；二是都集中起来传达同一种感动。怎么集中呢？那就是，"诗的形象和诗的结构结合起来。"叶先生也指出，"虞炎的那首诗不好，就是因为没有把形象结合好，没有传达那种感发的生命。"李白的《玉阶怨》为什么比谢朓的好？谢朓是一对一的感动，而李白的感动何止成千上万？古往今来，不知感动了多少离散之人。也就是说，感动，还有大小、深浅、薄厚之分，谁好谁次，自然分明。

小结： 以上分析了什么是好诗，好诗是怎么写出来的，不好的诗为什么不好。窃以为，这些分析问题的思路和方法，是很值得我们学习和借鉴的。首先，得有眼力，知道什么是好诗，一首诗完成了，这首诗的第一读者正是作者自己！这首诗是好？不好？需要作者自己审视判断。如何判断？在2010年端午诗会上，我曾把好诗阐述为"意新、语工、合律"。简言之，意新就是不能因循守旧，山水花鸟要写出新意，要写当今社会火热的生活，写自己独特的感受，而这个自己往往是大我，是时代的代言人；语工，就是要饱含真情地炼字、

263

在水一方之文

炼声、炼意，炼出经过自己心灵过滤而得到的诗家语而不是公众语，炼出新意，炼出诗味，炼出高格；合律，就是要继承先贤，调动各种艺术手法，充分体现格律诗的美学特征。我以为，这是写诗的标准，也是鉴赏的标准，写诗与鉴赏是格律诗创作之两翼、两轮，缺一不可。到达彼岸的方法，不外多读书、读好书，勤创作、多修改。判断、鉴赏能力提高了，又掌握了格律诗所具备的要素、写作方法，以眼高促手高，勤学苦练，逐步提高是必然的。

再就是诗词的文学性，不应回避。没有谁忽然会写诗了。同属文学作品范畴的格律诗，具有自己的个性，更具有文学作品的共性。我们不仅要从古体诗中学古体诗，还应从新诗、散文等文学作品以及哲学、社会科学中汲取营养，来提高自己的文学修养、哲学素养。**当一首诗正确运用了哲学思维或诗意地表达了某一哲理时，那么，这首诗的内涵、外延必将得到深化、提升。**要想写好诗，先要做好人，加强自己的个人修养也是不容忽略的，记得有位诗家说过：鸡肠小肚不配做诗人。**格律诗的生命力源于与时俱进的创新。**与时俱进，就是要写出无愧于这个伟大时代、无愧于伟大的祖国的瑰丽诗篇来，这是当代诗人的伟大的历史使命。

衷心祝愿诗友们更上层楼，写出更好更多的诗篇来！

谢谢大家！

2015 年 11 月 15 日（宁夏政协九楼会议室）

附一：

友声嘤鸣

秦中吟

贺闫云霞第二部诗集问世

曾经播良种，今日喜丰收。

曲富真情味，诗非格律溜。

刚柔相济美，雅俗共风流。

不醉枸杞酒，力登楼外楼。

注：秦中吟先生简介见第81页。

邓　万

读闫云霞女士《沙坡头咏怀》有感

生于斯地感何多，大漠黄河梦里泊。

金岸幽幽寻妙稚，沙坡烈烈问蹉跎？

诗词曲赋同如泣，手眼心胸若有魔。

倩影难离桑梓地，声声气韵浪推波。

注：邓万先生简介见第10页。

沈华维

读闫云霞同志新诗词集

新篇三百首，一览喜芳华。

有梦莺啼序，钟情蝶恋花。

心田驰驿骑，韵海泛仙槎。

塞上云天阔，风标飞彩霞。

注：沈华维先生简介见第 11 页。

李善阶

读《云霞韵语》谢闫云霞女史

大夏高天四季春，遥观漠野绿无垠。

诗坛今又传佳话，韵语妖娆满目新。

注：李善阶先生简介，见第 13 页。

马骏英

赠闫云霞诗妹（外一首）

塞上江南女史痴，云霞韵语尽佳诗。

沙坡吟咏俏中卫，正是才华奔涌时。

重读《云霞韵语》《沙坡头咏怀》赠云霞诗妹

皆自含辛茹苦出，沙坡吟咏报秋熟。

诗词韵语靓文苑，散曲管窥惊硕儒。

西夏纵横头角露，古都震撼俱折服。

咸银有幸结秦晋，挚友争夸两本书。

注：马骏英先生简介见第 14 页。

俞学军

读《沙坡头咏怀》致云霞女士

大作出版令人钦，佳节品读倍温馨。
我品君诗追李杜，浪漫现实一炉熔。
我品君词似易安，婉约豪放二美臻。
再品君曲近马白，小令散套雅趣盈。
诗系国运忧黎元，词寄故土恋家园。
家还喜赋十八咏，缅怀勇代红粉言。
放歌金岸获双奖，吟咏移民神采扬。
扶贫济困播大爱，杨清激浊语锵铿。
咏史咏物旨宏远，酬师酬友意纯真。
长歌短调韵律美，缘情造境意象新。
忆昔君亦贫家女，名校学成研冶金。
豪情满怀下工厂，一线拼搏献青春。
科技管理播星火，金融服务洒馥芬。
内退为进喜学诗，十年面壁力耕耘。
夙兴夜寐苦当乐，历夏经冬费心神。
经年稿帙满箱箧，男儿怎敌女儿功？
我今捧卷深深思，成功铁律是勤奋。
愿学闫君退不休，老骥奋起嘶晚风。

注：俞学军先生简介，见第 48 页。

李福荣

呈闫云霞女史

云蒸霞蔚展豪情，探韵吟坛沐夏风。
柔笔清词柔柳秀，劲歌壮语劲松浓。
须眉莫道须髭美，才女堪称才艺雄。
喜看今朝河朔地，诗人挥翰丽天明。

注：李福荣，1946 年生，陕西蒲城人。中学高级教师。中华诗词学会、陕西诗词学会会员，咸阳市诗词学会副秘书长，《咸阳诗词》副主编。

王兴一

［中吕·朝天子］读《云霞韵语》

是他，是她，握手驼铃下。心中好曲映云霞，一幅玲珑水墨画。杯里婵娟，酒里诗话，读读读到声音嘶哑。你家，我家，咱家明月一般大。

注：王兴一，山东省昌邑市人，中华诗词学会会员，陕西省诗词学会理事，陕西电力诗词学会副会长。有诗词篆刻集《锄月集》出版。

许 凯

读闫云霞先生《沙坡头咏怀》

满城春雨后，星月半窗明。

大漠云方碧，香山叶正浓。

一帆随浪远，万里入诗青。

种玉沙坡下，文成气若虹。

注：许凯，1955年出生，宁夏平罗县人，宁夏诗词学会常务理事，《夏风》诗刊原副主编。

潘万虎

读《沙坡头咏怀》感赞二首

云飞霞舞动清秋，笃定追贤韵里酬。

赤子仍怀治沙梦，驼铃远去看飞鸥。

魂牵梦绕诉衷肠，流淌心泉时溢香。

苦尽甘来几曾悔，浅吟重彩韵飞扬。

注：潘万虎，1957年出生，宁夏中卫市人，现任宁夏地质矿产勘查局副局长，中华诗词学会会员，宁夏诗词学会顾问。

刘绍元

鹧鸪天·读闫云霞女士《沙坡头咏怀》

河入塞边显秀川，诗词云涌"易安"①传。风姿更胜徐娘②韵，文采尤出洪度③篇。　　追李杜，赶韩班④，红炉锻就百花妍⑤。闻《韶》梁绕铮铮响⑥，情溢华章日日餐⑦。

注：刘绍元先生简介见第15页。

作者自注：

黄河从干旱的青海、甘肃由沙坡头流入碧野如茵的宁夏，就显现出一种秀灵之气。正如《今古奇观》第58卷《苏小妹三难新郎》：王安石惊对苏老泉（苏轼、苏辙之父苏洵，老泉为其字，人称"三苏"）说道："只知令郎大才，却不知令爱（即苏小妹）眉山秀气尽属公家矣。"

①易安：宋代女词人李清照，号易安居士。

②徐娘：《南史·梁元帝徐妃传》徐娘半老风韵犹存。

③洪度：唐代诗词大家薛涛，女，字洪度。居成都浣花溪。与当时元稹、白居易、杜牧齐名。创制深红小笺写诗，称"薛涛笺"。明人辑有《薛涛诗》。现成都市中有望江公园即薛旧居。因其爱竹，园中有竹一百余种和昔时水井、木楼。

④韩班：韩，唐宋八大家之首的韩昌黎韩愈。班，东汉编著《汉书》《白虎通德论》（该书记录东汉章帝建初四年在白虎观议五经同异的结果，经固撰集成书，自晋以来称《白虎通》）的班固。其弟超投笔从军，在西域战功卓著，封定远侯。

⑤曾国藩曾把写诗称为锻诗，有"锻诗未就且成吟"之句。

⑥梁绕：言其文词之美，好的诗文读声"绕梁三日"。闻韶：《论语·雍也第一》：子在齐闻《韶》，三月不知肉味。曰："不图为乐之至于斯也。"《韶》为虞舜时代的乐曲。铮铮响：古人以"掷地有声"来誉美好的诗文，能发出铮铮之响的更是最佳精品。

⑦日日餐：如一日三餐，读闫女士作品，从中取得知识和营养。

鹧鸪天·赞闫云霞女士《在水一方》问世

退后常吟天复天，诗词曲韵美而全。古书强记博文采，高论华章集巨篇。　　文笔畅，助人先。为民编纂未曾闲。《在水一方》人共盼，才女佳篇天下传。

刘勋华

读《云霞韵语》致闫云霞先生

彩云高歌韵最美

朝霞吟诗语更新

注：刘勋华，1929 年生，祖籍山西朔州。北京大学中文系毕业，历任北方民族大学新闻学副教授、文学教授，中国毛泽东诗词研究会、宁夏作协、宁夏书法家协会会员。主编出版《毛泽东手书古诗文鉴赏》。

崔正陵

贺云霞女士第三本诗词曲集《在水一方》付梓

亦耕亦牧汗年年，手脑双勤别有天。

羌笛又传丰庆曲，老槐灵鹤舞蹁跹。

注：崔正陵先生简介见第 148 页。

杨石英

喜闻闫云霞先生诗词曲合集面世感而有赋

播耕芳圃事艰辛，柳绿花红次第新。

北调南腔枝叶茂，诗源词品树同根。

庇荫属我乘凉土，送暖凭君秉热心。

塞外帜扬曲声荡，阳春白雪九州闻。

注：杨石英女士简介见第 61 页。

熊品莲

贺云霞女士《在水一方》付梓

雪映红霞闪闪光，诗歌词曲著华章。

继承古韵传心意，容纳今声创特长。

黄水悠悠攀月桂，沙坡烁烁诉衷肠。

艾依河畔春长在，一片祥云耀四方。

注：熊品莲女士简介见第 9 页。

熊秀英

贺《在水一方》付梓

霞出雨后半山红，恬淡谦谦君子风。

秋月春花添悟性，故乡秀水育精英。

文游韵海千重浪，曲作惊人一鹤鸣。

十载同窗情未老，每读欣喜叹深耕。

注：熊秀英女士简介见第83页。

黄正元

贺云霞诗友《在水一方》出版

刻杯佳作九州钦，金曲榆林动夏秦。

塞上擎旗扬国粹，天津妙论壮元音。

俚言入韵增恢趣，清雅融情奏好声。

转益多师勤探索，中华瑰宝有传人。

注：黄正元先生简介见第26页。

作者自注：云霞散曲小令《［双调·清江引］咏上海世博会广西馆兼贺广西散曲学会成立》，被《全国名家书法展·庆广西散曲学会成立》题写入集，并镌刻在坭兴陶茶壶上，精美礼品馈赠全国名家和参会代表。

俞学军

贺《在水一方》出版

沙坡佳咏才霞蔚，在水一方又云蒸。

诗宗李杜追唐韵，词拟易安有宋风。

情系黎庶忧天下，魂牵故土发浩声。

欣看塞上形胜地，代有才人鸣凤城。

白林中

赠云霞诗友嵌名联

云蒸曲海扬秋韵

霞蔚诗林舞夏风

注：白林中先生简介见第 12 页。

高振平

贺闫云霞老师《在水一方》诗词曲集出版

清风扑面散幽香，文苑花开水一方。

笔底云烟师造化，胸中霞月放光芒。

词声朗朗传边塞，曲韵悠悠飘海疆。

佳作连篇层叠起，骚坛凤地赞诗凰。

注：高振平，陕西佳县人，中华诗词学会会员，宁夏诗词学会理事，西夏诗社副社长、西夏散曲社会员。

李天鹏

读《沙坡头咏怀》赠云霞女士

咏沙坡头情怀

唱诗词曲心声

注：李天鹏，1940 年生，宁夏中卫市人。兰州大学毕业，高级工程师。原宁夏环保局副局长，现为宁夏老科技工作者协会理事、宁夏延安精神研究会调研部部长。著有《绿色情怀》。

杨玉杰

贺闫云霞女史《在水一方》付梓

女中才子解诗囊，接二连三汇锦章。
在水一方尤出色，滋余双目惠心房。

注：杨玉杰，陕西富平县人，中华诗词学会会员，宁夏诗词学会理事，西夏诗社副社长、西夏散曲社会员。

姜润境

恭贺闫会长《在水一方》佳著问世二首

羡君佳气满帘拢，椽笔高歌一代功。
辟路甘辛成器宇，鸣金戛玉凤城中。

凤城文苑百花鲜，在水一方露笑颜。
砥砺诗词歌盛世，弘扬元曲谱新篇。
晨曦峻岭千般艳，落照长河万里圆。
瑰丽华章今问世，香飘塞上美名扬。

注：姜润境，天津市宁河县人。中华诗词学会会员，宁夏诗词学会理事，西夏诗社副社长、西夏散曲社会员。

丁玉芳

[双调·明月逐人来] 读《云霞韵语》
兼贺闫云霞老师《在水一方》出版

云蒸霞蔚，兰心沉醉，抒胸臆，笔中三昧。字间溢满，炽热乡土味，合卷随之也醉。如不情深，何以这多诗汇。连篇椟，其情可贵。居之水畔，诚祝新词美，雅作迎春贺岁。

注：丁玉芳，女。网名：爱玲之舟、扁海狂舟，爱玲。中华诗词学会会员，宁夏诗词学会常务理事。作品收入《九诗人诗选》等多种书刊。

任登全

题《云霞韵语》

韵语花开朵朵香，一枝独秀占春光。
风刀已共诗刀快，裁剪云霞织锦裳。

注：任登全先生简介见第 11 页。

孙峪岩

读闫云霞女士诗集有感

一从塞上云霞起，便有星光耀舜天。
韵语婉约藏剑气，咏怀壮阔蕴柔娴。
胸中若海容千爱，笔底如溪绘万涓。
莫说女词唯宋李，而今骚苑有卓闫。

闫云霞诗词曲集《在水一方》出版赠贺

韵语沙坡犹在耳，一方华瑞又登枝。
黄河兰岳源泉厚，焕彩云霞尽好诗。

注：孙峪岩，祖籍黑龙江海伦。中华诗词学会、宁夏诗词学会会员，
西夏诗社秘书长。著有诗集《野草花》，回忆录《太阳花》。

郝连晨

［中吕·普天乐］恭贺云霞会长《在水一方》出版

曲情深，歌奔放。诗篇瑰丽，词溢芬芳。似酒醇，心
泉酿。妙笔生花光辉境。依依入眼帘，荡气又回肠。根植
塞上，激扬兰岭，感佩八方。

注：郝连晨，辽宁省黑山县人。中华诗词学会、宁夏诗词学会会员，
西夏诗社、西夏散曲社会员。

刘秀兰

贺闫云霞老师《在水一方》出版二首
其一

骚坛驰骋著琴音，在水一方韵味纯。

女史温馨传妙语，曲家绝唱蕴芳魂。

诗含哲理光流彩，词富真情自具神。

无意栽花花烂漫，又开芳圃力耕耘。

其二

女中人杰咱称赞，散曲诗词样样全。

情在诗楼举鞭指，意随汗水洒骚坛。

新声旧韵篇章谱，唐宋师承特色研。

携友同登曲山乐，清风懿德久留传。

注：刘秀兰女士简介见第88页。

冯常德

贺闫云霞会长《在水一方》付梓

江南塞上米鱼乡，大漠黄河七彩妆。

应理故居金水岸，凤城诗苑韵流光。

佳人曲律织长卷，骚客豪情涌满堂。

编辑夏风惠民众，云天霞影水一方。

如梦令·贺《在水一方》面世

绿草茵茵波浪，大漠茫茫峰上。有位女诗人，在水一方遐想。遥望，遥望，千古风流吟唱。

鹧鸪天·致云霞诗友

春草青青流韵芳，夏荷艳艳绽池塘。天光霞影红一抹，大地金辉亮四方。　撷众美，蕴花香，诗词曲律玉成章。星星做伴苦为乐，恰似冬梅傲雪霜。

［黄钟·人月圆］ 致云霞女史

黄河金岸春风盛，应理故居兴。巾帼才女，华章锦绣，剑气诗情。　［幺篇］云霞韵语，情抒词曲，笔走雷霆。《夏风》编就，清风爽爽，朗月盈盈。

注：冯常德，原兰州铁路局银川分局高级工程师。现为中华诗词学会、宁夏诗词学会会员。与妻赵宝珍老师合著诗词曲文集《天路恋歌》《天路放歌》，参见第121页［双调·新水令］致天路建设者（散套）。

毛志勇

恭贺云霞《在水一方》面世

诗醉朔方谁与比，词风高雅撒珠玑。

韵承名家风骨在，辞蕴锦绣独清丽。

情系父兄千载月，魂牵故土百年痴。

寰球漫步行万里，化作云霞诵好诗。

注：毛志勇，1954年生于宁夏中卫市柔远镇。中学高级教师，诗人。

李怀定

贺闫云霞《在水一方》出版

心里故乡韵里情，香山秀水总相逢。

裁云镂月寒窗苦，一代风骚热土生。

注：李怀定，1951年生，中卫市沙坡头区人。宁夏诗词学会会员，宁夏楹联学会理事，中卫市民间学会名誉主席。

附二：

喜读《沙坡头咏怀》

李天柱

近日，友人送来一本书，书名《沙坡头咏怀》，作者闫云霞。她的夫君房生金是我的学生，那可是一个德智体全面发展的优秀学生啊。他结婚后，我认识了他的夫人闫云霞。这已经是三十多年前的事儿了。对于闫云霞，我却是一无所知。今天拜读了她的作品，方知她不仅是诗词曲的行家里手，而且是驰名国内外的诗词曲大作家之一。这使我为之肃然起敬。以这位中卫老乡而自豪。

《沙坡头咏怀》收录了她的诗作 82 题，词作 71 首题，曲作 65 题。共计 218 题。题材不可谓不丰，值得注意的是她所写的题材十分丰富，而且与时俱进，与祖国的命运息息相关。诸如世博会、李娜在巴黎法网夺冠，莫言获得诺贝尔文学奖以及宁夏矿产地质调查院、宁夏遥感测绘勘察院、中卫沙漠日光温室等，都可入诗、入词、入曲。她的吟唱，是与祖国的脉搏同呼吸、共命运、同时跳动的。这是一个爱国诗人所难能有的品质与情操。她的诗讲韵律，讲平仄，律诗则重视对仗，所谓对仗工稳，意象优美，比喻奇特。纵观云霞的诗词曲，可说是深谙其中三昧。我们不妨选择其中几首来欣赏。如《［越调·天净沙］上海世博会宁夏馆》：

恐龙丝路兰山，秦渠沃土粮川，武术纱巾盖碗。一搭里和善，融和万物斑斓。

这个"一搭里"是中卫土话，也是宁夏土话。这句土话在元曲中总能找到。可见宁夏和中卫话扎根之深了。数百年未曾改变。这里讲恐龙、丝路、贺兰山、秦渠、纱巾、盖碗，都一搭里和善，是把握了宁夏的特色，写得真是惟妙惟肖。

再看两首顶针格的曲，《［越调·小桃红］中国当代散曲创刊志贺》《［越调·小桃红］出席长沙第十一届中国散曲学术研讨会感怀》：

黄钟大吕乍激扬，扬起红帆荡，荡漾汪洋性情涨，涨诗狂，狂来小曲悠悠唱，唱咱众芳，芳容酷像，像魏紫姚黄。

光华无限媚潇湘，湘水和弦唱。唱咱吟坛剑峰亮！亮新妆，妆容理就登楼望。望舟破浪，浪中奔放，放眼赏春光。

这两首顶针格的曲，每句首字都规定要用上句末字，这无形中对作曲增加了难度。你看作者是不是对此驾轻就熟呢？

还有《观池鱼二首之二》："池边游客池中鲤，都爱扎堆乐此时。"此处的扎堆，纯粹是现代汉语词汇，古代词人是绝不会写这样的词语的。那么在这里写出这样的语汇，是不是有害于词曲的格调呢？我认为是不会的。而且此处说池边的游客和池中的鲤鱼，都爱扎堆。这不是写得很生动，也很有趣吗？

再看《浣溪沙·科技进步小花一束》。如《上网》："偷菜品茶无国界"；《通话》："哥玩 3G 领新潮"；《照相》："随身数码拍风流"；《出行》："磁悬争速赛飞船"。这些新潮的成就，岂是唐宋元代所能想象的？

这些现代的东西，你能用什么古代的语汇来装点它呢？我看不能。当然只有用现代语汇才能显示当代人们的生活与感情，写得才是真实的，而不是虚夸的。

再如，《浣溪沙·遍分春色到千家——致宁夏遥感测绘勘察院》："展翅蜻蜓自可夸，山川拍摄任尔抓。"这里的展翅蜻蜓和山川拍摄任尔抓的"抓"字，都是古代的人们所不能想象的。那么除了这里用到的句子，你还能想出任何其他的句子来代替它呢？我看也不能。

还有，《浪淘沙·题李秀明先生赠荷花图》："一朵欲言翻绿盖，羞鼓红腮。"这里的"羞"字用得绝妙。

我觉得作者用得较多的一个字是"醉"字，整书不下数十处，用得娴熟而精妙。情景交融，极为传神。

《鹧鸪天·誓取东风第一枝——致宁夏矿产地质调查院》："誓取东风第一枝，地球奥秘我先知。""地球"一词，是近代科学成果，古人是无法知晓的。所以只能是现代诗词中用，而不必拟古的。"大拿请到把咱帮"，"大拿"，当地群众对帮助他们脱贫致富的科技特派员的尊称。大拿，其实不俗，不俗就是大手笔。

《渔家傲·几载别来风景异》："小曲悠悠金岸里，难禁忆，旧时泥巷行无计。"是写旧时中卫县城里一到下雨，那泥巷难行真的是到了行无计的地步。你说这段写法不是很传神吗？

《人间词话》开篇就讲："词以境界为最上，有境界则自成高格，自有名句。"读了闫云霞的《沙坡头咏怀》，愈信闫云霞的书时代感强，名句多多。

至此，我不揣浅陋，想用四首诗来概括闫云霞的大作《沙坡头咏怀》：

一

云霞文思涌作浪，沙坡咏怀报故乡。
诗词曲文皆佳品，巨笔如椽纸留香。

二

大学读书学理科，兴趣偏爱研诗章。
廿载磨砺不负渠，塞上诗坛有名望。

三

声名远播不胫走，全国省区名飞扬。
网事诺奖世博会，无事不可入华章。

四

应酬奉和等闲事，胸中自有诗千行。
广西刻杯做豪礼，当代易安美名扬。

广西作为礼品的茶具刻有闫云霞的贺曲

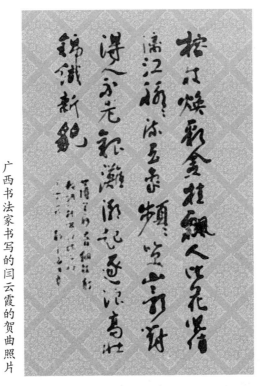

广西书法家书写的闫云霞的贺曲照片

作者原注：闫云霞的《［南吕·四块玉］拙作刻杯有怀》，原注：2010 年 11 月 15 日，广西散曲学会成立，曲友相约以曲相贺。沐浴着上海世博会的春风，写下了《［双调·清江引］咏上海世博会广西馆，兼贺广西散曲学会成立》，电子邮件发给曲友。时间不长就收到了《全国名家书法展·庆广西散曲学会成立》的精美书法集，由书法家赵海明先生题写了拙作。不久，又收到了一个大包裹——一套 3 件的坭兴陶茶具。发现我的这首《清江引》就镌刻在大半尺高的精美的茶壶上。这是广西散曲学会成立时送给与会者的珍贵的礼品。未能参会的我欣喜之余，小曲记之。

注：李天柱先生简介见第 69 页。

原载于 2013 年 3 月 19 日《中卫日报》（刊时有删节）

李天柱散文集《似水流年》

后 记

凿个池儿，唤个月儿来

　　世纪更新，从企业内退的我，历经零落，渐离悲怆，开始学诗。2002 ～ 2008 年写了六百余首，自选四百余首结集成《云霞韵语》；至 2013 年，写了近五百首，自选近四百首结集成《沙坡头咏怀》。《沙坡头咏怀》是由中卫市文联组织编撰的"中卫文化旅游丛书"四册之一。2007 年初学散曲。这本集子收录了 2013 年至今的诗词曲四百余首，其中诗 183 首，词 127 首，曲 151 题，内含散套 9 套。还有为诗友的诗集写的序、悼念文章、诗论、格律诗讲座等文字缀成一集。为了方便阅读，仍按诗词曲文的体裁编排。同一体裁里，相近题材的作品尽量集中编排。因此，也收了些以前的作品，约占总量的一成。手头方便查找的一些作品，标明了出处；一些没有特意查找标出。出于对诗友的尊重，酬唱之作附了诗友的原作，而诗友为我写的诗，集中编在《友声嘤鸣》栏里。多年来，我是用新声新韵（十八韵）写诗词曲的，个别也用了平水韵，恪守格律，"求正容变"，使用了一些拗救和变格，也容许极个别的违律和新古诗。有时也用了入声字，为了方便阅读，入声用记号 ★ 标出。

我自幼喜爱文学。读先贤的诗，喜温柔敦厚，也喜沉郁冷峻。喜柔媚优美的婉约词，也喜大江东去的豪放词，更喜言浅意深雅俗共赏、痛快淋漓的散曲。2010年诗人（端午）节，宁夏诗词学会举办了"学术报告与诗词创作经验交流会"，我被指定发言，我说："写诗要写自己的真实感受，抒发自己的真实感情"，非寄托不入、非寄托不出。"诗的本质是创新。""要想写好诗，先要做好人，自主的心态，独立的人格当为第一。"位卑未敢忘忧国，要"用自己微弱的声音，为祖国和人民歌唱"。六年多了，这些主张始终没变。

　　我天生愚笨，记忆甚差，口讷不敏，既非科班出身，又无家渊师承，只能以勤补拙，读书，读书，还是读书。

　　我虽羸弱之躯，却不敢怠慢。为他人作嫁，百事优先；一息尚存，笔耕难辍。然不能忘初心、不敢有所期。孤独的我，与心灵对话，孤怀自宣、风铎自鸣而已！

　　诚如前两次出书，自忖并无"第一等襟抱"，更无"第一等学识"，安有"第一等好诗"？因此诚惶诚恐，于今为甚！

　　十四年了，十四岁是翩翩少年，是豆蔻少女。悲愤出诗人！是幸福？是苦辛？

　　人生有几个十四年？不敢奢望雪泥鸿爪，偶一回首于七言四八句或长短句中见得蹒跚足迹，是情趣？是慰藉？

　　人生已过大半，喜爱登山的我，而今只能望山兴叹。望而兴叹的，岂止是登山？生活就是种种经历，人生就是种种体验，就是自觉、不自觉的修行。而每个人心血酿成的诗，何妨不是完成的一次次作业，对自己是交代，与读者是交流；何妨不是人生长河中撷取的几朵浪花，回味追溯的几次体验；

后记

何妨不是诗言志、诗写史。写诗的过程，何妨不是净化心灵的过程，何妨不是一次次触动灵魂的修炼。读诗、写诗、改诗、编诗，已是我生命的一部分。热爱大自然的我，喜欢独处其境。当放松自己时，听流动的水，是那么悦耳；看变化莫测的白云苍狗，仿佛是研读一首首歌诗，某种意义上说，它，提示了生命的真谛——依赖于环境生存，是相对的、变化的、短暂的、最终消亡的。这也是一种与大自然的沟通，是大自然给予的心灵的感悟。生命是如此的渺小与短暂，在历史的长河中，面对世界万物，什么才是自己真实的存在？什么才是自己真正的拥有？不是利、不是名，而是心，是不经意间保存下来的那颗活泼泼的宁静的童心——像春天的细雨、夏天的清风、秋天的果实、冬天的火焰，像喷薄而出的红日，给人以光明和希望——"神存富贵，始轻黄金。"（唐·司空图《二十四诗品》）

在《沙坡头咏怀》中我写道："从小喜欢文学，现在有幸热爱格律诗词曲。越来越感悟到诗词曲中感发生命的一种不能自已的深情与共鸣。这种情感与共鸣促使自己以出世之心，做入世之人，自娱或以娱人，祈望不唯提升自我，而且有益于社会人生。为自己的生存状态与文学信念。"这种状态与信念至今没有改变。

"万事从来过风耳，又何用，着在心里？"（苏轼《无愁可解》）

家住在金凤区湖畔嘉苑，距美丽的艾依河不到千米。在中卫，家住离黄河不远的县城之南，那时故乡没有公园，黄河就是我们的公园。1979 年，我被借到位于沙坡头的中国科学院兰州沙漠研究所，进行沙漠治理试验百余天，没有加班的傍晚，我经常独坐在黄河岸边的沙丘上，置身云水间，观云遐思，闻涛远眺。川流不息的水，是生命的律动、灵感的源泉——在水一方——书名就是她了。《诗经·秦风·蒹葭》："蒹葭苍苍，白露为霜。所谓伊人，在水一方。"主旨是表达爱情的。

　　这本集子将要付梓，感谢吴淮生老先生第三次为我写序；黄超雄主任两次为我写序，为本书题写书名；老会长秦中吟先生为我写序对我的教诲不敢淡忘；崔正陵老先生对诗词部分进行了勘校；杨森翔、张铎等诗家为拙作写评论；我在中卫时的老领导李天柱、雷从康为拙作写评论，诗友们又为拙作写贺诗。还有许多支持我、关心我的热心人，我衷心感谢他们！感谢宁夏诗词学会，为会员出版这套诗词丛书；感谢宁夏人民出版社编辑姚小云等同志为此书的付出；感谢家人的关爱、支持。

　　题注：稼轩《南歌子·新开池戏作》上半阕："散发披襟处，浮瓜沉李杯。涓涓流水细浸阶。噇个池儿，唤个月儿来。"

2016 年 7 月 16 日

于湖畔嘉苑 A 区五楼南窗下

后记